难忘那些年那些事

政协黑龙江省汤原县委员会 编

中国文史出版社

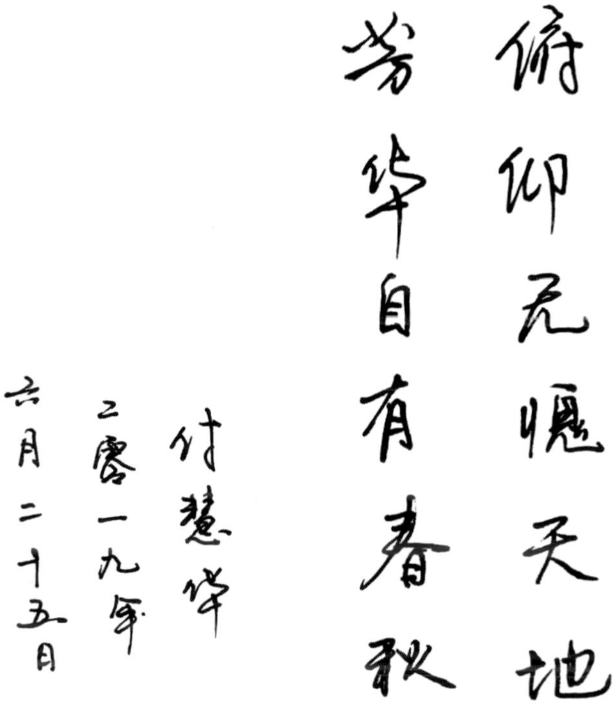

付慧华题词：俯仰无愧天地　芳华自有春秋

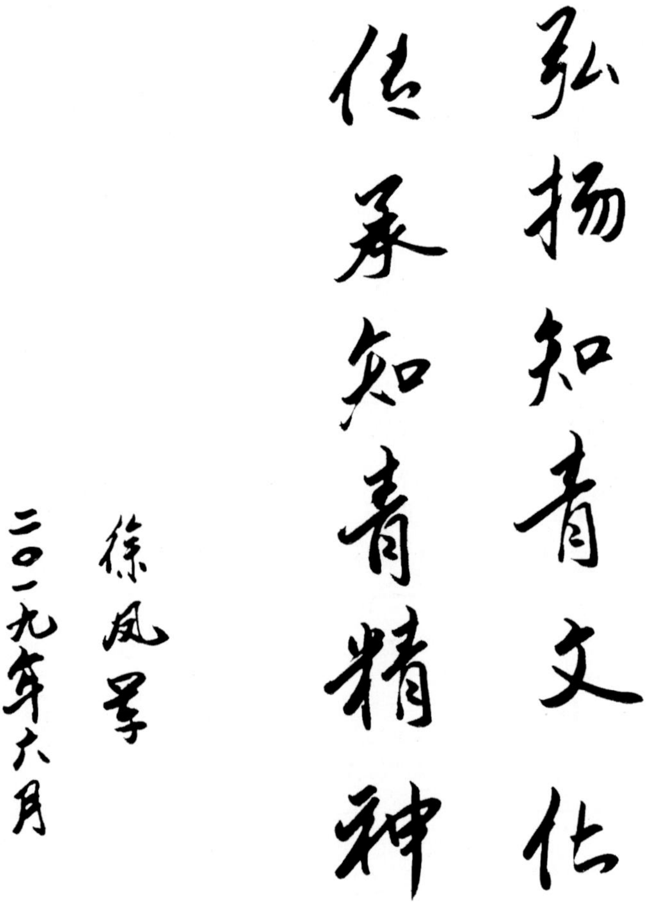

徐凤军题词：弘扬知青文化　传承知青精神

汤原的知青岁月，是我

人生最难忘的经历。

张抗抗

20一八年九月二日

张抗抗题词：汤原的知青岁月 是我人生最难忘的经历

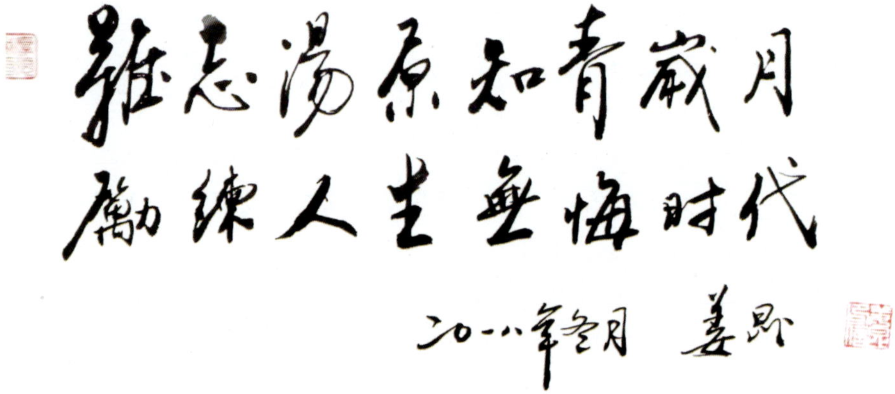

姜昆题词：难忘汤原知青岁月　历练人生无悔时代

75.3.28

欢送战友 79.7.26.

留给未来的回忆 78.4.28.

战斗的青春
74.3.15.

姜昆调离农场时与场领导职工合影
1976.12

青年之家

依依惜别

重温故乡情

喜看大美汤原

再相见

叙往事

深情藏沃土

看丰收 享喜悦

奖 状

慕永清 同志：

在知识青年上山下乡工作中，成绩显著，特发此状，以资鼓励。

中共汤原县委员会

一九七四年三月

香兰公社永久大队知青点原址

水利科永久电站知青点原址

竹帘公社吉利大队知青点原址

农业科香兰良种场知青点原址

农业科香兰良种场知青点“腾飞”雕塑

香兰公社新建大队知青点原址

佳木斯市政协副主席、汤原县委书记付慧华在纪念改革开放40周年、知识青年上山下乡50周年和引汤工程建设60周年系列活动开幕式上致辞

县委县政府老领导、知青代表和演员共唱《歌唱祖国》（一排左起：王鹏飞 田立英 徐贵深 胡成全 高峻华 周启涛 宋洁峰 黄金华）

县委县政府领导与老领导、知青代表在凤鸣公园观看纪念活动文艺演出（一排左起：王河顺喜　刘国强　程显峰　王鹏飞　徐永刚　田立英　邹卫东　徐贵深　付慧华　胡成全　高峻华　徐凤军　周启涛　高景国　宋洁峰　肖　勇　黄金华　李长久）

县领导与知青代表在汤原博物馆合影

老知青姜昆、龚学勤献墨宝

老知青张抗抗签书

老知青吴欢与第二故乡领导合影

老知青与县领导及政协机关干部合影

老知青姜昆、马海莹、戴启文等签书

参观县博物馆

观看“汤原记忆”图片展

老知青戴启文、刘福生挥毫泼墨

县领导与老知青观看庆祝活动文艺演出

县政协主席马春杰主持庆祝新中国成立70周年、人民政协成立70周年、中国共产党领导的多党合作和政治协商制度确立70周年开幕式

歌唱《我和我的祖国》

老知青抒怀

县政协委员同唱《有事好商量》

县委副书记、县长徐凤军，县政协主席马春杰慰问老知青张苏夫妇

老知青张抗抗为本书题写书名

编撰组成员拜访老知青姜昆

编撰组成员与老知青姜昆合影

本书编委会成员合影

编撰组成员与新华农场领导座谈

编撰组成员考察呼玛县博物馆

编撰组成员考察友谊县博物馆

编撰组成员考察黑河知青博物馆

编撰组成员回访看望宁波知青

编撰组成员编辑整理书稿

编撰组成员修改校对书稿

宁波知青博物馆赠送书法作品

“汤原知青岁月”图片展一角

编撰组成员到香兰农场了解当年知青生产和生活情况

序　　言

马春杰

今年是祖国母亲七十岁生日，也是人民政协成立七十周年。

《难忘那些年那些事》能在这吉祥、喜庆的年份付梓，是献给祖国母亲和人民政协最美好的生日礼物。

知青，一个时代的专有名词，一代青年刻骨铭心的记忆，一段共和国厚重的历史印记。

一九六八年末，毛主席发出了“知识青年到农村去，接受贫下中农再教育”的号召，全国广大知识青年纷纷响应，争先恐后“到农村去，到边疆去，到祖国最需要的地方去”，将知识青年上山下乡运动推向了高潮。汤原县位于祖国东北边陲黑龙江省腹地，三江平原的西部，隶属佳木斯市。知青时期，县辖十五个人民公社、六个驻县国有农场、一个森工林业局（数据出自《汤原县志》《汤原县组织史》）。

在当年的知青上山下乡运动中，全县共接收两万余名知识青年，其中县域内各国有农场和森工林业局接收知青一万四千余名。

来自全国各地的知青告别亲人，离开家乡，把一生中最宝贵的青春年华献给了汤原这片热土，用满腔的热血和辛勤的汗水在这片富饶的黑土地上书写了一首可歌可泣的壮丽诗篇，为汤原的经济建设和社会发展做出了重要贡献。

这是一段不能被忘记的历史，这是一个不能被遗忘的群体。

汤原县委、县政府高度重视知青文史资料的搜集整理工作。佳木斯市政协副主席、汤原县委书记付慧华注重发挥政协组织人才优势，给任务，压担子；汤原县委副书记、县长徐凤军热切关注，全力支持。

信任是莫大的鼓舞，更是莫大的鞭策。县政协发挥文史资料“存史、资政、团结、育人”的社会功能，把这项工作纳入重要日程，成立《难忘那些年那些事》编委会，并抽调精兵强将设立了“汤原县知青文化搜集整理办公室”。

严谨、真实是文史资料的核心。为了准确把握，由县政协主要领导带队，编撰人员踏遍大半个中国，对老知青进行探访，倾听他们的讲述，记录他们难忘的回忆。

当年的知青都已步入古稀之年，有的记忆力减退，有的常年卧床言语不清，有的已经不在人世。很多老知青泪流满面，满怀激情地说：“你们真及时呀！如果来迟了，经历者、见证人将会越来越少!”

我们感到搜集整理知青史料意义重大、时间紧迫，更感觉肩头的压力大。一名老知青深有感触地说：“你们哪里是搜集整理知青文史资料呀，你们是在抢救!”

改革开放四十余年，汤原人民在县委、县政府的正确领导下，经过几代人的拼搏，全县城乡发生了翻天覆地的变化。

老知青一拨又一拨回访，他们一踏上第二故乡的土地，都要走进“汤原县知青文化搜集整理办公室”。这里恰似“知青联络回访办事处”。

老知青说：“我们没把这里当办事处，而是当作自己的家!”

他们说的没错，“汤原县知青文化搜集整理办公室”的同志，通过抢救整理知青文史资料，与老知青进行了广泛联系，彼此建立了深厚的感情，并且为他们的回访创造了便利条件。

五十余载转瞬即逝，当年的热血青年如今已霜染两鬓，韶华逝去。他们当中既有事业有成的各界精英，也有过着平凡生活的普通劳动者，但他们没有忘记生活、奋斗过的第二故乡，无时不在关注、支持汤原的建设与发展。

我们珍惜他们这一终生眷恋的情怀，也有责任记载、宣传这个特殊群体和那段难忘的岁月。

正如书中写道：天寒地冻，女知青刨粪的手冻得红肿、生疼，农村大娘解开棉袄扣子，抓过知青的手塞进自己的怀里，给捂暖、捂热。知青流泪了：只有妈妈才这样做啊！

在知青点做饭的“老爸”护着知青，说他们都是孩子。孩子吃苦，他心疼；谁欺负孩子，他不让。他去世了，男女知青给他料理后事，送老人最后一程。老百姓都说，亲生儿女又能咋样？

第二故乡遭灾了，远在他乡的知青闻讯心急如焚，纷纷捐款捐物，为父老乡亲重建家园献计出力。

有的知青回访，当年的老支书不在了，他们到老支书的墓地祭奠，还担起照顾贫困百姓的责任。

人们习惯称呼出门在外的子女为游子。北大荒的老支书、老房东和老社员把下乡知青视为亲生骨肉，当年千般亲，万般爱，如今依然惦念、牵挂。

参军的、上学的、返城的，如今打拼在全国各地的知青游子，感恩着，回报着，他们心里怎能放下第二故乡的父老乡亲。

正因为有了知青岁月里的真诚感悟和生命体验，才能写出这些饱含激情的鲜活文字，记录了青春与理想、奋斗与坚守的别样年华，为读者筑起一道时光之桥，让我们借助他们的回忆，重温那段特殊历史时期的光荣与梦想。

本书旨在传承知青文化，珍视知青记忆，展现家国情怀，激发建设发展汤原的内生动力，形成团结联合、开放包容的加快汤原发展的强劲态势，在加快汤原全面振兴中凝聚正能量，努力把汤原人民对美好生活的向往变成现实。

千万青春留沃土，一泓碧水存山岳。在汤原奋进发展的历史进程中，汤原知青书写了充满激情活力的篇章！

二〇一九年六月三十日于汤原县

目 录

难忘的岁月

本书编委会

二十世纪中后期，中国的知识青年上山下乡运动牵动着十亿中国人的心，令世人瞩目。

汤原县知识青年上山下乡的历史，按照时间的先后可以分为初期（一九六四年至一九六五年）、大潮（一九六六年至一九七七年）、回落（一九七八年以后）三个阶段。

一

为解决城镇大量高小和初中毕业生就业，推动农业生产发展和农村合作化运动，一九五五年七月六日共青团中央发布《关于组织青年参加边疆建设问题的一些意见》，号召和动员城市青年去边疆垦荒。

八月底，全国第一支垦荒队——北京青年垦荒队奔赴北大荒。其后，许多省、市组织上万名城市青年加入边疆垦荒队伍。

毛泽东在为《在一个乡里进行合作化规划的经验》一文写的按语中明确指出：一切可以到农村去工作的这样的知识分子，应当高兴地到那里去。农村是一个广阔的天地，在那里是可以大有作为的。

从一九六二年起，党中央、国务院开始有计划有步骤地部署城镇知识青年上山下乡，以后陆续从组织、经费、下乡形式、宣传等方面做出系统安排。

一九六四年初，中共中央、国务院下达《关于动员和组织城市知识青年参加农村社会主义建设的决定（草案）》，明确提出：动员和组织知识青年到农村去的目的，是为了建设社会主义新农村，为了开辟城镇学生的就业门路，为了培养共产主义的接班人。

汤原县于一九六四年动员组织、接收第一批二百多名知识青年到莲江口公社、裕德公社、振兴公社、永发公社和鹤立河农场下乡插队，参加生产劳动。

一九六四年七月十日，陈曙明等二十一名汤原镇知青来到莲江口公社新民大队第一生产队插队，是全县第一批下乡的知识青年。到生产队的第二天，他们就和社员一道下水田薅杂草。从未干过农活的他们，就从薅草一点点学起，割地、打场、播种、铲地，样样从零开始。

经过在生产一线一年多的摔打，他们练就了一身硬功夫，成为样样精通的种田好把式。生活上，他们住生产队给盖的土坯草房，一日三餐靠自己做，吃大碴粥、炖炒白菜、萝卜和土豆，这在当时就算不错的伙食。虽然条件艰苦，但是他们怀着建设社会主义新农村的美好理想，以苦为乐，勤奋进取，为农业生产做出了应有的贡献，得到了社员和上级部门的一致好评。

一九六五年，新民大队知青点先后被评为莲江口公社、汤原县和黑龙江省知识青年上山下乡先进集体，陈曙明先后荣获莲江口公社、汤原县和黑龙江省知识青年上山下乡先进个人。十一月，汤原县政府副县长李干臣、知青办黄国生和陈曙明三人到省城哈尔滨参加黑龙江省知识青年上山下乡先进集体、先进个人表彰大会。

一九六五年九月末，根据国务院、东北局和黑龙江省委的有关会议精神，汤原县又组织接收第二批六百多名知识青年。这批知青分别被安排到胜利公社荣丰大队，永发公社河发大队、永发大队，莲江口公社平安大队，振兴公社振兴大队（十三名鹤岗知青）、古城大队和东风良种场、香兰良种场、种畜场、荣丰渔场参加生产劳动。

二

一九六六年，汤原县动员组织七十四名知青下乡到永发公社、胜利公社、东风良种场、香兰良种场、荣丰渔场参加生产劳动。

一九六八年一月，中央要求各部门、各地方、各大中小学面向农村、边疆、工矿、基层（即四个面向），及时做好毕业生的分配工作。十二月二十一日晚，中央人民广播电台播发了毛泽东关于“知识青年到农村去，接受贫下中农的再教育，很有必要。要说服城里的干部和其他人，把自己初中、高中、大学毕业的子女，送到乡下去，来一个动员。各地农村的同志应当欢迎他们去”的指示。

其后几天，全国各大新闻媒体大量报道全国各地组织知识青年上山下乡的情况。很多青少年写决心书，立誓言，毅然加入上山下乡的大军，走上了接受贫下中农再教育的道路。

按照省委、地委的统一部署与要求，汤原县动员城镇知识青年六百余名到农村插队落户。

一九六九年，汤原县动员城镇知识青年二千余名到汤原镇公社、向阳公社、望江公社、莲江口公社、汤旺公社、香兰公社、竹帘公社、鹤立公社、永发公社、振兴公社和梧桐河农场（一千三百六十人）下乡参加生产劳动。

九月十四日，浙江省第一批知识青年来到汤原县农村插队落户。

十月二十七日，汤原县五百余名知青从汤原起程到了佳木斯，晚上十点钟乘船于二十八日早晨到达梧桐河农场十分场二连三工地参加生产劳动，吃、住在连队的知青点。

前两年知青点的伙食还不错，主食以大米为主（梧桐河农场盛产水稻）。以后几年，梧桐河农场粮食欠产，知青的主食以吃返销粮（玉米、高粱）为主。尽管吃的不比从前，但农场知青在劳动报酬和生活待遇上，仍然优于农村生产队的知青。

一九七〇年七月四日，浙江省（宁波市）第二批五百名知识青年到汤原县农村插队，被分别安置在莲江口公社平安大队，振兴公社振兴大队、古城大队、双兴大队，吉祥公社吉祥大队，裕德公社裕德大队、加兴大队，竹帘公社裕丰大队、民主大队，香兰公社木良大队、新建大队，胜利公社荣丰大队、新兴大队，太平川公社庆兴大队、兴隆大队，望江公社景阳大队、四合大队，向阳公社福民大队、景春大队、南向阳大队，黑金河林场，正阳林场，腰营林场，亮子河林场，木良林场，石场沟林场，种畜场的各知青点。

一九七二年二月，汤原县知识青年上山下乡领导小组成立。同年4月，组建汤原县知识青年上山下乡办公室，专门办理知识青年上山下乡的相关事宜。

一九七二年秋，香兰公社新建大队知青点被合江地委评为“合江地区上山下乡知识青年点先进集体”，合江地委组织全地区公社以上的几百个知青办的负责人来到新建大队知青点开现场会。

一九七五年九月十五日，汤原县制订并下发了《关于实行厂社挂钩、集体安置知识青年的方案》，进一步落实厂社挂钩、集体插队建点，执行劳动和分配同社员一样的劳资标准，使知识青年“住有房，睡有床，吃饭小食堂，学习干部管”，改善了插队知青的生活条件。

截至一九七五年下半年，全县共建有砖瓦结构房屋九十六栋、八百六十八间、两万五千一百八十一平方米；共建青年点一百三十二个，分布在十五个公社、一百〇二个大队。

一九七五年六月十三日，全县动员九百二十二名中学毕业生（其中往届二百四十四人，应届六百七十八人）上山下乡。

一九七五年九月十九日至二十一日，汤原县召开全县知识青年上山下乡工作会议。

为加快实现全地区知青点的住房砖瓦化，一九七六年五月二十日由合江地区投资，汤原县筹建一处知识青年制砖厂，从各知青点抽调部分下乡知识青年到砖厂烧制红砖，生产的红砖供全地区知青点建房使用。

一九七六年十月，县委在莲江口公社召开了知青工作会议，会上听取了各公社大检查情况汇报，特别是越冬情况的汇报，对全县知青点的越冬工作提出了具体要求。

会议期间参观了莲江口公社九个知青点的越冬安排情况，会后各公社对知青点工作进行了安排，特别是越冬工作中的建房问题、口粮问题、蔬菜问题、取暖用煤及烧柴问题，甚至细粮应留比例等问题，均做了部署和落实。

一九七七年，汤原县组织动员五百八十九名中学毕业生到莲江口、向阳、鹤立、竹帘等十五个公社下乡参加生产劳动，同时接收安置一批外地知识青年下乡插队。

一九七七年十二月二十六日至二十八日，汤原县召开上山下乡知识青年先进集体、先进个人代表大会。出席大会的四百〇一名知青代表欢聚一堂，总结交流知识青年上山下乡接受贫下中农再教育、走与工农相结合光辉道路的经验。

截至当年末，全县上山下乡知识青年中已有一百一十五人加入了中国共产党，有一千五百八十四人加入了共青团，有九十三人被选进了各级领导班子，有四百二十六人担任了理论辅导员，还有更多的人担任了农业技术员、拖拉机手、赤脚医生、民办教师以及会计、出纳员、保管员等职务，他们在农业生产第一线的各个岗位上发挥了越来越大的作用。

三

一九七八年十二月，知识青年上山下乡停止，已上山下乡的知青陆续返城。

一九六四年初至一九七八年底的十五年间，汤原县先后动员与接收上山下乡知识青年八千三百五十六名，其中本县六千四百九十一名，分别安置在十五个公社、十七个农林牧渔场参加生产劳动。

全县共设一百五十二个知青点，除少数知青插队落户外，大都集体食宿，自种园田，与社员同耕同酬。还有在汤原县域内国营农场的上山下乡知识青年共一万四千一百六十一名。他们中有在小兴安岭舍己救人的欧阳海式的烈士马秋东，有从田间走向工厂领导岗位的企业家林富华，有进军商海的创业精英王元标，有跻身艺术家队伍的姜昆、吴欢，有成长为文学家的张抗抗等一批才华横溢的时代精英。

在各级党组织和当地人民群众的关怀帮助下，广大知青面对酷暑严寒、物质匮乏、生产和生活条件极其艰苦的困难局面勇于担当，在生产一线与农村干部群众风雨同舟，患难与共，在拓荒耕耘、引汤工程建设、学习推广生产科技、宣传政治理论、破除传统习俗等方面发挥了积极作用。

他们在广阔天地里经风雨、见世面，磨砺意志、增长才干，积淀了成长道路上最为宝贵的人生财富；他们把青春的泪水与欢笑挥洒在汤原大地，用智慧和生命谱写了无怨无悔的青春之歌；他们是先进生产力的创造者和先进文化的传播者；他们不仅与汤原的父老乡亲结下了深厚的血肉之情，而且还通过劳动锻炼，奉献了青春，涌现出一大批勇担大任的杰出人才，为第二故乡汤原的全面发展做出了贡献，建立了永载史册的光辉业绩。

返城以后，他们用在广阔天地磨炼出来的拼搏奋斗、自强不息的精神进行第二次创业，成为实现中华民族伟大复兴之梦的中坚和栋梁。

他们对北大荒这片神奇的土地怀有浓浓的特殊的深厚情感，时常重回自己曾经生活过、战斗过的第二故乡，看看留下的青春印记，感恩父老乡亲的爱护与培养。

五十载春秋，弹指一挥间。每当回首那段难忘的岁月，都会给人们的内心带来巨大的震撼和感动。广大知青的青春与理想、奋斗与坚守、激情与迷惘、微笑与泪水，历史不会忘记，人民不会忘记。

无论是知青岁月的历史，还是后知青时代的续篇，都是那个时代的广大知青留给我们的一笔宝贵财富，是共和国史册不可或缺的璀璨华章。

遥　远

张抗抗

垄　沟

北大荒原来这么大呀，我知道什么叫广阔天地了！

天空那么蓝，蓝得像海。那时我其实还没有见过海，就把这天空当作海吧。

浮在头顶和天边的白云，一朵朵，一层层，凌空悬在那里，好像把冬天的雪都储存起来了；那是一座座雪的宫殿，夏天的阳光每天都在改塑着雪宫的形状，天上的白云永远变幻莫测……

原野那么辽阔，肆无忌惮地往远方伸展，根本没有尽头。你无论往四周的哪一边看，除了土地还是土地，除了绿色还是绿色。我从省城的“大地方”来，可这里才是真正的“大地方”，大得你的眼光都量不到土地的边界。站在北大荒的原野上，人忽然就渺小了，萎缩了，小得找不着自己了。你的视线中唯有天空和原野，人被蓝绿白三色覆盖，人已经没有颜色了。

土地怎么会这样平整呢？就像被一个巨大的模具囫囵个儿压出来的，连个土坡都没有。小麦齐膝，大豆蓬勃，苞米挺拔，油汪汪翠生生，一直往天边铺排过去，像是国庆游行时的仪仗队，气势轩昂，高高矮矮一般整齐。

麦地不起垄，麦地平整得像湖面，风来时，麦地起了波浪，连波浪也是整整齐齐，像一整幅绸缎，从头至尾地摇摆抖动。麦子播种有播种机，收割有收割机，大机器是和大土地相联的。开春时，麦地被东方红拖拉机来来回回地耙了又耙，如一双巨手细细抚摩，平整得没有皱纹；小麦成熟时，就被人称为麦海。

大豆地和苞米地，就需起垄了。播种前起了垄，平平整整的大地被分成一条条垄台和垄沟，垄台高于地面，像无数条黑色的长龙，一根根并列，卧于蓝天之下。

毫不夸张地说，北大荒的垄——地平线有多远，那垄就有多长。

夸张一点说，你能数得清自己的头发有多少根，你才能数得清农场的垄有多少条。

你站在垄的这头，绝对看不见垄的那头。每根垄少说有三里地，河流一般源远流长，铁轨一般奔向远方，那一定是全中国最长最长的垄了。想起江南农村田边地头每一寸缝隙里都种满了瓜豆，这北大荒的垄真是太铺张太奢侈了。

拖拉机在春天为大地起垄后，由人工来点籽，出了苗，人们就一条垄一条垄地间苗；苗长高了，就得一条垄一条垄地锄草铲地。从春天到秋天，人都围着垄台转，汗水掉在垄台上，脚印留在垄沟里。垄就是我们的课堂、我们的作业，垄就是我们的全部生活。爬过垄的人，才会懂得“垄沟里捡豆包”那句民谚。长长的垄、黑黑的垄，像一条粗重的锁链，把我们的青春锁住。

到了六月铲地时节，北大荒的垄，真正把我们这些南方来的知青，狠狠地教训了一番。

起床的哨音响了，一睁眼，天已大亮，金灿灿的阳光刺着你的眼，低头看表——时针才指到两点。北大荒的夏天，凌晨两点就是大白天了，太阳催人下地，没有讨价还价的余地。睡眼蒙眬地随着出工的队伍往田野走，玫瑰色的东方彩云缭绕，凉风习习，阳光爽滑。刚有了抒情的愿望，草棵里的蚊子小咬，已成群结队地蜂拥上来，雾团一般纠缠，咬得你无处躲藏。

曾有个杭州知青，一巴掌拍死一只大蚊子，夹在信纸里寄回家给父母看，戏谑地附言："这是北大荒的蜻蜓啊！"父母深信不疑。你若在原野上大口喘气儿，就把蚊子们一口吸进了喉咙，喉咙里好像都被蚊子咬出了包块；你若追打，小咬们齐心协力反攻围剿，顷刻间身上遍体鳞伤。胶鞋已被露水湿透，那大豆地还远在天边。在北大荒，一出门就是江南小镇与小镇的距离，步行七八里地的出工路上，已消耗了大半的体力。

总算到了地头，全体"战士"一溜排开，一人"抱"一根垄，搭上锄头啃上垄，就"噌噌"地往前冲。还没等你拉开架势，周围的人都已赶到你前头去了。心里好着急啊！一人一根垄，这根垄好歹就归你收拾了。四下空旷一目了然，谁在前谁在后，谁快了谁慢了，全暴露在光天化日之下。

一边埋着头锄草，一边前后左右地驱赶着蚊子和小咬。可那草怎么就长在了苗眼儿里了呢？用锄头怎么够也够不着，用锄尖会伤苗，干脆弯下腰用手拔吧，拔草肯定能除根。可等到拔完了草一抬头，左右垄上的锄草人，几乎都看不见了……

有人在前头喊："你干吗呢？你是铲地还是拔草呢？你当这儿是学校操场啊……快点吧……"

心里越发着急，越着急就越觉得自己没铲干净。锄头也钝得像块木头，上面沾满了湿泥。没有刮锄板，铲一会儿就得停下来用鞋子去刮，刮也刮不掉，越铲越沉……

竭尽全力往前赶，胳膊都已被锄头拽得抬不起来了，时间似乎已过了许久，垄沟在我的脚下被一寸寸征服。心里琢磨着：差不多快到地头了吧！鼓起勇气扬脸看——差点没昏过去：前前后后一片绿色，不知是草还是苗，垄台垄沟从容不迫地无限延伸着，丝毫没有结束的意思……

几乎就绝望了，这长城一般长的垄，什么时候能到头哇？别人怎么能铲得那么快，而我怎么就快不起来呢？

拼命地追赶，顾不上喝水顾不上抹汗，只有一个愿望：让地平线一般遥远的地头快快到来吧！那会儿早已不是我在铲垄，而是垄在铲我。它不言不语无齿无刃，却铲得我四肢酸疼浑身都像散了架似的，真恨不得躺在垄沟里让垄沟把我埋葬算了！

可你无论多么憎恨垄沟憎恨铲地，你直直身子歇口气，还得往前赶。只要垄沟没有中止，你的劳作就无法中止；是垄沟牵着你在走在爬，你像一个牵线木偶，机械而麻木。有时候你觉得自己也许坚持不到垄沟消失的地方了，可是垄沟不消失，你想要消失也是不可能的。

忽然，有一把雪亮的锄板，从你的正前面伸过来，一下一下，利利索索，“咔嚓咔嚓”，锋利的锄板下，垄台上的杂草们纷纷倒下，均匀地撒在湿润的黑土上……你惊喜地抬头，发现自己脚下的垄已和前方的垄连结在一起，它变成了新鲜的黑色，垄台上没有杂草，只有一棵棵小苗茁壮地挺立着……

是“战友”们给我接垄来了。对于我来说，接垄简直就是救命。

被人接了垄，这一根长长的垄，千辛万苦才总算是到了头。然而，北大荒的垄是没有完的。铲完了这根垄，还有无数根别的垄在等着。走过这一片铲完的垄，大家转过身，重新一溜排开，再“抱”上一根新垄，接着往回铲。

早早到了地头的快手们，已经坐在小树林里休息一阵子了，喝了水歇过了气，精神抖擞地再接再厉。可我这刚刚好不容易才到达“终点”的人，未等喘息就得接着开干，那种无奈与疲劳可想而知。往往是一上午在地里打一个来回，铲上两根垄才能吃午饭，那往回铲的第二根垄，就越发地苦海无边、不见天日了。

刚到北大荒第一年夏天的铲地，垄沟把我治理得惨不忍睹。不知是由于体力还是由于劳动技术的问题，尽管我尽了最大的努力，每次铲地还是经常“打狼”（落在最后），令我无地自容。后来我才知道，其实，铲地是有许多“窍门”的，许多人并不像我那么“一丝不苟”。他们把锄板伸出老远，轻轻一带，刮起来的新土，把杂草都盖住了，这一拽就是好长一段，垄台上的杂草一下子都看不见了，铲地的速度自然就大大加快。知青们用这个“绝招”来对付那可恶的长垄，可惜我没有及时学会。不知这是不是农场在一九六九年以后，粮食产量始终无法上纲要的原因之一。

铲地是北大荒夏天田野上的主要劳作，几乎从六月中旬持续到七月下旬。初到北大荒，对于黑土地的广大和辽阔，主要是通过铲地来认识的。

我虽然有些害怕铲地，但北大荒夏天的原野，还是很让我着迷。

到达鹤立河农场二分场的当天，我们一些杭州知青被领到连队宿舍，第一眼看见的就是满屋子一簇簇一丛丛鲜红的野花，竟然把房间的墙壁都映红了。那些花被插在罐头瓶里，放在地中央的木箱上和窗台上，一朵朵绽开怒放，新鲜得像要滴水。那花朵细长呈喇叭状，花瓣的颜色殷红，一片片向外翻卷着，上面有黑色的芝麻点，很热烈很生气盎然的样子。

这些花，都是先于我们到达的鹤岗女知青们，专门到草甸子上去采来欢迎我们的。她们告诉我说："这叫作百合花。"

这是我第一次见到百合花。江南的河谷山林里，好像很少有野生的百合花。我好喜欢百合花，立即采下一朵夹在书页里，作为标本寄给了杭州的朋友。

岂止是百合花呢？北大荒的草甸子——夏日的野花真的是应有尽有：粉红的刺儿莓、白色的野罂粟、深蓝的马莲、紫色的铃铛花、金黄的野菊花……如果运气好，偶尔还会在草甸子的深处，发现一丛粉红或是紫红色的芍药花，碗口大的花骨朵，迎风颔首，雍容华贵。还有许多叫不上名字的小花，让人眼花缭乱，五彩缤纷地开成一片，好像是花仙子日日不散的盛会。

说来惭愧，那些日子使我坚持去"抱"垄铲地的"精神支柱"，就是路边地头上的这些野花了。只要铲到了地头，我就会看见它们，那样精神抖擞、天真烂漫地随意生长着开放着，从茂密的草丛中好奇地探出头来，无忧无虑地微笑。它们既然没有烦恼，我在顷刻之间也就没了烦恼；它们从不疲倦，我也就不觉得疲倦了。只盼着快快铲完了这片地，收工时，我好采上一大抱，把它们搂在怀里，带回宿舍去，它们将在整个夜晚用花香陪伴我。

有时候，垄台上冷不丁也会闪过一星灿灿的亮色，一朵金黄的小花开得正旺。那是"婆婆丁"，也就是苦菜花。那时，我总会把锄板小心收拢，决不碰它。走远了再回头，那金黄色的花瓣竟会点头对我说谢谢……

夏天的北大荒，阵雨说来就来。眼看着起了凉风，蓝蓝的天上远远地刮过来一片乌黑的云彩，就像披着黑色斗篷的魔怪，张牙舞爪腾云驾雾，转眼间就逼近了。有人喊："不好，来雨啦，快跑快跑！"大伙儿扔下锄头，顺着垄沟，就往地头的小树林跑去。刚跑出几步，雨点就下来了，铜钱一般大，打在脑门儿上生疼。

可是，不跑怎么办啊？四下除了垄沟就是垄台，连个避雨的草棚都没有，大雨劈头盖脸地压下来，雨水顺着头发往下流，气都喘不过来。只好在雨里没命地跑，鞋底沾着泥浆，衣服裤子都湿透了，拖泥带水地跑也跑不快。好不容易跑到了地头，还没等站稳，发现大雨戛然而止，云开雾散，雨过天晴，太阳重又笑眯眯地露脸。那样干爽炽热的阳光，好像从来就没有下过雨似的；那片黑云，已经越过我们的头顶，疾速地往远处飘去了。

拖着湿漉漉的鞋和衣裤，重新往垄沟走。垄沟只湿了一层地皮，若无其事的；倒是那些杂草，喝过了雨水，一眨眼的工夫又蹿了出来，摇头晃脑地和铲地人较劲儿。

这就是北大荒的雨，铲地的雨。早知道北大荒的雨是个“短跑运动员”，还不如乖乖地蹲在垄沟里，干脆让雨水给洗个澡呢！

下过雨以后，天空格外透亮，像一个穹形的玻璃顶盖，罩着绿色的原野。穹顶与田野之间，有一圈深蓝色的地平线，就像用笔勾出来一般，清晰得近在眼前。

在我视线所及的范围内，天空是圆的，地平面也是圆的。天地之间，只有我一个人。我清楚地看见了那个圆形的地球，从我脚下延伸至远方的地平线。

那一刻我突然发现，原来我就是地球的圆心，每个人都是地球的圆心。人就像一把直立的圆规，画出了天地间的弧线。我确实是在修理地球，垄沟垄台都是地球的颜面，我抚摩它摩挲它，整个夏季我都是在亲吻着地球啊！

这个发现令我激动不安，从我长大至今，我还从未真正“触摸”过地球；而北大荒的垄沟，在我的生命史上刻下了第一道有关土地的烙印。

菜　园

不知是否和我铲地“打狼”有关，不久后，我就被安排到菜园队去干活了。

菜园队有个很好听的名字，叫作“园艺排”。我觉得这个名字很不错，给父母和同学写信，都告诉他们，我的通信地址是鹤立河二分场园艺排。其实，就是菜园队。

我到菜园队的时候，已是七月，春天种下的许多蔬菜，正好都“下来了”。起初，我搞不懂为什么叫“下来了”，在我们杭州，每逢新鲜蔬菜到了时令，都叫作“上市”。北大荒没有“市”，干脆就“下来了”。

北大荒的蔬菜“下来”的时候，就像一个盛大的节日。

黄瓜“下来了”——黄瓜分为“水黄瓜”和“旱黄瓜”。“水黄瓜”先下来，“旱黄瓜”后下来。“水黄瓜”是细长的，绿色，需倚着柳条架子爬蔓儿，然后，一根根一串串，像鞭炮一样地垂挂下来；“旱黄瓜”短粗圆胖，皮上有黄绿色的花纹，在茂盛的瓜叶下贴地乱爬，就像暗藏的地雷。

种“水黄瓜”要起垄搭架浇水，所以，叫“水黄瓜”；而“旱黄瓜”不用太浇水，在地上爬蔓儿。“旱黄瓜”的黄瓜味儿足，吃起来满口黄瓜香，但是籽儿多；“水黄瓜”咬一口又脆又嫩，满嘴汁液。两种黄瓜各有千秋。

黄瓜“下来了”，我们天天“下”黄瓜。蔓儿上的黄瓜纽儿昨天还像一根小麻花，过了一夜就“炸”出个顶花带刺儿的大果子。黄瓜的产量很高，刚摘了这根，那根又长长了，“下”不完地“下”，就像老母鸡下蛋似的，天天有得捡。既然黄瓜那么多，我们这些“下”黄瓜的人，自然享受些优惠政策，到了工间休息，允许我们白吃黄瓜。

看来，菜园队还是有许多优越性的，可惜我对黄瓜并没有太深的感情，顶多吃上一两根解解渴便是。但那些鹤岗和佳木斯的女知青，对黄瓜的喜爱几近狂热，生黄瓜“可劲造”——我亲眼看见一个女生，在休息的时候，用一只大土篮子，装了半篮子的黄瓜，然后把土篮子扛到树下，自己坐在地上，拿起一根黄瓜，用手捋了捋上面的泥土，开始大嚼起来。我坐在她不远的地方，看着她在短时间内，飞快地“消灭了”一根又一根黄瓜，等到哨音响起开始干活儿的时候，我发现那只土篮子已经空空如也。我目瞪口呆，实在不相信，就问她：“瓜呢?”她眼也不眨地说：“都叫我吃啦!”

黄瓜“下来”的时候，连队食堂上顿下顿地吃炒黄瓜片，吃得我直反酸水，直到现在还对炒黄瓜过敏。但“旱黄瓜”“老了”以后，用来腌咸菜，等春天没菜吃的时候，还是很顶用的。

西红柿“下来了”——北大荒的西红柿，也许是世界上最好吃的西红柿了。圆圆的如碗口大，血红色、粉红色的都有。表皮粉红色的那种，连里头的沙瓤儿也是粉红色的，晶莹透明，似掺着许多银粉，闪闪发亮；另有一种小小的，金黄色，比杏略大些，有个尖尖的鼻子，好可爱的，不像西红柿倒像个玩具。摘下来一大堆，小山似的堆在地上，像是无数的彩球来回滚动，叫人不忍吃。

北大荒的人管西红柿叫“柿子”，让我们这些南方知青很不赞成。我们说：“柿子明明是长在树上的呀，那你们管树上的柿子叫什么呢?”她们就反唇相讥地说：“你们管柿子叫啥——蕃茄？怎么是蕃茄呢？难道是茄子不成?”她们还说：“东北又没柿子树，这就当柿子吃了。”叫就叫呗，于是，我们后来也都跟着柿子柿子地叫。

“下”柿子的时候，是很快乐的。拎着土篮子在柿子“树”的垄里挨排蹚过去，把一个个红透了熟透了的柿子，轻轻摘下来，放进土篮子里。一边走着，一边就拿眼睛留神着周围的熟柿子，看见一个最漂亮最可爱的，就摘下来，在衣襟上擦一擦，就手塞进了嘴里。“下”柿子其实就是吃柿子，队长是没有办法禁止的。再说，任你怎么吃，地头上被我们收获的柿子，已经装满了整整一牛车。

装车的时候，是用铁锹一锹一锹铲起来的，要是一个个地捡，那要捡到啥时候?

那年夏天我在菜园“下”柿子，一路走一路吃，至今还记得柿子酸甜的汁水，把肚子撑得溜溜圆，一会儿工夫，尿就憋得慌。几个女生看看周围没人，蹲在柿子地里就尿，说是给柿子上肥了。尿完了再吃，吃得舌头都没有知觉了。如今想起来，实在很没出息。

北大荒夏天的菜园子，除了黄瓜、西红柿，真正的当家菜是西葫芦。

第一回见到西葫芦，绝对地不认识。说它是个葫芦，葫芦有“腰”有

“肚子”，曲线分明，它冒充得太离谱；它的样子有点像南方的菜瓜，又有点像长形的南瓜，但味道完全不是那么回事，吃起来，有一点像杭州的一种叫作“活芦”（瓠子）的东西，但更脆些。它的形状很难准确地形容，总之有点“四不像”。

很长一段时间里，这种奇怪的西葫芦使我大伤脑筋，拿不定主意是吃还是不吃。不吃吧，没有别的菜可吃；吃的话，实在不算太好吃，还有一种特别的气味。但东北的知青们对西葫芦都情有独钟，每当吃西葫芦，他们就欢呼雀跃，还告诉我们西葫芦可以做馅儿用来包饺子或是蒸包子。

直到一次路过一户老职工的家，看见他家的篱笆上，晾满了一圈一圈淡黄色的“花边”，螺旋形地坠挂着，像一副副猪大肠。问他是什么，他说是晾的西葫芦干儿，等到冬天时，西葫芦干儿炖猪肉吃，可香了。当时不以为然，到了那年元旦，连队食堂果真给大伙儿做了一次西葫芦干儿炖肉改善生活，那西葫芦干儿又韧又脆，入肉味，新鲜爽口，方知西葫芦的妙用。从此，不敢再小视北大荒那些陌生的植物了。

深紫色的长茄子，足有尺把长，又粗又大，像一根精致的紫色大蜡烛，沉甸甸地坠着。以前从未见过这么大的茄子，惊讶得半天合不上嘴。油绿的小辣椒和蕃茄那么大的圆辣椒，也足以让我们惊叹！大辣椒在杭州，被称为“灯笼辣椒”，很形象的；但在北大荒，却被称为“柿子椒”，看来这里的人对柿子特别有好感，动辄以柿子命名。北大荒的“柿子椒”还有一绝，成熟后会变成大红色，又称“甜椒”。可以生吃，肥厚的“椒肉”汁水充盈，微辣中略带丝丝甜味，很开胃。北大荒的辣椒可代替水果，真正是没有想到过的。

还有豆角呢，早豆角、晚豆角、花豆角、油豆角。早豆角产量高，有个外号叫“五月先”，但易老多梗，是连队的大锅菜；晚豆角中有各种饭豆，是专门等着秋天剥皮打豆的，那豆子一粒粒饱满精壮，花纹奇异，漂亮得不忍吃。有类似“兔子翻白眼”“红云豆”“白云豆”这样的命名，每一种都可做艺术品收藏。

最好吃的豆角是油豆角，豆角表皮果真像是涂了一层釉，一片片绿色的琉璃瓦似的，碗里一片绿光莹莹，那豆角总也不老，皮厚却糯，里头的豆粒香甜。至今认为北大荒的油豆角是世界上最好吃的蔬菜之一，可惜不容易吃到了。

到了秋天，是大白菜、土豆、萝卜收获的季节，统称“秋菜”，贮备起来用以过冬。“秋菜”就是地里的大白菜，巨大的绿叶耸立着，严严实实地抱了心，像包裹着一个个胖娃娃，笑嘻嘻地蹲在地里。大白菜一棵足有十几斤，需用镰刀砍，砍倒后就撂在垄台上，风吹日晒晾些日子，才能拉回入窖。

北大荒的红萝卜大得让人吃惊，像是一个个大皮球，一半在土里，一半露在外面，稳稳当当地坐在萝卜坑里，好像随时要去参加足球比赛。青萝卜像个圆筒，下半截是白的，上半截是青绿色，里头的“肉”也是绿色的，翠玉一般晶莹。收萝卜挺好玩儿，不用手而用脚，一人“抱”一根垄，然后把手背在身后，一边往前走，一边用鞋尖去踢那萝卜，踢一脚一个萝卜就“下来了”。萝卜是“踢”出来的，女生都说这回也知道踢足球是什么滋味了。等到一条垄的萝卜都被“踢”下来，就有车老板赶着牛车在垄沟里捡萝卜；一条垄沟走到头，牛车上的萝卜就堆满了。红萝卜生吃有点辣，一般用来炒着炖着吃；青萝卜宜生食，到了休息时间，有人把青萝卜在衣服上擦了泥，用镰刀砍成四瓣儿，大伙儿分着吃，又甜又脆，冰凉透心。

收土豆是个累活儿，但我特别喜欢。收土豆必须配上犁铧，那犁铧被牛拉着，在垄台的一侧直直地划过去，平整的垄台被剖成两半儿，那金黄色的土豆，一嘟噜一嘟噜地从黑土里蹦了出来，就像是土地下埋藏的一个秘密，忽然被揭示出来，重新见了天日。土豆那么多那么多，一个个都有馒头大小，令我们兴奋得大呼小叫。

杭州的“洋山芋”只有乒乓球那么大，这辈子还是头一次见到这么大的土豆，真怀疑那究竟还是不是土豆。有一次，从土里抠出一个土豆，几乎像蕃薯那么大，把我吓了一大跳。犁铧每蹚一个来回，新的土豆就被“暴露”出来，我们拎着土篮子，手忙脚乱地捡，一会儿工夫就捡满了一筐，倒在垄沟里，一会儿就堆起一座小小的土豆山。

长到十九岁，第一次体验了什么叫“丰收的喜悦”。

等到“秋菜”都收获完毕，南方来的知青得出一个共同的结论，那就是：北大荒菜园子里的蔬菜，哪一种都比南方的大！

大辣椒大黄瓜大茄子大白菜大萝卜大土豆还有大倭瓜……

大家都欢欢喜喜地感叹说：“北大荒的土地确实是肥沃啊！”

菜　　窖

收完了“秋菜”，都在大地里堆着，任干爽的秋风晾晒些日子，再陆续往回拉。除了食堂日常用的一部分，余下的白菜萝卜土豆，必须在上冻以前，送到菜窖里去贮存。全分场的人，全靠菜窖里的蔬菜来度过整整一个冬天。

入窖的菜，都是经过精选的。白菜要棵株大、抱心严、沉甸甸、结结实实的那种；土豆和萝卜都得光滑完整，没有伤口和疤痕的，这样才利于保存。

一群女生坐在深秋的冷风里，围着一堆堆大白菜红萝卜，嘻嘻哈哈地挑选。有慢吞吞的牛车来来往往，将它们拉往菜窖去，另有人将它们入窖码放。

我们这些南方知青，还从未见过菜窖呢！

有个杭州姑娘嘀咕说：“我才不相信一棵白菜能在地底下藏半年，早就变成霉干菜啦！”

到了初冬，地面上的“秋菜”眼看着一点点少下去，一棵棵一个个都“潜入”了地下；下第一场雪之前，菜窖顶部的一根根檩子上，已被一层层厚厚的柳条和秫秸覆盖。秫秸上落了一层薄雪，整个菜窖看上去就像一座长方形的半地下雪宫殿——直到“秋菜”全部入窖，我们才被允许下到菜窖里去。

菜窖没有门，也没有窗户，囫囵个都被封严实了。下菜窖是从顶部的“天窗”上往下走，“天窗”上有个木框，木框下面连接着一个木头扶梯，刚能钻进一个人去。木梯摇摇晃晃，大约有十几个阶梯。往下走着，脑袋刚一没入菜窖，眼前顿时漆黑一片，什么都看不见了，四周传来蔬菜的气息……

眼睛渐渐地适应了黑暗，就见有一盏马灯挂在木柱上，微弱的光亮下，能看清菜窖两边的墙根儿上，码放着一排排整整齐齐的大白菜，中间的过道上，也是两排半人多高的大白菜。白菜青帮绿叶，一棵棵精神抖擞，摆放得规规矩矩，就像是一座地下图书馆或是藏书室，一排排书架放得满满登登，只留出一条条窄窄的过道，用以通行。

地面是沙子铺就的，干燥清爽；墙是从泥土中被“挖”成的，壁上留着铁锹的道道印痕。

兴奋地在菜窖里走了个来回儿，仔细地“视察”了一番，发现在菜窖的两头，一边堆着土豆，另一边却是一大堆沙子，有人说那沙子里埋着萝卜，萝卜必须埋在潮湿的沙堆里，才不会因水分蒸发而变“糠”。

菜窖里好暖和，得把笨重的大衣脱去才能干活儿；菜窖里好安静，听不见地面上呼啸的风声；菜窖里的空气有一点闷，但在长长的菜窖顶上，每隔十米左右，就有一个脸盆大小的“天窗”，即出气孔，做通风之用。下雪的日子，把那小孔用秫秸盖上，雪便不会落入菜窖里；等天晴了再打开，阳光会从“天窗”直射菜窖的底部，就像是一个山洞，从顶上透来一束微弱的光线……

每天早上，菜园队的姑娘们排着队走到离分场二里地外的大菜窖，然后排着队，心甘情愿地跳进那个“陷阱”，一个一个地从地面上消失；到了傍晚，再一个接一个地从地下冒出来，然后排着队走回宿舍。我们一整天待在昏暗的菜窖里，顺着“书架”的次序，一棵一棵地挨排整理那些大白菜。

我们必须把大白菜表层的烂帮黄叶揪下来，使大白菜能继续保持健康的体表。然后，为它们翻身翻个儿，让它们透透气，换个姿势，再重新码放，把它们一棵棵“架”成不会倒的白菜垛，就又可以保存一段时间了。我们每天的工作，就是不厌其烦、没完没了地“倒腾”白菜。

冬天的北大荒，和夏天恰恰相反，天亮晚，天黑早。到了三九隆冬，我们每天早上七点钟出工时，天才蒙蒙亮；到下午三点钟下工，拱出菜窖，一看天边的月牙儿都挂在那里了。白天在黑暗的地下度过，早晚也是黑暗——整个冬天，觉得自己就像一只田鼠，钻在地下的洞里，默默地为食物操劳。

但是，比起大田连队的冬季脱谷和刨粪，菜窖的活儿是最轻巧的了。到了翻捡土豆和萝卜的时候，大伙儿围坐在土豆堆和沙堆上，七嘴八舌地讲故事，倒是很开心。

都说要讲鬼故事，鹤岗的鬼故事和杭州的鬼故事比赛，谁的鬼故事吓人。讲到一半儿，菜窖的过道里悄悄地掠过一个人影，大伙儿吓得尖叫，却是指导我们干活的“二劳改”。到了休息的时候，鹤岗姑娘总是拿出一把藏在角落里的镰刀，开始削萝卜吃。然后，给我们一个人分一小块，吃得胃里直泛酸水；有时，她们还会挑出一棵新鲜白菜，把整棵白菜剖开，专门吃里头的白菜心。把那水灵灵、脆生生的白菜心放进嘴里，嚼得“咔嚓咔嚓”响，嘴唇上沾满了生白菜的汁液。

“吃不？可好吃了，甜着呢，当水喝呗……”她们热心地把白菜心递过来。

南方知青把脸转过去，还冷冷地扔下一句：“你当我是兔子啊？”

我也没敢吃那生的白菜心，但我喜欢这满满一菜窖的新鲜蔬菜。在北大荒的冰天雪地中，唯有在这里，还能看见绿色，看见新鲜的“植物”。这里是平和而安宁的，如置身世外，令人心明耳静。我们用自己的双手，不断地去腐除朽，在严酷的冬天里，守护着秋的果实。

然而，菜窖里毕竟阴冷潮湿，白菜也是冰凉的，待的时间长了，活动量又少，身子就会渐渐地发冷，手脚僵硬。等到收工出了菜窖，身上本来没有热气，再加上一路风呛雪袭，到了宿舍，常常是十个手指都伸不直了。

第一年冬天，由于刚到北大荒，缺少防寒的常识，再加上在潮湿的菜窖里干活，我的双手手背二度冻伤，伤口感染，经久不愈，整个冬天手背上都被缠着敷料和绷带，连厚厚的棉手套都戴不进去。直到现在，我的手背和小指的连接处，还留着两个铜钱大的伤疤，那是北大荒冬天菜窖里的纪念。

但我仍然喜欢菜窖。离开北大荒五年后，我曾在一个早春时节，重回农场去“探亲”。三月的北方城市，家家户户楼道里储存的大白菜，已经像脱水的干菜一般；但到了农场，家家的餐桌上，用生白菜丝、胡萝卜丝、粉条、豆芽、蒜泥拌的东北凉菜，新鲜爽口，一咬“咔咔”响；那白菜一入口，饱满的汁水就迸溅出来，脆得就像刚刚从地里收起来的一模一样。

当然，那是从菜窖里现取的，随取随用；菜窖是个天然优质的冷藏箱。

入四月开了春，新鲜的小菠菜和韭菜都下来了，菜窖里的白菜土豆也终于吃得差不离了，菜窖就完成了自己的使命。在一个晴朗的日子里，菜窖顶上的柳条和秫秸被统统扒开，露出那支撑了一冬的横梁，一根根瘦骨嶙峋，像一具尸体上残留的肋骨，看起来很凄凉。每年春天都必须扒菜窖，扒菜窖是为了晾菜窖，让阳光把地下一冬的霉气潮气都赶跑，晾干晾透，明年冬天盖上个顶，就又成了新的菜窖。

到了七十年代中期，各个分场都用砖砌了大菜窖，永久性的，有瓦顶和通风设备，敞亮恒温，门口有水泥的斜坡，装菜和拉菜的汽车，可以直接开进去。大菜窖能储存比原先多几倍的蔬菜，使知青和职工们从此一冬吃菜不愁。可惜的是，大菜窖盖成后不久，知青们就陆续返城了，也不知道那个大菜窖后来派上了什么用场。

水泡子

前面曾经提到过的水库，北大荒的人管它叫“水泡子”。

“水泡子”围了堤，修了闸，就成了水库。其实，还是个“水泡子”。

怎么是“水泡子”呢？它明明是一个湖，一个美丽的小湖。

水不深，浪不大，湖面是灰绿色的，岸边有茂密的柳茆和灌木。风和日丽的日子，湖上飘着朵朵白云的倒影，就像一幅巨大的油画。

既然有湖，湖边就一定有野鸭蛋；也许还有天鹅？

去北大荒之前，读过许多关于北大荒的小说。满脑子都是“棒打狍子瓢舀鱼，野鸡飞到饭锅里”的神奇传说。到了鹤立河农场没几天，就到处向人打听哪里能捡到野鸭蛋。人说八里地外的八分场那边，一个“水泡子”接着一个……

心里激动万分，渴望的目标终于出现。于是刚到第一个休息日，就迫不及待地邀了同伴儿，直奔“水泡子”而去。

天边有一片模糊的黑影，像一座黑色的高墙，人说那就是水库的方向。

在那条黄沙路上走了许久，太阳顶头，快把人都晒蔫了。高墙越来越近，黑影渐渐发绿，却原来是一大片密密的松树林。从树林子里吹来的风是凉的，阳光下的风是热的，一阵凉风一阵热浪，就好像太阳和月亮同时挂在天上。

过了树林子，远远地望见了一大片亮晶晶的水，在原野上一闪一闪的，像一面镜子。走近了，清清的水面上竟然浮荡着一串串的小叶片，开着白色和金黄色的小花。那叶片的形状像菱角叶，花形像缩小的睡莲。有点不相信自己的眼睛，撅了一根树枝去捞，却从水下带出来一串湿淋淋的小“青蛙”，糖块大小，呈三角状。惊喜得大叫——果真是菱角！

北大荒竟然有菱角！那菱角的皮嫩，剥开了，里头却空空如也。同伴说：“想必北大荒天气寒冷，菱角未等长成，就被秋霜和雨雪冻僵了。只有菱角而没有菱肉，不算不算。”

“水泡子”四周，一个人影都没有。不知名的小鸟忽地从头顶掠过，草丛里有小虫子发出好听的叫声。沿着“水泡子”边上的小路，往湖湾的深处走，密密的青草像波浪一样随风起舞。忽然，前面不远处的湖滩上，出现了一只灰色的大鸟，高脚长颈，脑袋小而黑，无冠，硕大的翅膀边缘，白色的羽毛上镶着一圈黑边，尾巴却不成形。它正用一只脚站在浅水中，一只脚勾着，垂下脖颈，伸出它的长喙，在水面上搜寻着什么。

连呼吸都好像停止了，我们大气儿不敢出，一动不动地望着它。

是一只鹤！我想，我见到真正的鹤了。

悄悄地接近它，希望能看得更清楚些。不知是不是我们惊动了它，它忽然把脑袋抬起来张望了一会儿，然后，从容地张开了那两扇巨大的翅膀，悠悠地拍动着，我能听见它翅膀扇起的呼呼风声。它的另一只脚也垂直下来，两只脚并在一起，在那个瞬间里，身子腾空而起，脑袋向上扬着——飞起来了。它飞过幽幽的湖湾，朝着湖的更深处飞去，一会儿就消失在芦苇丛里……

我傻傻地看着，脑子里只有一个念头：呵呵，真的是北大荒啊！

后来我才知道，这种形似灰鹤的大鸟，总喜欢长久地站在水边，耐心地等着鱼游过，啄而吞食。所以，当地人管它叫“老等”。“老等”非鹤，而是一种鹭鸟，到了秋天也往南飞，春天归来。

看过了“老等”，就开始寻找野鸭蛋。一腔热血和满心期待，以为北大荒的草甸子里、水边湖滩，布满了密密麻麻的野鸭蛋，就等着我们专程从杭州到这里来捡。口口声声说的是建设边疆，心里梦里想的却是野鸭蛋——如此看来，上山下乡的动机，实在不算太纯正。

我们的手里拿着树枝，小心翼翼地扒拉着脚下的每一寸土地。一丛丛灌木、一堆堆草棵子地搜寻过去，希望眼前能突然出现一大堆白花花的野鸭蛋。我们走遍了近处的湖滩，走得汗流浃背，仍是一无所获。就连想象中会从我们眼皮底下惊飞的野鸭子，也竟然没有一只。希望在逐渐减小，野鸭蛋仍是毫无踪影。不仅没有野鸭蛋，连一根遗落的野鸭毛都没有啊……若是再往前走，前面就是水草相连的沼泽地了，不知深浅的“水泡子”里，立着一丛丛绿油油的“塔头墩子”，每个“塔头墩子”之间，都是深不可测的陷阱，一脚踩空，就会有没顶之灾……

脑子里闪过了关于沼泽地的种种可怕的传说，只得望草滩而却步，忍痛放弃了野鸭蛋。同伴儿忽然恍然大悟地叫道：“现在都是七月份了，野鸭蛋早都孵成鸭子了，明年要早些来才是。”

没有野鸭蛋，只好去抓鱼了。

在二分场场部生活区旁边的小河沟里，见过一群农场职工的孩子们摸鱼——人蹲在水中，不言不语的，忽然手中就抓着一条鱼站起来，一会儿工夫一条，就像从自家的菜园子里摘茄子，那么轻松方便。

我们也来抓鱼吧，不是说北大荒“瓢舀鱼”吗？

一条细细的河沟里，水深过膝，眼看着尺把长的鱼在悠悠地游动，背上有浅褐色的花纹，像鲫鱼又像鲤鱼，叫不上名字。不过鱼是真的，就看你怎么把它们弄到手。鼻尖似乎已闻到了鱼汤的香味，急急脱了鞋跳到水里，那些鱼却像精灵一般，“呼啦”一下全都不见了。

水让我们搅浑了，浑水可摸鱼，然而摸来摸去，手里除了水还是水。偶尔似有滑溜溜的鱼尾从掌心穿过，死命一掐，一出水仍是两手空空。摸了好半天，精疲力竭的连根鱼苗都没捞着……

正恼恨地盯着水里看，忽见河岸边上的水草下，有一只只半透明的小虫子在动弹。它们有长长的须子，动作很敏捷，一蹿一蹿的，但总在原地活动。

“那是虾呀！河虾！”我们欢叫起来。没想到北大荒的“水泡子”里，真会有虾！

怎样才能把它们逮到手呢？连一条鱼都抓不住，何况是虾？

忽然想起了随身带着的小竹篮子，那是从杭州带来的，今天带着它，本是为了装些食物和水。就用它试一试吧，竹编细密，正好用来代替鱼网了。

用竹篮子捞虾，想不到效果出奇的好——每次把竹篮子从水里拎起来，篮底上总有几只两寸左右长的虾在欢蹦乱跳，几乎每一竹篮子都不落空。看来北大荒人不喜食虾，把那些虾养得憨厚迟钝，大约半个小时左右，我们已经捞了满满一饭盒的虾，真让人惊喜万分！

那次去“水泡子”，由于捞了一饭盒虾，也算是满载而归了。回到连队宿舍，用三块红砖搭起一个简易小灶，捡些树枝点上火，用杭州带来的小锅，把虾煮熟了，大伙儿都来抢，狼吞虎咽地吃了一顿清水河虾，过了一把馋瘾。但心里却还在惦记着那些鱼，很为自己抓不住满河沟的鱼而懊丧。

第二年夏天，雨多水大，水库都满了，开闸放水，不知怎么地就把“水泡子”的鱼都放了出来，顺着河沟流到灌溉用的水渠里，水渠里的水和鱼，又流到了稻田里。那几天，水田连队的男生都没心思干活儿了，谁能眼睁睁地看着大鱼小鱼在脚边游来游去，脚指头让鱼儿啃得痒痒而无动于衷呢？大伙儿纷纷都去抓鱼，那鱼都懒散惯了，缺乏警惕性，让人一抓一个准，一抓就是一条。

收工的时候，人人手里都拎着一串鱼，眉开眼笑的就像过节似的。那几日，分场到处都飘荡着鱼腥味儿，然后是炸鱼炖鱼煮鱼汤的香味儿。会过日子的职工家属，还把鱼晒成干儿，等到冬天再吃。

其实，在北大荒吃鱼本非难事，都是让割资本主义尾巴给吓的。有些胆儿大的老职工，每到夏天的晚上，就到“水泡子”那边去，在河汊里憋上柳条编的鱼晾子，利用水流的落差，让上游的鱼顺水“搁浅”在鱼晾子上，再也游不走，活活地晾在那里。到了清晨，背个筐去捡鱼就成了，一捡一堆，天天都吃鱼。

到了冬天，“水泡子”冰冻三尺，正是打鱼的好时光。用钢钎在冰上打洞，若是正打在“鱼坑”里，那大鱼小鱼就像油田的自喷井一般，呼呼地自动往上冒。一会儿工夫就可装上一麻袋。等到了家，已被室外“天然冰箱”速冻了，绝对保鲜。

北大荒的“鲫瓜子”又肥又大，尺把长斤把重不算稀罕，我们以前在杭州从未见过。但我最喜食鲇鱼，肉细嫩而味鲜美，东北人用鲇鱼炖茄子，应算一绝。

水泡子边上还有许多好东西。有一年冬天，我跟着场部的人下基层，就在那个“水泡子”堤上的树丛里，有人用猎枪打到一只五彩斑斓的野鸡，我拔了几根野鸡翎儿做纪念，但野鸭蛋却是始终没见着。

万能大葱

刚到北大荒的那一年初夏，正赶上铲地除草的农忙时节。有一天，听说连队食堂杀了猪，晚上要为知青们改善生活。这一整天，大家干活都有点心神不定，自从到了农场，顿顿是清汤土豆，谁也没见过哪怕一星肉丝或是肉末。

收工后，快快洗脸，急急奔向食堂，去吃肉。

远远地，从食堂飘来了肉的香味。真的很香啊，很久没有闻到这么香的东西了。不就是猪肉嘛，怎么会这么香啊！

从食堂卖饭的窗口望进去，果然望见了一大盘炒菜，红红黄黄的很好看。眼尖的人，说那红色的肯定就是肉片了，黄的白的，斜着切成一段一段的，又粗又壮，肯定是胡萝卜了。踮脚排队，排得脖子都酸了，等到一勺油汪汪的肉菜打在饭盒里，心中狂喜，低头看一眼饭盒，却有些疑惑起来，忍不住问一声打饭的人："这是个……什么肉?"

"大葱炒肉呗!"卖菜的有些不耐烦了——"大葱，咋不认识?"

"什么什么？大葱炒肉?"端着饭盒的南方知青，一个个都惊讶地嚷嚷起来。大葱？大葱居然可以炒肉？大葱这种东西，难道是用来炒肉的吗?

有人开始不依不饶地同伙房论理较真儿：比如在我们杭州，葱只能做葱花，是烧菜的时候用来点缀、提味，使其锦上添花；而绝不是一种可以单独行动的蔬菜，更不是一种可以与肉混为一谈的食物啊。况且大葱气味浓重，又辣又苦，用它来炒肉，把肉味都破坏啦!

卖菜的是鹤岗知青，耐心听完了这番议论，不屑地瞪我们一眼说："你们爱吃不吃!"

轮到我们尴尬：若是不把大葱一块儿买回去，恐怕就连肉也吃不上了。下一次吃肉还不知哪年哪月呢。大家面面相觑，只得忍气吞声地把大葱炒肉端回宿舍里去。有人把饭盒里那一段段金黄色的熟大葱都挑出来扔掉了，只剩下孤单单几片肉。我勉强尝了一口，赶紧吐了：北方的大葱，闻起来香，吃在嘴里，有点麻舌头。真不懂这里的人，怎么喜欢吃大葱?

很快就发现，大葱在北大荒人的生活中，是一种绝对不可缺少的必需品。

早春时节，残雪化尽，料峭的春风中，菜园子空空荡荡一片荒凉。唯有去年秋天栽下的一排排大葱，枯黄干瘪的葱叶中心，早早钻出了一支支挺拔的绿芽，葱叶由黄泛青，葱尖碧翠，竹笋似的一天天往上蹿。那是严冬过后的大地上最早的绿色，绿得沉着而稳当，饱满茁壮得像一棵棵小树苗。

给葱地浇了水，再往上一层层培土，葱白就随着往上长；葱地的垄台土壤须保持松软，长长一根大葱，一拔就"脱颖而出"了。然后把一根根绿莹莹的大葱，用水略加冲洗，往炕桌上随意一撒，满桌碧绿，配着一碟黄酱，就是北大荒人的当家菜了。

一个春风怒吼的中午，我看见一个红脸小男孩儿，在自家门前玩耍。他的左手抓着一块金黄色的苞米面大饼子，右手的手心里紧握着一棵尺把长的鲜绿大葱，长长的葱叶在风中抖动。他咬一口大饼子，再咬一口大葱；大饼子是饭，大葱是菜，如此交替进行，吃得专心致志。擀面杖一般粗的大葱，被他一截一截迅速咬下吞没，我能听见他嘴里咀嚼大葱发出的生脆响声。生葱断裂的汁液蹦溅出来，他被辣得眯起了眼睛，却是一副开心满足的样子。

我摸着他的头问："辣不辣?"他咧嘴乐，摇头回答："甜!"

那一刻，我第一次对大葱产生了好感，确切说，被老职工孩子手里的那根绿色的大葱感动了。这也许是他开春后最早能够吃到的新鲜食物，是他家里最香最好的食物。我的嘴里分泌出丝丝唾液，忽然很想尝一尝这生大葱，究竟是不是真的有点甜。

即便在夏天，大葱也是东北人餐桌上的常备和必备的"菜"。自家黄豆做的大酱，用豆油和鸡蛋炒了，大葱就蘸着酱生吃。一开始觉得那酱有股怪味儿，吃着吃着，发现了大葱蘸酱的妙处——那生葱在嘴里嚼着嚼着，真的慢慢有了甜味，甜脆香辣，专门用来对付粗粮。

到了秋天，连队的大菜窖，有一角专门用来堆放大葱；老职工家家户户门前，都晾晒象牙一般粗壮的大葱，成捆成捆地立着，那是一个冬天的"战备物资"。等着阳光把葱叶晒蔫了，长长的葱叶就可当作绳子，把葱白卷成一把一把的，扔在屋顶上或是堆在墙根下，随吃随取很方便。

大葱不怕冻，哪怕冻硬得像一根钢棍，拿进屋稍稍缓一会儿，它就立马苏醒过来。冻葱下了锅，还是原来那个葱味儿；大葱也不怕久放，看着葱叶蔫了干巴了，剥了葱皮，里头仍是一截雪白一截翠绿，水灵灵的新鲜如初。任你是包饺子蒸包子，大葱肉馅，是万能的应急救兵。假如家里一时什么蔬菜都没有，只要有大葱就不发愁。大葱耐心地伴人度过漫长的冬天，冰天雪地，家中贮备着大葱，就像存着盐一样让人心里踏实。

春天里的大葱最宝贵。自从经历了下乡后的第二个春天，知青们对大葱的看法就有了根本的转变。冬末春初时节，窖里的大白菜、土豆已经消耗殆尽，剩下的也已是千疮百孔；当年的菠菜和小白菜，在菜园里刚刚播下种子，田园一片荒芜。

每到这个时候，大葱就率先挺身而出了——一棵棵刚从地里冒尖的大葱，被小心拔起来，仔细地切碎了。连队食堂的大锅里，放上一星半点豆油，用这葱花炝锅，再加水加盐加点酱油，这所谓的“汤”里，除了葱花就啥也没有了。只是在“汤”的表层，均匀地飘浮着一层绿色白色的葱花，葱花的下面空空荡荡。知青管它叫“玻璃汤”。一碗“汤”端在手里，小心把那珍贵的葱花挑出来，在舌尖上细细抿着，那个香啊，然后咽下。若是汤里连葱花都没有了，那还能叫作汤吗？

在春天严酷的事实面前，南方知青不得不对大葱刮目相看，不得不对大葱肃然起敬。我们重新认识大葱，谁也不敢再歧视大葱了。每年青黄不接之时，大葱方显出英雄本色。大葱像一颗“革命的螺丝钉”，拧在任何一处都发光发热。

大葱是北大荒的灵魂，我们终于变得对大葱无比热爱、无比尊敬。不知从什么时候开始，大葱大摇大摆地进入了南方知青的生活——我们凡是改善生活做“小锅菜”，竟然也开始用上大葱了。不用大葱做菜，菜的味道就不到位。当然，那葱是从食堂或是地里“偷”来的。

等到过了几年，回杭州探亲，竟然很炫耀地对家人说：“吃过葱爆肉片吗？我给你们露一手怎样？”可惜，南方细细的小葱，是做不成葱爆肉片的。

离开北大荒之后，大葱仍然令我念念不忘，成为厨房里四季必备的佐料。开春时，甚至也热衷以鲜嫩的小葱蘸酱。北大荒对我的“再教育”，以葱的形式体现。我被大葱所启蒙，逐渐入乡随俗，和北大荒取得默契。大葱大蒜和辣椒，在后来的三十多年中，把我改造成一个“北佬”，或者说，是一个兼容南北口味、至少懂得北方饭菜之妙的人。

北大荒的大葱具有耐寒耐旱、朴素坚忍的品性。普通平常的大葱，竟然成为我青春往事中最清晰的“记忆”之一。那种顽强的生命基因，也许已经融入我的骨髓和血液。

过　冬

北大荒的第一个冬天，过得刻骨铭心。

在杭州出发前，知青办向每个知青都发放了草绿色的棉衣棉裤，还有棉大衣。当时说是免费赠送的，但到了农场几个月后，就开始月月从工资中扣款，由我们自己来偿还。钱未扣清，棉衣已穿在身上，肥肥大大、拖拖拉拉的，有点像当年八路军的红小鬼。互相望着对方，都像在看怪物，笑得肚子疼。有爱美又能干的女生，把棉衣棉裤小心拆了再重新缝制，穿在身上焕然一新，神气十足。

我却对那套棉衣棉裤束手无策，它们几乎没有一处尺寸合适于细瘦的我。尽管如此，我仍然只能乖乖地把它们穿上，用以御寒过冬，以致出工时我总落在后面，因为裤腰太肥，裤子总往下掉，时不时地要把它提一提。

一双黑色的棉胶鞋，鞋帮上衬着薄毡，再自己垫上毡垫，还是冻脚。鞋都大两号，以便在里头再穿一双毛线袜，却还是冷。去菜窖的路上，走上几分钟，脚就冻僵了。有鹤岗的知青指点说："得穿上棉乌拉鞋才行。"可上哪儿去弄棉乌拉呢？农场的小卖店也没有卖的。鹤岗知青很仗义地说："等我回家，让我妈给你做一双鸡毛袜子，穿上准保暖和。"

过了不久，鸡毛袜子果然做好了，是一块三角形的白布套，里头塞着鸡毛（大概是羽绒服的初级阶段）。把三角形的布套抖开，脚伸进去，包裹严实了，再伸到棉胶鞋里去。可是，鸡毛袜厚而蓬松，任我怎么努力，根本就穿不进去。穿出一头大汗，只好作罢。

每人都发了狗皮帽子，草绿色的布面，里子和耳垂是毛茸茸的狗皮，戴上倒是暖和。杭州女生们都不喜欢，觉得像《林海雪原》里的那个小炉匠，就仍然戴着从南方带来的毛围脖，红的绿的长长地绕了一圈又一圈，远远看着十分鲜艳夺目。

那围巾却包不住额头，一出门，呼啸的寒风吹得脑袋疼；若是不戴口罩，在野地里走上十几分钟，那首当其冲的鼻子尖就倒了霉，眼看着一点点发白，失去知觉。要是不及时用雪来搓，搓出热气和血色，鼻子真的就可能冻掉——这句民谚可不是吓唬人的。如果脑袋上不戴棉帽子，脑袋就没有了。

在北大荒，脑袋和帽子绝对是同一个不可分割的整体。面对寒冬的淫威，南方知青很快就乖乖屈服。于是，女知青们即使再爱美，还得把那顶狗皮帽子戴上，用帽耳朵把两颊包紧，脖子里系上围巾，戴上厚厚的棉手套，如此全副武装，出得门去才不会被冻伤。

整个连队的知青若是一同出工，从背影上看，绝对无法分辨出男女。男女没有“别”，男女都一样臃肿而笨重。

不由得想起了《木兰辞》：“双兔傍地走，安能辨我是雌雄。”

可惜，那时没留下照片。

当时最大的愿望，就是等有了钱，一定要去佳木斯的百货商店买一顶漂亮的皮帽子。最好是羊剪绒的，帽檐上有无数卷曲的绒毛，看上去秀气又精神。

还没到三九天，我们就已经结结实实地领教了北大荒冬天的厉害。

晚上洗了脚以后，出门去倒水，外面冻得“嘎嘎”的，迎面一口冷风呛得气都透不过来。慌慌张张地泼了水就往屋里跑，手上沾了脸盆里的水，湿手一拽门把手，顷刻间那手就粘在门把手上了，一心想要挣脱，使劲儿一缩手，手上就撕下一块皮。

夜晚上厕所，厕所里黑咕隆咚的，打着手电筒，也找不着茅坑的板子；逗留时间稍长些，屁股冻得生疼，手也冻僵了，系不上裤子。男生女生都不愿意上厕所，出了门，就地“解决”，反正谁也看不见。到了第二天早上，门口一摊摊冰冻的尿迹，像一幅幅黄色的地图，大家都视而不见。

冻的尿加上泼的脏水，宿舍门口很快就堆起了一座冰山，每天出门都有人在“冰山”上摔个“大马趴”，还乐呵呵地说是冰山来客。连队领导三令五申，不准在宿舍门口倒水，然而谁都“阳奉阴违”。直到开春，那冰山一点点化了，温煦的阳光下，宿舍周围终日飘散着冰山中包藏了一冬的尿骚味……

“三九四九，打骂不走……”我们很快都学会了那首关于冬天的民谣。成天扳着手指头，盼着“七九河开，八九雁来，九九加一九，耕牛遍地走”那个遥远的春天……

第一年冬天，连队的大宿舍都用“大锅”取暖，就是在屋地中央，用砖砌上一个圆形的大池子，然后把食堂做饭的那种大铁锅倒扣过来，架在上面，锅底的尖顶上砸了一个洞，用来接烟囱的管道。铁皮管道从窗户里通出去，排放烟雾。倒扣的大锅在靠门的那一侧，留了一个烧柴火的口子，然后把稻草塞进去，点上火，火焰很快就把铁锅烧热了，烧得滚烫，甚至烧红，百十平方米的大宿舍，就靠这铁锅散发的热气取暖。

铁锅很容易烧热，宿舍的温度一下子升高，这时候大家就赶紧洗脸洗脚，上炕钻进被窝。一旦锅凉了，宿舍的温度很快就降下来，满屋子的人嘴里都发出“咝咝”的声音。

所以，在冬天，东北人互相见了面，口头语是“那屋冷不?”如果屋子的温度不够，墙角的天花板、墙壁和玻璃就会上霜。一旦上了霜，就要到天暖了才能融化。墙上的霜越积越厚，整个屋子银光闪闪的，像一座雪筑的女王宫殿。看着挺浪漫的，住在里头像个冰窖。

有一次，轮到我值日。值日也就是专管烧大锅，一人轮一个星期，半夜得起来添火，白天就不用出工了。前一天晚上，把烧大锅用的稻草，一堆一堆地抱到宿舍门口的走廊里，堆成一座小山。大锅的胃口出奇的大，这座小山只需一天就会被“搬走”——统统填进了大锅的肚子里，燃烧后变成灰烬。然后，再把大锅里的草灰，一锹一锹地掏出来，装在土篮子里，拎到外面去倒掉。

清晨天还未亮，“值日生”就得先起床，把大锅烧热，锅热了屋里热了，大伙儿才能离开被窝穿衣服，否则，连衣服都是冰凉的。我拼命地往大锅里塞稻草，想把大锅尽快地烧热。但我忘了大锅里有许多昨夜剩下的草灰塞满了“灶膛”，那稻草怎么也塞不进去，塞进去也烧不起来，一股黑烟从灶口倒出来，把大伙儿呛得怨声纷纷。

接受了这个教训，第二天下午，我早早地开始“掏膛”，准备把灶锅里的草灰清理得空空荡荡、干干净净。我用铁锹把草灰掏出来，放在土篮子里，轻轻拍打严实了，好多装一点。我把宿舍里值日用的三个土篮子都装满了，然后，把它们拎出去放在了走廊的过道上。那会儿我手头正有个什么事情要做，就打算稍过一小会儿，再把它们拎到门外的远处去倒掉。

但我却很快就把走廊里那三土篮子的“灰烬”忘得一干二净，我的脑子里完全没有了草灰那一回事儿。我不知在忙些什么，然后，就到井房去担水了……

等我回到宿舍门口时，走廊里正向外冒着浓烟。有人大呼小叫地喊着救火，冲出来，抓过我肩上的那两桶水，就往草堆上泼。几个人手忙脚乱地忙乎了一阵子，火总算是扑灭了。我瞪眼望着走廊里一地的泥水和被火烧了一片的半截草棍，愣愣地不知道发生了什么事儿……

个女生冲着我尖声大叫：“你怎么不把土篮子里的灰倒了呢？”

我问：“咋的了？灰咋的了？我这就去倒啊……”

她生气地指着墙边的土篮子说：“倒啥倒，还倒呢，都着啦！”

我这才发现，那只土篮子已经面目皆非，它的底部被烧掉了，边上还留着燃烧过的痕迹。墙边堆的稻草，一部分已烧成黑灰，宿舍里烟雾弥漫……

那女生看我左右还是一个不懂，就用教训的口气指点我说：“刚掏出来的灰热，里头有火星子，你不拿外头倒了，它煨着煨着就把土篮子给点着了，土篮子再把墙根的草给点着了，要不是俺们回来得早，你差点儿就成了纵火犯了！”

接着又嘀咕一句：“你们这些南方人，咋啥都不明白哩？”

这回算是明白了：北大荒天冷，火总是热的。

虽说连队并未因为此事批评我，但从此却再也不敢大意。

刚到农场那几年，由于南方知青不懂得东北的基本生活常识，闹了许多笑话不说，还经常惹出麻烦，险些酿成大祸。

男生宿舍“着火”是家常便饭，见怪不怪了。“着火”多半都是因为烧炕引起的。反正取暖不收费，过了今儿个没明儿个，知青们总嫌值日的烧炕不够热，有勤快的人就自己去抱了柴火来“加工”，贪婪凶狠地往里添草，猛烈地烧炕，直到把炕烧得烫手才罢休。

那热乎乎的炕睡得好舒服，可到了后半夜，身下的褥子终是经受不了烫砖的温度，渐渐被焚化被点燃——有人在梦中只觉得后背着了火，在睡梦中被“烙”醒，跳起来光脚逃出被窝跳下炕，才发现褥子已经焦黄变黑，屋里一股棉花的焦糊味，用凉水拍打后，褥子上留下一个烧透了的大洞……

头一两年冬天，我们经常得用自己微薄的工资，为那些烧坏了褥子的男生募捐凑钱，好让他们去买新的褥子。

到了第二年冬天，农场为知青准备过冬的烧柴，原本就供不应求，再加上知青们无计划地“挥霍”，柴草终于告罄。总场方面也无力继续筹措新的取暖费用。元旦将临，场部领导召开了紧急会议之后，无可奈何地做出决定：宿舍停止取暖，全体知青放假三个月，等开春再回农场。

全场知青雀跃，迅速作鸟兽散，继而人去屋空，所有的宿舍烟囱都不再冒烟，农场一时寂寞凄凉。

度过北大荒的冬天之后，任是什么样的冬天，都不会让我们惧怕了。

作者简介：张抗抗，杭州知青，一九六九年下乡到黑龙江省鹤立河农场二分场、八分场。一级作家，现为黑龙江省作协名誉主席，第七、八、九届中国作协副主席，第十、十一、十二届全国政协委员，国务院参事。

姜昆的黑土情怀

姚永阁

"二〇一八年即将过去，瑞雪将迎来新一年好的兆头，黑龙江是我的第二故乡，我是从黑土地里走出来的曲艺工作者。当前，曲艺工作如何创新发展，我们有必要重温习近平总书记关于文艺工作的重要论述，文艺工作必须以为人民服务为宗旨，深入生活，扎根人民……"

这是中国曲艺家协会主席、著名相声表演艺术家姜昆同志应黑龙江省曲艺家协会邀请，于二〇一八年十二月二十一日在哈尔滨友谊宫会议厅，出席"深入生活，扎根人民，笑聚冰城——'哈尔滨相声百乐汇创新发展研修班'主题实践活动"开班仪式上所做专题讲座时的亲切导语。

汤原县政协得知姜昆同志莅临哈尔滨的消息，即抓住这难得的机遇，政协主席马春杰带领有关人员于十二月二十日晚在姜昆下榻的宾馆与这位著名艺术家会面，姜昆对《难忘那些年那些事》《龙江大地的红旗渠——引汤工程》两部文史资料抢救、整理、编撰工作提出了指导意见，并为这两部书挥毫题词。姜昆还讲述了自己的知青往事，与汤原来访的同志合影留念。汤原政协的同志于二十一日上午聆听了姜昆老师的精彩演讲。

姜昆是全国亿万观众熟悉的著名相声演员。他塑造的舞台艺术形象深受全国人民的喜爱和赞赏。但却很少有人了解姜昆取得艺术成功背后的艰辛、得失、荣辱等鲜为人知的故事。笔者受汤原县政协委托做"知青文献资料"抢救、整理工作，有幸借此契机，采访了姜昆下乡时新华农场（原十六团）的老战友、文艺宣传队的队友牛家常、姚文杰等同志，并亲临姜昆讲座现场以及参阅青汶所著的《姜昆外传》等资料撰写此文。

少年有志追寻舞台梦想

姜昆出生于一九五〇年农历九月初九，北京一个普通知识分子家庭，父亲姜祖禹，自幼习书，是民国时期大书法家张伯英先生的弟子；母亲勤劳善良，操持家务，曾是街道居民委员会主任。家境虽然清贫，却是诗书礼仪之家。父亲一辈子钟爱中国古典文学，尤其是出神入化的书法功底，更是不同凡响，见到者，无不拍手叫绝。他不仅知识渊博，而且还是一位忠于教育事业的高级教师。

姜昆小的时候，就和一般孩子不同。他非常要强，无论干什么，都要干出别人干不出来的名堂。他那刻苦钻研的精神、坚韧不拔的毅力，以及不达到目的决不罢休的牛劲，是任何人都比不了的。受父亲影响，他学古文、练书法，现在姜昆的古文基础那么坚实，毛笔字写得那么好，与小时候刻苦学习，持之以恒练就的“童子功”密不可分。他的一个最大优点——虚心学习别人的长处。他专门去结交比他大的孩子，他认为和大孩子在一起，能够学到在同龄孩子那里学不到的东西。

姜昆的机灵、聪明和他当时的年龄不成正比。邻居王三哥说：“他小的时候学啥像啥。一次，看完电影《刘巧儿》，回来的时候，他当着我们全家人的面儿学电影里的媒婆，一举一动惟妙惟肖，逗得大家哈哈大笑。姜昆五六岁的时候就会背诵很多古诗，有的时候他还爱说顺口溜儿，他的记忆力非常好，只要他听过一遍，就差不多全能背下来。”

姜昆是个孝子，这与父亲严格的家教是分不开的。他做错事时，一般人说不服他，只有在父亲面前他才服服帖帖。父亲教他背诗，教他写字，更教他做人。

姜昆少年时就对文艺有着特别的喜好。小学三年级的时候，有一次，他和同学在景山少年宫门前，看着出入少年宫的孩子们，有的拿着小提琴，有的背着手风琴，有的拎着扬琴……他心想：他们是人，我也是人，少年宫应是所有少年的少年宫，为什么他们能进我就不能进，我也一定要进。

拿定注意，他一口气跑回家里，和父亲说：“我想报考少年宫，我要做一个演员，或者演奏员。”

“那要考试的，不是随便谁都能去的。”

“让我学一段时间，准能考上。”

父亲最了解自己的儿子：儿子说学一段时间准能考上，绝不是吹牛，凭他的执着劲儿，那是一定能成的。孩子酷爱文艺，又具备这方面的天资，应该让他去实现他的梦想。

鉴于家里的经济实情，父亲给他买了一根笛子。姜昆练习了一个月，考上了少年宫的笛子组。父亲给买的笛子是简单四孔的，平常吹着玩儿可以，正规拔高练习就派不上用场了。要买高档的笛子，家里的经济条件不允许。姜昆是个懂事的孩子，最能体量父母的难处。他也和其他孩子一样，有梦想，有憧憬，也希望过上富足的生活。但由于家里的境况不佳，他从来也没有让父母为他难过。他灵机一动：干脆去报考戏剧组，那个组用不着买这买那，一个人就够了。

他开始备战了，小品、诗朗诵、唱歌、跳舞，他踏踏实实地下了功夫。一切准备好了以后，姜昆满怀信心地走进考场……果然功夫不负有心人，他的即兴小品、他的歌、他的舞，均获得了在场几位专业老师的好评。他被录取了，成了少年宫戏剧组的一员。

在戏剧组，他排演的学习剧《妈妈在你身边》，因为演得非常投入，几乎没有一次不流泪的。那些从专业文艺团体和大专院校来的老师，对他十分欣赏，都说他是块搞文艺的材料。有了文艺专家对他的鼓励，他当演员的信心更足了，也更迫切了。

六年级毕业，要考中学的时候，姜昆听说中国戏曲学校招生。请求父亲领他去考戏校。父亲觉得儿子确实有做演员的天赋，只要他愿意干的就一定能干好，他不愿意干的你给他多大压力也白费。孩子愿意搞文艺，就让他搞去好了。可是父亲到戏校一看，老师让学生压腿，把孩子的腿掰到头顶上还在掰，孩子们龇牙咧嘴疼痛的表情，看着心疼。

在戏校大门口没走几步，父亲就把姜昆生拉硬拽地领了回去。戏校没考成，姜昆没有灰心，也没有丧气，他比过去更积极、更专心地练他的歌、他的舞、他的朗诵、他的快板、他的乐器了……每天，吃饭可以忘了，睡觉可以忘了，可对艺术的磨炼，他是无论如何也忘不掉的。

八一电影制片厂《白求恩大夫》摄制组缺少一名小演员，经少年宫老师的推荐，姜昆被选中，虽然只是短短的几个镜头，他扮演得却十分认真，让导演一下就记住了他。当时剧组的工作人员都认为这孩子有表演天赋，将来会有大出息。

在灯市口中学，姜昆是个上进心很强的学生，当过班长、文艺部长，教同学们唱歌、排演文艺节目的同时，还一边努力学习功课，一边阅读课外书籍，中国的、外国的，小说、散文、诗歌，抓到什么看什么。连续两年，他获得了北京市教育局颁发的“优良奖章”，功课成绩一直在中上等。

青春无悔历练艺术人生

在大串联接近尾声的时候，姜昆和几个年龄稍大的伙伴儿结伴南下串联。在列车上，满身都是文艺细胞的姜昆，利用这个机会施展了他的长项。他带头唱《东方红》《大海航行靠舵手》等革命歌曲。

夜间停车，他给大家朗诵《难忘的航行》片段，他绘声绘色的朗诵，使全车厢的人都为他鼓掌。

一石激起千层浪，整个车厢都欢呼起来了。那欢呼的声浪，一直持续了十多分钟。一路上旅客们对他这位会演唱的小伙儿十分热情，连车上的工作人员都对他刮目相看。他们一路南下广州，北返武汉，东奔杭州、上海。姜昆每到一地都见缝插针，分秒必争，看大字报，搜集资料，记经验，写心得……

他们从上海回到北京的时候，已是一九六七年，正是造反派相互之间搞武斗阶段。为了不让家长担心，那一阶段他一直待在家里。正在他待得枯燥无味的时候，他少年宫时代的同学好友找上门来，弄了一台十六毫米的摄像机，要他出山拍电影，由于设备简陋，折腾了一阵，电影没拍成。

正当他们欲罢不能、一筹莫展的时候，一九六七年五月，纪念毛主席

《在延安文艺座谈会上的讲话》发表二十五周年，毛泽东思想文艺宣传队像雨后春笋似的层出不穷。借拍电影的余热未尽，姜昆和艺术好友们研究，搞了一个大话剧《历史的一页》。姜昆不仅是编剧之一，还担任剧中的主角。

他们的大话剧演遍京华，很有影响。艺术同人吴西平仰慕姜昆的才华，几经周折找到了姜昆，他们组成了创作小组，共同研究，分别动手，大约奋战了十几个夜晚，剧本成型了，起名叫《在列宁的故乡》。

当记者采访吴西平时，他说："当时的姜昆确实不同凡响，我简直把他当成了心中的偶像。《在列宁的故乡》作品中，编剧有他，导演有他，主演还是他。他头脑机敏，点子多，整个剧本让人鼓掌的地方，几乎都是他想出来的。特别是场与场之间，因为摆布景出现的空当，他说容易冷场，应该加上与剧情有关联的解说词。他的见解被采纳之后，效果很好。"

一九六八年元旦，他们的大型话剧《在列宁的故乡》正式上演了，演出了五十余场，几乎场场爆满，社会反响十分强烈，特别是姜昆在剧中唱的主题歌，每次唱完，都获得暴风雨般的掌声，并把全剧推向了高潮。

正在他们的大型话剧《在列宁的故乡》演得最火热的时候，毛主席发出了"知识青年到农村去，接受贫下中农再教育"的号召。姜昆当众宣布，他要去黑龙江生产建设兵团！

十八岁那年，姜昆怀揣着梦想与激情，离开了亲人，登上北去的列车，奔向了神奇的黑土地，并留下无法忘却的记忆。

历时两天两夜的旅途，他终于投进了北大荒温暖的怀抱。他们一行知青被分配到黑龙江生产建设兵团二师十六团——位于三江平原伏尔基河河畔的新华农场。从此，他在这里度过了八年的知青岁月。

报到的当天，农场的贫下中农与新来的知青开了联欢会。在联欢会上，姜昆一个人拳打脚踢，连演了五六个节目，一会儿独唱，一会儿朗诵，一会儿拉手风琴，累得他上气不接下气。虽然累点儿，可心里乐呵。多才多艺的姜昆成为兵团里的文艺骨干，因此他被直接分配到了场部的毛泽东思想文艺宣传队，成为了一名宣传员。写话剧、写歌词、写快板、唱歌、跳舞他样样都干，这是一份他梦想中的工作。

在文艺宣传队创作节目，姜昆个人创作就占一多半，节目排完了深入到各个连队演出。这样，白天干一天活，晚上还要步行到十几里以外甚至更远的地方演出，每一场演出都不少于两个小时。每场演出，姜昆的节目都占很大的比例。由于过度劳累，他扁桃体发炎化脓了，发烧达三十九度。

场领导知道后，劝他休息一下，他说啥也不同意。他说："我不去起码要少演半场节目，观众愿意看我的节目，我不能让大家失望，只要能坚持站起来，我就能上台演出……"

两个多月，他没耽误一个工，没漏掉一场演出。群众对他呼声很高，尤其是下边的农建点儿，几乎都知道场部宣传队有一个文武全才的姜昆。

然而，现实却事与愿违。在很短的四五个月时间内，有一次姜昆竟无意中哼唱了一首苏联歌曲《莫斯科郊外的晚上》。有人听到后，向场领导告黑状。在那个极"左"思潮泛滥的年代，个别靠抓阶级斗争起家的领导，听到汇报后，"上纲上线"，竟把姜昆随便唱句外国歌，当成了严重的政治问题，于是召开批判会，让姜昆做检讨。

批评他的发言非常严厉："你应接受贫下中农再教育，若像你这样在文艺宣传队散布小资产阶级情调，还怎么宣传毛泽东思想？凭什么教育贫下中农啊。"

姜昆离开了宣传队，被下放到位于小兴安岭支脉脚下的新建连队——七连。

这里是未开垦的处女地，四周是一望无际的荒原和原始森林。在这里他们要自己盖房，自己打井，自己垦荒种粮，从事着最为繁重的体力劳动。姜昆曾说过，他认为最苦的活儿，是秋天沤麻。他们把麻割下来，将它放在一个臭水塘里，按下去用石头压着，让水浸泡，使麻秆腐烂，日后秆与皮分离，皮扒下来就是麻了。什么时候去捞呢？是在臭水塘结冰碴儿的时候，这个时候喝上一口高度白酒，冒着零下十几度的严寒，跳到水里捞麻。沤臭的麻带着泥和冰碴儿，弄出来的时候，再喝一口高度白酒……如果上岸不抱紧身穿的棉袄，很容易被冻成冰棍。

到了麦收季节，北大荒却突然遭遇严重的洪涝灾害，万亩良田没入水中。为了抢救粮食，兵团战士们不得不下水中捞麦子，人站在水里，连走路都困难，更别说把麦子运出来。那时候不分男女老少，能干活儿的都跳入水中。他们就是这样踩着泥蹚着水，走一步滑一跤，把那一年的麦子全部抢收回来了。

“那个时候，女孩子来月经了，也都要到水边劳动，不许休息啊。当时的口号就是：麦子在田里边站着，我们不能在屋里躺着。”姜昆和所有人一样，在泥泞的麦地里劳作了整整四十多天。他拼命干活，甚至比其他人还要卖力，他的突出表现引起了领导的注意，领导给了他一个美差事，让他当炊事班班长。

当这个班长是很不容易的事情，炊事班其实是个苦差事，既然接受了任务，再苦也得硬着头皮干。十八九岁的姜昆担负着全连七十多人的做饭任务。他先带着大家学语录，接着来个新官上任三把火。

第一把火是淘井，把臭水淘干往下挖，直到挖出清甜的水为止；第二把火是改炉灶，把一般炉灶改成抽风灶；第三把火是种菜、养猪。他每天五更起床，蒸馒头、炖大锅菜，整天灰头土脸，满身是油，脏兮兮的，却从来都没有皱过眉头，没多久炊事班面貌有了明显的改变。领导在大会小会上表扬，他又在想：这个套拉到这份儿上，要放下是不容易了，干一行爱一行嘛。可我……爱的是艺术啊！

然而好景不长，一九六九年整党建党结合“三清”运动大规模展开，这次运动给姜昆带来了一个不小的打击。清政治，必须要找出一个人来作为典型。“革命干将”盯住了团支部书记，得把他揪出来，因为只有他能犯政治错误，安上了阴谋篡夺党支部领导权的罪名。清作风找谁呢，那只能找那个机务队长，因为只有他有机会在驾驶室里和女司机坐在一起谈心，所以他可能作风不好。清经济清谁呢，肯定清姜昆，他是班长，管钱，只能清他，有事儿没事儿你得出来当这反面教材。

这几个人被送进了监督改造队，除了每天的体力劳动，还要进行思想改造。他们得比别人早起，比别人晚睡。人家睡觉以前就批斗你，站着低头只能接受批评。

姜昆在回忆中说：“身穿暗色的衣服也有罪，‘你这表现及心理不对，能阳光一点吗？社会主义这么好，你干吗又穿这个灰暗的衣服，你这就是对社会的愤恨，你爸你妈是干什么的，说你们家里肯定有恨社会主义的人。那你就得找啊，你给家写信的时候，是不是表露出不满情绪？’我们经历了社会上很多很多的事，因为一般的人可能都承受不了这种压力，但是我们挺过来了。那么这种压力本身对一个人来讲——当时可能是个灭顶之灾，挺过来了就是一份财富。”

那个特殊的年代给了姜昆特殊的经历。八年的知青岁月到底给了他什么，让他如此难以割舍。一九六六年到一九七六年“文化大革命”十年，无数知识分子被打成右派，委屈而无奈地接受批斗、流放、劳动改造，其中有一个人给姜昆留下了深刻的印象。姜昆说：“我们到十五团演出的时候，突然，有人告诉我，那人就是丁玲。我们一看：阳光下，一位老人啊，披着一件棉袄在那儿打毛衣呢，她白白的头发，我们当时就像观看动物一样看她。看着一位很慈祥的老人，老人抬着头朝着我们还乐一乐。那时候，在我们心中，她是个魔鬼，我们是个孩子，就是这样而已。”

姜昆所说的这位慈祥的老人，就是我国著名的女作家丁玲。一九五五年、一九五七年曾经先后两次遭受残酷迫害，被下放到黑龙江农垦系统的基层农场，劳动改造了十二年。她遭遇不公正的待遇，被打成右派，即便是那样委屈，她仍通过自己的言行影响了一部分人，可能就是由于他们的影响，出了一些文学艺术爱好者，像梁晓声、张抗抗、何志云，还有陈可雄，这些人都是知青文学艺术精英的典型代表。

丁玲对文学的梦想是执着的，同样姜昆对文艺的梦想也是执着的。执着得可以让他不顾一切地去当“逃兵”。

一九七一年九月，二十一岁的姜昆做出了一件令所有人都想不到的事情，他不辞而别，只身一人去了济南。

“在那个时候，我实在忍受不下去了。因为，从场部宣传队被迫下到了基层连队，在这里我就觉得没法施展我的艺术特长。”姜昆在北京少年宫时的发小李平分、苏克都在济南军区文工团，通过书信联系，发小让他来报考。姜昆就下定决心“逃跑”，踏上了一条“不归路”。

逃跑的时候，他偷偷摸摸地卖掉了当时唯一的一块上海牌半钢手表，原价九十元钱的手表，他费尽唇舌才卖了四十元钱，只够单程车费。一九七一年九月十五日，姜昆怀着热望，登上了南下的列车……

殊不知，他是徒步从兵团驻地走到鹤立火车站的。从鹤立到佳木斯这趟列车客流量非常大，车厢里不仅找不到座位，连过道上都站满了人。姜昆就是从鹤立上车连姿势都没换一下，一直站到佳木斯。他要从佳木斯倒车到天津，再从天津取道济南。他回忆说："感觉就像沿路乞讨似的，讲讲故事啊，人家给点吃的就吃，没有钱买东西啊，因为那时候年纪也很小。我下了火车以后浑身已经是臭味熏天了……"

对于考文工团，姜昆做足了准备。他信心满满，能够进入文工团，对他来说，似乎已经成为了一件毫无争议的事情。他回忆说："我考当然没有问题了，那个时候包括什么朗诵啊，戏剧表演、小品啊，唱歌啊，拉手风琴，反正是十八般武艺，能干什么，我都给他们展现尽了，他们都觉得我是特别难得的人才。"

可是这次幸运并没有降临到姜昆的头上，一九七一年九月十三日，即"九·一三"事件突然爆发，林彪叛逃，中央军委下令停止这一年的全部征兵，姜昆与济南军区文工团失之交臂。

"那个时候我就想死，自杀的心情都有了，因为我没有脸回去，我在连里也是堂堂正正的，我当过五好战士，当过班长，当过宣传队队长，又当过通讯报道组组长，你逃跑了，这是任何人都不能理解的事情啊。等我回来了以后呢，我的精神基本上都已经崩溃了。组织要处分我跟我谈，我也不说话，就是不说话，所有好心人都很关心我，当时哈尔滨的知青排长哭着跟我说：'你怎么不说话呀！'我就是不说话，死活也不说话，四十五天过去以后，这帮人就急了。出于可怜我吧，'干脆给他送团部去吧！'送到团部里边，团领导安排我在宣传股里面工作！"姜昆无限感慨地说道。

四十五天的沉默后，姜昆重回了他的文艺宣传岗位，经过一系列的挫折，这个已不再青涩的少年清醒了许多，冷静了许多。一九七三年北大荒迎来了一场文艺演出，中央广播文工团说唱演员李文华和郝爱民深入兵团为大家表演相声。听到消息的姜昆激动不已，他和几名青年连夜坐火车来到兵团俱乐部。

“当李文华和郝爱民演出的时候，需要人给垫个场，就让我和戴启文老师给垫场，对相声有个初步印象，把人家演的相声学过来，再表演挺受欢迎。”姜昆从此喜爱上了相声表演艺术，他自己开始尝试创作一些相声作品。直到一九七四年，姜昆遇到了出身相声世家的师胜杰，师胜杰给姜昆的相声之路又带来了不一样的启发。

“师胜杰是我的开蒙老师，他告诉我：‘相声应该怎么说，有哪些技巧……’我从这个时候才真正知道了相声。”姜昆与师胜杰的合作，让全东北都知道了兵团有两个会说相声的小伙儿一师一姜。二人合作的相声《林海红英》，是反映知青生活的作品，第一场在兵团俱乐部演出，引起了强烈的反响。这个节目代表兵团参加了省曲艺调演，得到了观众的一致好评。

一九七六年在北京展览馆剧场演出时，他们的相声引起了轰动。就是在那次演出中，马季一眼就看中了姜昆。为了调他回北京，马季亲自来到黑龙江，上上下下费尽了周折，因为当时兵团领导不愿意放姜昆走。此时他已被借调到省曲艺团，黑龙江省文化厅已同意调入，但还没有办理手续的时候，马季、唐杰忠十万火急地赶到了哈尔滨。

两位伯乐带着在大庆演出的疲劳，连夜驱车到佳木斯，找兵团总部领导要调姜昆，为征得兵团领导批准，他俩是费了大力气，走到哪儿，演到哪儿，一色坐着火车赶场。事后马季对姜昆说：“小姜，为了你这么一个人，我和老唐的嗓子在兵团都演‘横’了，我们‘横’了不要紧，关键的是你们兵团领导的思想‘顺’了，兵团领导终于同意放了！”

从屯垦戍边的兵团战士到家喻户晓的相声名家，姜昆历尽磨难，为何却依然对那片黑土地充满了眷恋？

或许曾经无数次想要离开，但是等要真正离开那一刻，姜昆突然发现，这八年的时光难以割舍的东西太多太多。姜昆在《笑面人生》一书中曾经这样写道：“一九七六年九月中旬，在我差一个月满二十六岁的那天，我坐上南去的列车，走向了新的艺术生涯。火车开动时，我把我的脸紧紧地贴在了车窗的玻璃上，喃喃自语：北大荒的土地，北大荒的人民，我去了……我忘不了兴安岭那独具特色的山川雪谷——翠绿的松柏、似火的腊梅；我忘不了三江平原无边的沃野、连天的麦海；忘不了留在黑土地上那深浅不一的脚印；更忘不了生活中不断给我温暖的人们。”

在列车上他写下：北大荒的历程，是我人生画卷中最难忘的一页（这句名言已刻在佳木斯知青广场纪念墙上）！

一九七六年九月，姜昆回到北京，成为中央广播文工团的一名专业相声演员。

一九九五年，已经离开北大荒十九年的姜昆，带着夫人和女儿再一次回到了北大荒。他说：“一下火车，见到两旁的人们自动地很整齐地排成队伍来迎接我，当时我和我爱人眼泪都下来了，因为毕竟我们离开这十几年时间了。我女儿姜珊很奇怪的：你们哭什么呀？干吗呢？不至于吧！我在想：她真不知道我们和这块土地的感情，带她到我曾经住过的连队，告诉她，我每天从那块地走到那块地，让她感受到父母曾经在这块土地上的‘激情燃烧’，希望在她幼小的心田能够种下热爱北大荒和追求梦想的种子。”

这次北疆之行对姜珊来说是上了一堂极其生动的教育课。后来她终于明白了，爸爸妈妈是在这个特殊的地方锻炼成长起来的。这儿的每一寸土地上，都洒过他们的汗水。所以他们才热爱这里的一切，这里的一切也同样热爱他们。爸爸妈妈像她这样年龄的时候，离开了繁华的大都市，来到这块荒凉的土地上，艰苦奋斗了八年。没有怨天尤人，也没有消沉失落，而是面对种种考验，勇敢地扬起生命之帆，不畏艰险，执着拼搏，终于迎来了今日的成功。

在离开北大荒的几十年间，姜昆先后多次重回北大荒慰问演出、探亲访友。这里已经成了他的第二故乡。有一位老垦荒战士写了这样的诗句：“说不清的黑土地，为什么这样有魅力，引得多少好儿女千里万里来寻你。害得多少好儿女天涯海角想着你，青春给了你，命运你拿去，我倒反觉欠着你。说不清的黑土地，为什么这么神奇。”

这首诗讲出了那一代知青人的心声，又激励了多少人？在姜昆的眼中北大荒是神奇的土地，神奇得让人难以忘记。

人间正道曲苑德艺双馨

一九七六年，姜昆如愿以偿地被调进中央广播文工团说唱团，师从马季，边学习，边表演，边创作。

一九七七年元旦，姜昆与李静民喜结良缘。他们既是知青战友，又是广播文工团的同事。著名歌唱家彭丽媛曾不止一次对李静民说："李大姐你应该找个老师，练练声乐，你的条件很好啊！"

李静民想：为了共同的事业，夫妻俩必须得有一个做出牺牲。她主动承担家务，甘当丈夫的铺路石，让他全身心投入到艺术事业中。

一九七七年春节，姜昆随马季在湖南深入生活一个月，经师父细心指导，终于写出了第一个作品，也是第一次演自己的作品《迎春花开》。这是打倒"四人帮"之后，全国文艺舞台上第一个冲破禁区，歌颂爱情的作品，引起了强烈反响。这篇作品，既有很高的文学性，又有丰富的趣味性，相声中的说、学、逗、唱四个方面，无一不得到充分展现，得到曲艺界和广大观众的一致好评。随后，姜昆趁热打铁，相继创作了《红色园丁》《如此照相》。前者正应时令，他与赵炎只演了四五场，全国各家电台便开始播放了，中央人民广播电台每天播放多达三次；后者则一鸣惊人，把他的相声创作，推向了一个崭新的高度。

一九七九年十月，在共青团第十次代表大会的联欢会上，姜昆、李文华演出了《如此照相》，整个首都体育馆，先是阵阵笑声，然后是长时间的掌声。从此，姜昆、李文华的名字，传遍了祖国的每一个角落，成了家喻户晓的大明星。

一九七八年底，姜昆以最年轻的代表身份参加了"第四届全国文代会"。一九八〇年他被选为中国曲艺家协会理事。一九八三年的春节联欢晚会，姜昆以主持人的身份，登上了央视春晚舞台，第一次与全国观众见面。那届春晚大获成功，名扬四海。从那以后，他就成了历届春晚的"常客"与台柱子，为无数人带来欢乐。

十几年时间，他为全国观众奉献了一个又一个精品相声：《错走了这一步》《鼻子的故事》《看电视》《老奶奶看足球》《虎口遐想》《电梯风波》《着急》《学唱歌》《如此照相》《踩脚》《妙趣横生》等。

一九八五年五月四日，姜昆成为一名光荣的中国共产党党员。他说：“自己多年的追求和梦想终于实现了，当时我很激动，但更多的是体会到了一种责任感，从此我把一句话深深刻在心里：我首先是一名共产党员，其次才是一名艺术家。”

也就是在这一年，他接替了他的恩师马季——中国广播艺术团说唱团团长职务，被选为中国青年联合会常委，还当选中国曲艺家协会最年轻的副主席。

一九九五年，他辞去了中国广播说唱团团长的职务，担任了中华曲艺家学会会长，潜心在相声领域里再奋斗一番。他编辑的《中国传统相声大全》，成为研究中国相声的珍贵权威性资料。他创作的《姜昆相声集》是中国相声人人手一册的教科书。一九九八年他出版的自传《笑面人生》一书，第一年销售突破四十五万册大关，在中国图书销售排行榜上名列第二。他开创的中国相声网，把世界的笑声引向中国，把中国的笑声撒向世界。二〇〇四年他担任中国文联曲艺家协会党组书记、副主席。期间，为中国曲艺事业的发展，他倾注了大量精力，耗费了大量心血，取得了显著成绩。而他个人却失掉了好多出作品的机会……

姜昆从来都不会被困难打倒，从不怨天尤人，从不斤斤计较。他言必信行必果，是一个勇往直前的行者。不熟悉姜昆的人，只认为他是一个被光环所围绕的艺术家，真正了解他的人都知道，他向来做人低调，做事高调，从来都是以事业为重。

一九九七年姜昆自己出资二十万元，筹资一百万元，在西藏堆龙德庆县东嘎镇兴建起“姜昆黄小勇希望小学”。此后，每年他都要亲自到西藏，到这所小学校看望那里的师生。他捐钱，捐书，捐电脑，考察、解决学校建设的具体问题。多年来，他参与和组织的义演不胜枚举，有时把所有演出收入都捐给了希望小学。他被西藏誉为慈善大使。

当记者采访姜昆时，问：改革开放三十年，您个人经历非常丰富，从相声表演艺术家到社会活动家，做了曲协领导、全国政协委员，您希望别人怎样定位您？

姜昆：我永远不愿别人在我名字前面加上著名相声表演艺术家、相声语言大师、领军人物、掌门人这些字眼儿。对我就四个字，相声演员——姜昆。我为什么要为相声付出这么大的力量？就是一句话，得知道感恩，我从北大荒回来，就一个小皮箱子，衣服的五个扣子四个颜色，现在我有房子、院子、车子，创作了一百段相声，是相声给了我一切，让我在工作上有了一定贡献，生活上有了一种成就感，在社会上有了一定地位。人这一辈子，到了这个时候，就应该开始回馈。既然是相声给了我这些，我就应该把自己的全部交给相声……

姜昆从农场的一名普通下乡知青，到连队宣传队队员，团宣传队主力队员，兵团宣传队队长，黑龙江曲艺代表团成员，中国广播说唱团团长，央视春晚主持人，中国曲艺家协会党组书记、主席……他没有坐直升飞机，他是一步一个脚印地走出来的人民演员，是祖国厚土上摔打出来的艺术家。

他一路走来，始终坚持文艺为工农兵服务的方向，其创作与表演与时俱进，贴近百姓生活，具有鲜明的时代感和强烈的艺术感染力。姜昆无愧于我国新时期曲艺事业的开拓者、创新者和传承者。他的人格魅力、艺术感召力引领曲艺团队在德艺双馨的道路上不断前行、发展。

二〇一八年冬，姜昆再次莅临冰城，他根据自己的创作实践，妙趣横生地解答了基层曲艺工作者关于工作、创作方面的问题。

我们相信，黑土地的文化绵延传承，有艺术家的热情支持、经常点拨和持续滋养，一定会绽放出更加鲜艳的花朵，结出更加丰硕的果实。

作者简介：姚永阁，依兰县回乡知青，高级讲师。一九七八年三月至一九八二年十二月在内蒙参军。一九八三年一月至二〇一七年一月从事教育工作，二〇一七年五月至二〇一九年六月在汤原县政协文史委参与“知青文献资料”抢救整理工作。

铁姑娘队长

张　军

一九七五年七月二十五日，我和其他几名同学下乡到莲江口公社明发大队，成了名副其实的知青。那年我刚满十八岁。十八岁，正是如花似玉的青春年华，在那个火红的年代，我们怀着激情融入了“广阔天地大有作为”的洪流当中。

下乡的第二天，我们几个知青便随同社员来到田里铲地。社员很习惯地一个挨一个站在自己垄头前，随即“嚓嚓嚓”地铲了起来。我们铲的是黄豆，而且是头遍。

俗话说，宁刨秋后地，不铲头道田。说的是头遍地很难铲，地里的草苗一起长，有的小苗被杂草挤兑着、覆盖着，得仔细看才能下锄头。我对铲玉米并不陌生，在家里的小园实践过，但铲黄豆还是第一次，真的不懂怎么铲。

我们耐心地听队长给我们讲技巧：“要一推二拉三扒拉，让黄豆根根露肉。”

听了这话，我心里就纳闷：这黄豆根露出来还能活了吗？

再看看社员锄头下的黄豆，娇嫩雪白的根茎露在外面，大有风一吹就倒的姿态。队长说：“让它晒晒阳光，它就绿了，之后又变成紫褐色的，这个时候它就很结实了，小苗就会挺直，抗得住风吹雨打。”

噢，原来是这样，道理是懂了，可是手里的锄头却不听使唤，就会凭一股蛮劲，生拉硬拽。然而，社员手中的锄头左右转动，扒拉豆苗、剔草那个溜啊，自己怎么也不会使那股劲，急得直冒汗。不会用锄头扒拉豆苗的根，生怕伤着小苗，两侧的草铲掉了，豆苗里的草怎么也不会剔，只好弯下腰用手拔。

这样干，显然不符合要求，因为土没松，豆根也没露出来。看着我的几个同伴，也都这样，弄得泥巴一身，远远地被落在了后面。回头做了比较，社员铲的地——土松了，草在垄沟里，黄豆根白白净净地露在外面，草是草，苗是苗，泾渭分明，利利索索。

我仔细观察社员的动作，学他们怎样运锄，锄尖剔草顺便把根扒拉开，同时又间了苗，这个连贯一起的动作，一下子达到了除草、松土等好几个目的。世上无难事，只要肯用心。又铲了二十多米，好像锄头听话了，劲使得不那么没轻没重了，哈哈，技巧就是技巧！这一熟练，反而不觉得有多累了。

尽管我们几个被远远落在后头，但大家都挺认真学习，并初步掌握铲地技巧，也不叫苦喊累。等到歇气的时候，社员们纷纷从那头开始接我们，一直把我们接上来。可他们却捞不着休息，这时我们心里涌上一股感激之情。

经过几天铲黄豆的劳动实践，我深刻体会到劳动技术的重要性，每干一种农活，我都先向老社员请教，虚心学习，掌握技巧，提高技能。那时候艰苦也好，劳累也罢，只要和他们一起干活，就有使不完的劲、说不尽的快乐。

一年下来，我学会了干很多农活，比如，铲地、割地、打场、赶车、积肥等等。这时的我，对农村生产劳动有了更深刻的认识，对贫下中农有了更深厚的感情，自觉接受再教育的信心更足了，扎根这里的念头逐渐强烈起来。什么脏活、累活都抢着做。说实话，心里从来就没有怕这怕那、挑三拣四的想法，有的就是决心和踏踏实实的行动。

渐渐地社员认可了我，组织也越来越器重我。第二年队里就选我当妇女队长，也就是“铁姑娘领头人”的头衔。有了这副担子，自己突然觉得长大了不少，同时，也有了一种责任感和自豪感。

从此后，我不仅积极带领铁姑娘参加劳动，又想到怎么能把全队的妇女都动员起来，积极参加队里的生产劳动。有了这个想法，我利用工余时间，走家串户摸情况。按惯例，在东北，结了婚的妇女基本都不参加生产队的劳动，守家干些家务活，像做个饭，带个孩子，喂喂猪，一旦有空闲就串门子，东家长西家短地唠闲嗑儿。

说实话，动员她们走出家门参加劳动还真不是件容易事，各种阻力都有，我耐着性子动员。在动员中，我多次听到不软不硬的风凉话。最伤心的一次是到李春香家动员，惹着了她丈夫，说我："哪来的小毛孩，还让老娘儿们下地，谁给我做饭？我家老娘儿们不去，她要敢去，我就和她离婚，不要她了！"

这些难听的话，怼得我又气又恼又羞，一个姑娘家哪受得了哇！我捂着脸一口气跑回了知青点，趴到炕上大哭了起来。别人喊我吃饭，我也不动，心里就是感到委屈。

第二天，我把动员妇女出来参加劳动的初步工作向队里做了汇报，队长很支持我，并说："小张，你大胆工作，目前是咱们农忙最关键时期，让她们下地干活，补充一下一线劳动力不足，对抢前抓早有好处。"

听了队长的话，我增加了勇气，又研究了各家情况，合理安排了干活的时间，给她们留出做饭、带孩子的工夫。一开始是十几个妇女参加生产队劳动，逐渐增加到二十几个，到后来竟然达到了五十多人，连李春香丈夫也不阻拦了。这样一支庞大的妇女队伍，可以说"真的顶了半边天"。

劳动中，我干在前面，还帮着体力较弱的妇女。歇气时给她们读报纸，宣传各地在学大寨中妇女们的先进事迹。讲讲故事，教教唱歌，领着认认字等等。

休假回城里的时候，我会主动帮忙，给她们买回点生活用品，什么酱油、醋、小孩衣服、鞋子等等，每次都是大包小裹往回捎。不知不觉拉近了和她们的感情距离，增进了友谊。

在我的组织和带领下，妇女为队里做了不少贡献，她们最多的一年挣到了两千多个工分！可别小看这工分，年终分红时能拿到三百来块钱呢！妇女用她们挣的钱买点化妆品和衣服之类的"奢侈品"，打扮打扮自己，心里相当自豪呢！

这一年的年末，我光荣地加入了中国共产党。就在宣誓的那一刻，我忽然觉得青春是那么靓丽，在农村的生活是那么丰富多彩，知青锻炼是那么有意义。

作者简介：张军，佳木斯知青，一九七五年七月下乡到莲江口公社明发大队。

大年三十妈妈的眼泪

张凤广

我和弟弟是一九七二年六月二日首批插队到莲江口公社明发大队的，当时我十九岁，弟弟十七岁。因为到明发大队的二十四名知青中我年龄最大，所以，莲江口公社知青办把我安排为副排长。

插队的第二年我被选为生产队的副队长，转年被大队派到明发小学任代课老师，不到半年被选拔到公社任财会辅导员。在广阔天地炼红心的过程中，我于一九七四年的十月光荣地加入了中国共产党。

一九七五年我被招入佳木斯铁路工作，后来由于自己的奋发努力，被提拔为书记一职，一干就是二十几年。

凡是插队的知识青年，都永远不会忘记自己这一特殊的经历，而且都有自己插队期间的故事。我当然也不例外，在农村期间有几件事让我刻骨铭心，最难忘的还是一九七三年的一件事。

早在入冬时，公社就动员，要充分利用冬季农闲时间，大力兴修水利。

那年的大年三十，我和往日一样，扛上镐和锹，带领十几名青壮年社员，穿上又厚又笨的棉衣，戴上暖暖的狗皮帽子，去往五里外的水利工地干活去了。

我们冒着零下三十多度的严寒，顶着刺骨的寒风和让人难以睁开眼睛的“大烟炮”大踏步前进。

到达工地后，我们立刻放下工具，逐个检查头一天装满炸药的炮眼，确认炮眼封口被冻坚固了，于是点燃各自炮眼的导火索。当最后一根导火索点完，大家立刻跑到安全处躲避起来。此刻，听到阵阵闷雷般的响声，看去，炸响之处冒出股股青烟。等了十来分钟，感觉已经安全，便跑向现场，甩掉棉衣，抡起镐头，刨向被炸松的土块。

不知干了多长时间，只看到我们个个满身冒着热气，眉毛、头发和后背的衣服全都挂了一层白霜。这个时候，我们开始听到周边几个村屯传来鞭炮声。伴随不停的鞭炮声，一惯爱说爱唱的安保乐大声喊："队长，吃团圆饭的时候到了！"

是啊，应该是吃团圆饭的时候了。我家的团圆饭是不是也摆上了餐桌？后来听妹妹说，和别人家一样，爸爸、妈妈和已回家的弟弟妹妹把满桌子的菜摆好。当妈妈摆放我的碗筷时，泪水滴落在桌子上。弟弟、妹妹看出了妈妈的心思，不敢作声了。爸爸沉不住气了，说："你这是干啥，凤广一会儿不就回来了吗？"

爸爸不说还好，一说，更刺到妈妈的痛处，妈妈止不住哭出声来。见妈妈哭了，弟弟、妹妹也躲到一旁抹开了眼泪。爸爸见全抹眼泪，自己的眼眶也湿润了，劝妈妈："行了，大年三十的。凤广当个队长，不带个头能行吗？"爸爸接着说，"他不去干，别人谁还能去呀！这不是坏事，是好事，应该高兴才是。"

其实，妈妈的眼泪不单纯为我年三十没回来流的，我从年初到年末一直未回过家，作为一个母亲能不惦记与心疼吗？

太阳落山了，我们也干完了活，"走，伙计们，快回家过年……"

还没等我把话说完，几位社员同时说："队长，你把工具给我们，知青点你就别去了，赶快往家赶吧。"

因为我家离下乡的地方不到十里地，我道了声谢谢，顾不上看路和脚下滑滑的雪，便一口气跑回家，人还没进屋就大声喊："爸妈我回来了。"

当我把门拉开，一脚踏进屋里，一脚还在门外，就看见爸妈迎过来，我赶紧要给爸妈拜年，却看到妈妈用手抹了一把眼泪，弟弟、妹妹也背过身子去。

"妈妈……"我刚想问怎么回事，立刻意识到，一定是自己年三十没有及时回来，或者是说回来晚了，“妈，对不起，儿不好，让你惦记了。”

说着，我自己也不知怎么了，嗓子一下子哑了，同时，眼泪也淌了下来。还是弟弟来得快：“我哥回来了，爸妈请坐，我去放鞭炮，咱们也吃团圆饭！”

这件事虽然过去了四十多年，可每年的三十晚上，我都会想起它。

作者简介：张凤广，佳木斯知青，一九七二年六月下乡到汤原县莲江口公社明发大队。一九七五年被佳木斯铁路机务段招为工人，高级政工师，曾任机务段党委书记等职务。

解放岗会战的五十六天

郝建民

一九七七年七月中旬我高中毕业，那年不满十八周岁。

当时为了响应上山下乡的号召，我毅然决定到农村锻炼，当上了一名知青，被分配到汤原县鹤立公社新安大队第三生产队。

在劳动中，我不怕吃苦，又肯干，因此，在一九七七年八月二十五日，我和同知青点的王和平一起被派去引汤工地，参加解放岗大会战。当时我心情无比激动，想在农村广阔天地里，炼一颗红心，滚一身泥巴，干就一番事业！

八月二十五日清晨，我和王和平坐着手扶拖拉机去往工地，车上拉着民工吃的粮食、豆油，还有一头猪，我坐在行李上，经过十来个小时的颠簸，于下午四点多钟到达工地的营房。

营房非常简陋，是用木杆搭建的，两坡披挂草帘，草帘上又苫着塑料布，中间是过道，两侧用柞木杆搭床铺，上面铺的稻草。门口搭个小棚子，安两口大锅就做厨房了，在铁路东树林里用炕席围就了厕所。民工吃水要去六里之外的汤原大营（现为汤原农场场部）拉运。挖土方的主要工具有五六台单轮手推车、锹镐，还有两头黄牛；大队部机械施工队，也就有两台推土机。

晚饭后，队长开了短会，把我和王和平编到一个组，主要任务是挖土装手推车，重新调整了每班工作时间，实行二十四小时倒班制，每次吃饭休息一小时，早上六点交班。

第一天来到工地装车，两人一组，用铁锹挖泥土，感觉土非常坚硬。土的密度很大，韧性强，属于重亚黏土、亚砂土，很难挖，一锹下去只有半锹土，遇到铁板砂就得用镐刨。装一车土需要十分钟，几台手推车轮流装，两头黄牛上下拉车来回跑。上下午中间休息二十分钟，旁边放一桶凉水，桶上挂个茶缸。

我们来到工地时，人工挖土大约有三米深，加坡上弃土，堆土高达十米，上下距离有五十多米，在深坑里干活，烈日炎炎的盛夏，无处乘凉，天天晒得汗流浃背，嘴巴里感到咸咸的，湿乎乎的背心干了又湿，湿了又干，口渴喝一缸凉水。一班下来累得躺下就能睡着，饭都不想吃。

这对刚刚走出校门，不满十八周岁的我和王和平是严峻的考验，但是，我俩不甘心落后，干活十分卖力气，从不偷懒，咬牙坚持天天出工。我俩相互关照，互相帮助，得到队长和参战民工的认可，年末生产队评工分时，十名新下乡知青只有我俩被评为一等工分。

经过一段时间的会战，人工挖运土方要比机械推土进度快。人工是按设计尺寸挖运土方，推土机要缓坡推土，有效运土少，加上机械力量少，推土技术不熟悉。不管是人工还是机械，随着挖的深度加大，运土距离就越远，难度也就越大。队长让我去赶牛拉车，我愉快地接受了任务，因为不懂赶牛的吆喝口令，忙活了两天，上下坡跑得两腿发直，累得走不动了，本以为能轻巧点，结果更累了。

有一天夜班施工，下半夜赶牛到了坡顶上，我困得实在挺不住了就趴在牛背上睡着了。长时间不下去，队长大声喊我，吓了我一大跳，我一着急吆喝老牛的口令喊错了，牛的前蹄踩在我的右脚背上，我怎么也抽不出来脚，用力推牛推不动，连打牛再拉牛纲绳，总算把脚抽出来，疼得钻心，一屁股坐在地上揉搓，不一会儿脚就肿胀起来，上下坡走路很疼，但我一瘸一拐仍然坚持出工。

引汤解放岗会战工地，有很多施工发明和技术改造，也不知道是谁把手扶拖拉机架在坡顶上，利用两个前轮胎，用钢筋缠绕轮毂，安装在前轮上，这就形成上下两个机械牵引手推车的绞车。

这项技术发明是当时引汤工地最伟大的发明，提高工效几倍，减轻了劳动强度，又快又安全地推进了施工速度。指挥部马上开现场会推广应用，我们也把手扶拖拉机架上，手推车装得满满的土方，人只要握住车把就行，机器牵引就把人和车子拉了上去，下坡时牵引绳挂在手推车上，人握车把慢慢放绳就行。

队长让我也试试推土，开始手的力量不够用，全靠车把上跨带才能抬起车把，整个车把的压力落到两个肩膀上，每车都装重达三四百公斤的土方。经过一段时间的劳动锻炼，感觉自己手力增加不少，推起小车也不像开始那样吃力了，体会到“推车不用学，全靠屁股摇”，由于我掌握了劳动技巧，所以越来越会干了。

可是天有不测风云，在我们准备引汤吉城岗冬季会战时，我的左脚被一个大钉子扎伤，鲜血直流。在场的几个民工用几个手绢也没有包扎住，他们把衣服的兜里子扯下来帮我包扎，当时我疼得难以忍受，可是，我从心里还是非常感激他们的。最后，队长看我不能走路了，就让王和平送我回家养伤，就这样，我在引汤解放岗会战了五十六天。

这五十六天，是我人生当中的一种财富，虽然工地条件十分艰苦，但是，它磨炼了我的意志，锻炼了我的能力，培养了我不怕吃苦的精神，为后来从事水利工作奠定了坚实的基础；这五十六天解放岗大会战，也是我一生中永远难忘的记忆！

作者简介：郝建民，一九七七年下乡到汤原县鹤立公社新安大队。一九七九年供职县水利局，一九九〇年任县水资源办公室主任，一九九九年任县农业开发办主任，二〇〇五年至二〇一五年任县水务局党委书记、局长。现为县水务局主任科员。

那些年那些事

符艳珍

奔赴梧桐河

我的人生之旅，宛如一条晶莹剔透的小河，它承载着我少年的记忆、青春的激越、中年的拼搏和老年的安乐。时光的涓涓细流虽然冲刷掉许许多多不愿忘却的记忆，可是，一九六九年十月二十七日，这个时间节点，却牢牢地镶嵌在我的脑海，永远不会忘记。

那是我和汤原县五百余名初、高中毕业生，响应上山下乡的号召，告别亲朋好友，义无反顾地奔向梧桐河农场，踏上了异常艰苦而又波澜壮阔的征程。

我和丈夫张连义，在那里工作、生活了整整十一年。那里，是我们成长的革命摇篮，把我们从普通知青，培养成能够担当重任的领导干部，也是我们终生不忘的第二故乡。

梧桐河农场，始建于一九五〇年。它对内还是“黑龙江省第一劳动管教支队”。诸多部队转业干部，在那里承担着对几千名服刑人员劳动改造的职责。

六十年代初，由于中苏关系紧张，农场的地理位置与苏联很近，建场时，苏联还是我们的盟友，当时还有农场有“背靠沙发”的说法，而后来则成了“背靠刺刀”。由此，几年内这里的服刑人员陆续撤出了农场。

按照上级的统一安排，梧桐河农场接收了来自大江南北七千余名知识青年。而原来那种以改造罪犯为目的的生活环境，艰苦程度是可想而知的。

当我们从佳木斯市连夜乘船，在松花江上顺流而下，第二天清晨到达梧桐河船站时，各分场来接知青的马车和拖拉机已经等在那里。我们被分配到十分场的百余名知青，要在午饭前赶到十分场报到，以班、排建制分别安排到男、女宿舍。

那是一栋长长的马厩临时改建的住处，室内虽然简单被粉刷一下，但依稀飘荡着牲口棚特有的气息，对面两铺火炕，堵头还搭着能睡五六个人的二层木板铺，一个房间要住近二十人。

看着分场那十几栋半砖半瓦很是陈旧的平房——简陋的食堂、破旧的会议室，四周都是一望无际的水稻田，失望、惆怅、思念亲人的情绪让好多人黯然神伤，还有人默默流泪。

面对这一切，当时只有十六周岁的我，却是比较淡定和坦然，内心深处还有一种较强的豪气和冲动。我兴奋，从此我就是一名农场职工了，每月三十二元的工资，在当时可是很多人可望而不可即的呀。

我激动，自己终于有了工作，我不但可以自食其力养活自己，还能有积蓄，做好多以往想做而做不到的事情。这一切，都源于我是一个在困难家庭和艰苦环境里成长的女孩子。

我出生在一个普通工人家庭，父母养育了七个子女，我是他们的第二个女儿。母亲说我生来就是个很能吃苦、从不服输的孩子。正因为此，很小的年纪就成了父母亲操持生活的得力帮手。

同龄人都了解，五六十年代大家的生活都是非常艰难的。那时候，每到月末的几天，家里只能喝稀饭维持；对于孩子而言，每天除了上学以外的时间，都要尽全力和邻居家伙伴一道，挖野菜，捡煤核，去已经收获过的地里捡玉米、黄豆和所有能吃的东西，用来补贴家里口粮的不足。

每当我带着劳动果实回到家里，看到母亲那满意的笑容时，那就是我最大的满足和快乐了。我切身体验着父母双亲养家糊口的不容易，竭尽全力把每一件该做的事情做好，暗下决心，将来一定要做出成绩，为积劳成疾的父母双亲争光争气、分忧解愁。

在县里出发前，我们就已经划分为三个排，农场带队干部组织大家选排长。我和丈夫张连义，是汤原一中六九届初中不同班的同学。“文革”期间他一直在县红代会里负责刻钢板、写会标等项工作，后期被选为县红代会常委，在我们一届同学中威信较高，自然当选了一排排长。二排是由香兰公社男知青组成，他们本届同学张志当选排长。郑桂芳当选了三排排长。我们初三七班来农场的只有五个人，我这个班委自然是选不上的。

工作几天后，指导员和连长又根据学历、年龄及档案资料指定了各班班长，而我在哪一方面都没有优势，落选是预料之中的事情。由此，我下乡参加工作之初，与那些“崭露头角”的班排长相比，已经输在了起跑线上。

青春奋进曲

客观地思考，当年，我这个年龄不大、学历不高、没有背景、一副铁姑娘形象的普通知青，竟然在五年后，走上了农场党委常委、场革委会副主任的领导岗位，这不凡的经历还真的带有一点儿传奇色彩。

有时在与比较知近的朋友或领导聊到这一话题，我会半开玩笑地说：“那是因为家里孩子多，从小会干活。上学作文好，会写发言稿。下乡五年班排长、副连长、正科长，直到当上场领导。”

细细考量，这也不完全是自我调侃，还真能反映自己一路走来的一些真实状态。

当年，刚刚步入工作岗位的我，以饱满的政治热情和积极向上的生活态度，极为踏实、认真地对待迎面扑来的一切锻炼和考验。我默默地为自己确定了一个目标：工作吃苦在前，为人热情周到，做事不甘人后。为实现这一目标，我竭尽全力地付出努力。

在日复一日的劳动现场，善于观察的连队领导，时常会看到一个瘦高个子的普通女知青，奋战在最苦最累的工作岗位上。

上班后，我们第一项工作就是和机动车、畜力车一道把收割后捆好的水稻，从一望无际的稻田地里，往分场附近的脱谷场上搬运。别人背五六捆，我却背上七八捆。一天下来，肩膀红肿，腰酸背痛，夜晚入睡都很困难。第二天，我会依然如故。

春耕，我在水稻田里打隔水的田埂子时，手掌被铁锹把儿磨起了一个又一个的血泡，再用力时，就会钻心地疼。那时候，我就会默诵毛主席那段人人皆知的语录：下定决心，不怕牺牲，排除万难，去争取胜利。

一九六九年下乡的那个冬天，我闯过了艰苦劳动的第一关，很快就成为生产第一线的骨干。

连队时常召开各种动员会、誓师会、批判会。我非常珍惜每一次发言机会，力争把反复斟酌、熬夜书写的发言稿念得朗朗上口。在宿舍里，也主动抢着干那些打水、扫地的零活，与其他知青相处得都很融洽。

晚上熄灯前，大家就会围拢在一起，听我绘声绘色地讲故事。我从小就记忆力好，受姐姐的影响，我也非常喜欢阅读能够借得到的各种课外书籍，如《红楼梦》《水浒传》《三国演义》《西游记》《铁道游击队》《苦菜花》《聊斋志异》《钢铁是怎样炼成的》等等。

这些书我反复读，尤其是《聊斋》里的人物、故事，记得比较清晰，一旦我讲出来大家都很爱听。夜深了，讲着讲着，我会说："欲知后事如何，且听下回分解。"

大家意犹未尽的样子，总是恳求我："再来一段，再来一段。"

现在想起来，那段经历不仅是年轻时代的乐趣，也是一种历练和能力的积累。当人到中年，走上县领导岗位后，我形成了开会讲话一般不用稿的习惯。于是，大家说我："开会一般不用稿，说的总比念的好。"

"宝剑锋从磨砺出，梅花香自苦寒来。"一九六九年到一九七三年的三年半时间里，农场按照上级指示，把原来总场、分场、连队的三级管理改变为两级管理，在把十分场改制为十连的同时，新增设了十一连。

这期间我历任班长、排长直到走上分管生产副连长的领导岗位。那段时间，正是我们十一连从零开始艰苦创业的过程。荒原修路、山坡建房、开荒种地直到实现全面盈利，成为受到省农场管理局表彰的先进单位。我和十一连全体战友一道经历了一个个艰难困苦的锻炼和考验。

我们十一连真的是一支特别能战斗的队伍。指导员和连长带领近二百人的拓荒者，边修路建房，边开荒播种，那种“在荒原安家，向田野要粮”的拼搏精神，激励着每一个人全身心地投入到工作之中。

仅仅两年时间，十一连不但基本建设初具规模，而且取得了第一年开荒，第二年盈利的优异成绩。那时候，农场对各连队工作的考核，除了年末考核经济指标外，还有比较重要的一项措施，就是搞春播、夏锄、秋收、翻地、脱谷大会战。

首先，召开全场大会确定时间和任务，然后场生产科和办公室每天统计各连队完成的任务量，每周都会排好名次通报全场。每一场大会战都是对我们的严峻考验。作为分管生产的副连长，我肩上的担子自然不轻。在各种大会战中，机耕队的作用是至关重要的。

为了能够以身作则，与大家打成一片，我利用早晚和周日的休息时间，拜机耕队队长为师，认真学习驾驶拖拉机技术。当我像模像样操作起来的时候，那些老驾驶员都服气。

我们机耕队歇人不歇机，昼夜轮班倒。为了赶进度，我经常会在宿舍里休息到半夜就爬起来，到室外观察远处秋翻地的机车灯光，一旦机车停止不动，不是机车故障，就是驾驶员熬不住睡着了。

每到这个时候，我就会拿着手电筒和镰刀，直奔秋翻地现场解决问题。现在想起来都感到后怕，那可是夜半荒原啊！一旦遭遇野狼，后果不堪设想。就是这样，我们十一连，时常能在各种会战中排在前几名。这艰难困苦的创业路上，我们付出了多少心血和汗水，发生了多少感人泪下的故事，没有亲身经历是难以想象的。

一九七三年，省农场系统逐级召开“活学活用毛主席著作报告会”。时任副连长的我，受指导员和连长的委托，认真组织、整理十一连艰苦创业的事迹，在农场大会上做了典型发言。

在二十多名代表中，我和其他三位被推选为出席合江分局的代表。在合江分局代表大会上，我又被选为出席省农场管理局的代表。在那级代表大会上，我的发言已经熟练到基本脱稿演讲的程度。

事实上是我们全连艰苦创业的事迹和取得的成果感人，我的演讲赢得了全场一阵阵热烈的掌声。这一切，当然会给和我一道参加会议的农场党委书记和组织科长留下深刻、良好的印象。

会议结束一个多月，农场领导找我谈话，并带回一纸调令——我被任命为农场机关党总支书记、场团委常委兼场妇联负责人。

连队欢送我晋升的形式很隆重——全连聚餐、座谈。那动人的场景和暖心的话语，久久萦绕在我的脑海。我满怀依依不舍的心情，告别了培养和锻炼自己成长的十一连，走上了一个全新的工作领域。

面对三个完全陌生的工作岗位，真的感到“压力山大”。调整好自己的状态，把压力转换成动力，仅仅用了几天的时间，我便全身心投入到打开局面的工作当中。

首先，了解了机关党总支工作现状后，我建议领导调整了个别年龄偏大的党支部书记。力争把在十一连体现出的那种朝气和活力融入到党总支工作之中。通过抓骨干培训，发展青年党员；抓理论学习，组织知识问答；抓文体活动，活跃机关氛围。

每当较大范围的活动，我便想方设法请场领导参加，这些努力很快就收到了较好的成效。时任场团委书记的张少杰，是佳木斯下乡知青。我在抓好机关党总支工作的同时，努力完成张少杰交办的每一项工作，并力争做到有所创新。

我组织各基层团支部投稿，宣传团员和青年中的先进人物和模范事迹，编辑一份《团的生活简报》，每月发行一期。那时工作条件是十分艰苦的，每当编辑好“简报”，我便请当时只是同事关系，任十一连副指导员和团支部书记的张连义来场团委帮忙刻钢板。

他刻钢板的速度很快，也很辛苦——清晨从连队骑自行车赶到总场，中午就在办公室简单吃点午餐，下班前圆满完成任务后，还得连夜赶回十一连。后来，我和他发展成恋爱关系，这也是感情基础之一。那些“简报”，还真的起到了推动农场共青团工作的积极作用。

农场妇联的工作，当时是由部队转业干部陈涛负责，我一直叫她陈姨，她心地善良，性情刚烈泼辣，事业心极强。只是文化程度偏低，文字方面不太擅长。她主要精力都放在总场一支妇女生产队的管理上了。

那也是一支不容忽视的力量。几个场领导的家属都是那里的骨干。虽然我给这帮阿姨当领导，可是，和她们在一起工作，非常享受那种被母爱包围的感觉。把农场妇联基层组织建设完善之后，我尽量抽出一些时间和她们一起开展活动和工作。

有执行力强的陈姨独当一面，干起场妇联工作，我是比较轻松的。在总场工作八年时间里，我始终和陈姨为首的那些阿姨保持着密切的情感联系。她们每逢节假日，争着邀请我去家里做客。

陈姨家的红烧肉，张姨家的饺子，莲英妈妈那拿手的东北家常菜，梁姨那做法独特的大炖菜等等，至今都让我回味无穷。还有张希尧场长老伴张婶，她经常帮我做越冬防寒的棉衣。当时的那一切，都让我感到无以回报，只有在探家和外出时，大包、小包地给她们带些礼物，聊表心意。

沉重的担当

一九七四年，中央组织部下发内部文件，要求全国县级以上领导班子，必须配备男女两名青年干部，以期在短时间内实现各级领导班子“老、中、青”三结合的战略目标。

农场作为县处级单位，也毫不例外地开展了对青年干部甄选、考核及报批工作。本就风清气正的农场，对这项政治敏感度很强的人事任命工作，没有任何信息外泄。

省农场管理局任命我为梧桐河农场党委常委、场革委会副主任的批文下达后，农场党委书记张秉武和组织科长刘立田，在书记办公室里找我谈话。当毫无思想准备的我，听到这一意外任命时，震惊得半天反应不过来，呆愣愣地问张书记：“我能行吗？”

刘科长一脸笑意，接过话茬道：“这个问题应该我们问你吧！”

就这样，只有二十一岁的我，懵懵懂懂地走上了农场领导的岗位。在全省农场系统那么多新提拔的青年干部中，我是年龄最小的一个。当时，汤原县选拔的青年领导干部，是唐道凯和赵雅琴。唐道凯任县委副书记，赵雅琴任县委常委、县妇联主任。

另一位与我同时走上领导岗位的，是比我大几岁的牡丹江下乡知青李静滨，他被任命为农场党委副书记。他是一位讲政治、能力强、综合素质较高的同志。场党委很快就重新调整了领导分工，我负责分管农场群团、公安、武装、司法工作。

虽然我已经有了在场团委和妇联工作一年多的经历，但与从场领导的角度分管全场青年、妇女工作，那是有本质区别的。好在张少杰上大学后，接任场团委书记的是我很熟悉的张连义。

妇联那有关系很好的陈姨，开展工作自然顺畅得多。

公安局局长是比我年长五六岁的鹤岗下乡知青程万义，他性情孤僻冷傲、头脑清晰、事业心强，天生一个公安局局长的角色。

武装部部长潘世昌，年龄是我叔叔的辈分，出身转业干部，高高的大个子，工作作风雷厉风行，遇到救灾抢险、抓捕等非常情况，指挥起基干民兵从容淡定，一派大将风度。

法庭庭长陈香瑞，与我父亲同龄，资历较深，精通业务，工作务实。无论是为以上这几个部门服务，还是当他们的领导，都是有难度的。经过近一年的努力，我还是与他们取得了相互的认可和信任。

我能够和他们一道研究人事任免，处理重大案件和其他相关工作。我清楚，能有如此局面，包含着个人努力的因素，但关键的还是场领导和老同志对我的关心和培养，以及悉心传、帮、带的结果。

农场党委书记张秉武，是一九三七年入伍的老资格转业干部，行政级别十四级。他和在部队从医的爱人共同转业后，曾在其他农场担任场长、书记职务。他那种刚直不阿、一身正气的品格和杀伐决断、善于主政大局的军人气质，都使他在主持农场工作时不怒自威，深受干部群众的拥戴。

场长张希尧，是从汤原县竹帘公社党委书记的岗位调到农场任职的。他为人谦和友善，工作务实能干，从不计较个人得失，和党委书记配合得非常默契。

政治处主任荣志权，政治方面成熟老练，工作起来游刃有余；副场长梁文炽主抓工、农业生产，领导经验丰富又善于深入基层；抓经营管理的副场长佟克明，财会科班出身，善于精打细算，敬业精神可嘉；“文革”前东北农学院本科毕业生，分管农田水利和基建工作的副场长陶永魁，业务功底扎实，勇于决策担当。

与这些叔叔辈分的优秀领导共事整整六年，目睹他们处理各种纷繁复杂矛盾时的睿智从容，体会他们从不同角度观察和解决工作难题的领导艺术，真的让自己受益匪浅，在工作实践中得到了一定程度的锻炼和提高。

荒原安新家

我们下乡工作一段时间后，农场按照上级要求，在把十分场改为十连的同时，决定在距离原十分场北部六华里的作业点——北林子新建十一连。连队指导员是部队转业干部李章岱，连长孙吉庆。

人员则以原十分场汤原知青较多的二连为骨干，从其他连队抽调一批浙江和佳木斯等地知青，还有一部分本场农工补充到后勤排和机耕队。由此，这二百余人组成的拓荒队伍，开始了艰难困苦的创业历程。

第一天“出征”，全连排着松散的队伍，带着镰刀、铁锹等各种工具到达十一连场址。漫山坡茂密的青草，绿油油的随风摇曳，望着辽阔的荒原，一种发自内心的亲切感油然而生。

大家从基础的铲草、平整土地开始了荒山坡上安新家的实践。连队领导安排一部分农工和男知青，在连队东侧搭建临时住人的大马架子，以解决大家吃饭和住宿的问题。

而我们多数人员则执行修路任务。在原有十多米宽不太成型的土路两侧，挖一米半宽、一米多深的排水沟，把挖出的土铺垫在路中央，整理成拱形路基，用机动车拉来砂石铺上挺厚的一层，然后用机械碾压。

修路过程中，最苦最难的是修那段儿白米长的低洼地段。在一大片涝洼塘里，长着一丛丛紧致的青草，它们的根部非常坚实，并且在水中纠缠着生长，也就是俗称的“塔头墩子”。

我们蹚着水，用磨得锋利的铁锹将草垡子切割成长方形条状，两个人抬起来一条条摆放在路基上，那修路的进度哇，一下子慢了下来。刚刚解冻的荒原水好凉啊，下水不到半小时，脚就被拔得麻木了。

不用尽全身力气，那铁锹根本切不断坚韧的草垡子，盼到休息的时候，每个人都累得精疲力尽。大家拖着湿漉漉的鞋子走上高岗地，希望那略带暖意的春风吹干自己的鞋和裤子。往往还没到半干的程度，连长催大家下水的哨声又一遍遍地响了起来。一些体弱的女知青陆续感冒发烧，病倒了。

二十多天的苦战，我们终于在涝洼塘里修出了一段笔直的砂石路。后来的那些年，每当行走在那段路上，修路时那艰辛的场景和成就感就会油然而生。

经过两周多的努力，那些负责基建的战友圆满地完成了任务：一趟长长的大马架子昂首屹立在十一连东北的方位上。那是把七八米长的两根松木杆对成人字形，用铁丝绑在一起，相对密集搭起的架子。然后，用油毡纸垫底，上面铺上厚厚的草苫子，南面挂起棉布帘子，室内用电灯照明，这样，给五六十名男知青提供的宿舍就全部完工了。

只是它的功能正和现在冬暖夏凉的居民住宅相反，夏天闷热，冬天寒冷。长长的马架子里，东西对面搭上木板铺，中间有两米的间距，铺下可以摆放个人物品。从布帘子门口望进去，大长铺上白花花一片蚊帐。那荒原上从没尝过人血味道的大野蚊子蜂拥而至，一不小心就会被它们叮上一口，针扎一样疼，奇痒难耐。

尽管如此，那些和我们一样劳累一天的男知青，晚饭后，简单清洗一下就可以钻进蚊帐，躺在木板铺上进入侃大山的状态，让我们这些每天还得步行两个多小时，才能回到宿舍休息的女知青羡慕不已。办法只有一个，那就是竭尽全力盖好男女宿舍。

我们男女两栋住宿平房，都是“穿靴戴帽”砖瓦结合的设计，以窗户为界，下面是红砖，窗户以上是土坯砌到房顶，再配上红色的瓦盖。参与基建的除去几名技术农工外，都是我们这些从没干过建房活的知青。从挖地槽、夯地基开始，我们便投入到紧张的边学边干的劳动之中。

脱土坯是又一项劳动强度较大的工作，大家在黑黏土堆里按比例撒上轧好的短草，浇上水闷一段时间就开始和泥。然后，将和好的泥抬到脱坯现场，宽阔平整的场地上几十人一起搞脱坯竞赛。大家两手伸进泥里，托起好几斤重的泥举与肩平，用力摔进模具里，拳头把模具四角捶紧实，再用手掌把泥面抹平，端起模具，一块土坯就完成了。如果哪一个环节用力不足或不匀，土坯就会是个残次品。

蹲在地上劳动的强度会比其他姿势累得多，一会儿就感到腰酸背痛了。七十年代的夏天可比现在暴热，往往刚脱出几十块坯，脸上的汗水就滴答、滴答地往下流，后背也被汗水浸湿。

大热的天，蚊子、小咬闻风而至，顾不上满手泥巴，你只能用手拍打或驱赶。如此下来，一到休息时，每个人脸上、身上到处都是泥巴。就是这样的艰苦条件，每天平均脱坯都有六七百块。因为大家知道，只有尽快完成每一项任务，我们才能赶在寒冬到来之前，住进自己亲手建起的宿舍里。

和现在建房的条件不可比拟，我们边学边干，直到九月才开始盖房子。而建房的过程，更是无比艰辛。因为从没干过，难免出现差错，几经周折，两栋宿舍都盖到两米多高时，困难更大了。因为建材有限，搭起的跳板窄，往房上运砖瓦和泥时很是艰难。那沉甸甸的泥，用黑色的软塑料桶装着，挑起两桶走在跳板上，真是两腿发软，步步惊心。

这类较重的活儿，就是靠知青自觉勇挑重担，如此一来，我们这些班、排长和知青骨干当然就要吃苦在前了。经过两个月的艰苦努力，在寒冷的十一月，知青分别住进了男、女两栋宿舍。女宿舍中间向北接出两间房作为食堂。那几天，大家都沉浸在无比兴奋之中，我们终于在荒山坡上安了家。

情系十一连

我们女生宿舍是 栋带着长长走廊的大房子，七八个房间，都有火炕。每个房间称作一间宿舍，每个宿舍可以住十五六个人。走廊里留有多个烧炕的灶坑，还有 个烧煤的炉子，炉子连带着室内的一面火墙，以备冬天取暖之需。

由于房间很大，不保暖，外加取暖设施简单，室内温度很低，整个冬天，我们都会在宿舍里穿着棉衣度过。连队的办公室和食堂及水房是一栋丁字形的砖房，坐落在女宿舍正前方的五六十米处。

食堂里面积不大，摆放着十几张长方形木桌和窄窄的长条板凳，只能容得下几十人吃饭，大家多是把饭菜打回宿舍里吃。男生宿舍则建在连队西南方位，因为上冻才完工，保暖程度比女生宿舍更差一些。

新建连的第一个冬天，没有什么越冬青菜的储备，一日三餐基本是加一些黄豆或海带的冻白菜汤和一个清汤寡水的炖菜。主食是大米饭，好歹还能填饱肚子。我们每月买十几块钱的饭票就可以了。

第二年，由于突发严重涝灾，大部分农作物绝产，全场吃了国家返销粮，那基本上就都是粗粮了。我们足足吃了一年的玉米面、大楂子、高粱米，尤其到了冬季，上工累得够呛，走进食堂吃着那大饼子就冻白菜汤，真的是难以下咽。

连队里，南方知青的家里，会经常给他们邮寄一些副食品改善生活，主要是猪油、虾皮和紫菜。那几样东西被称为料，往菜和汤里一放，一下就变得香鲜无比了。

日常大家的关系都很亲切，在宿舍里吃饭时，南方大姐姐们经常给我的菜里加料，可是，人家远隔千山万水寄来的东西，自己怎么好意思老是接受呢？因此，我时常在食堂吃饭，吃了几顿后，她们在打饭时带上一个小纸包，嘴里说着“给你加点儿料”，就往我的菜碗里一撒走人。那暖心的感觉呀，让我久久不忘。

逢年过节，连队会杀猪为知青改善生活，从食堂飘出红烧肉的浓浓香气，总会吸引全连知青兴高采烈地赶去食堂排队，说说笑笑地等待开饭时间的到来，美美地享受一顿大餐。

每当想起这些往事，还真的感慨，几十年过去了，怎么就再也没吃到过当年十一连那么好吃的红烧肉呢？尽管那时候生活条件十分艰苦，可是知青艰苦奋斗的精神却是感人至深的。我们总是能在工作之余苦中作乐，丰富自己的精神生活。

新建连队的第一个春天，我是后勤菜地的负责人，带领十几名知青和一名懂得种菜技术的农工，负责全体知青的全年蔬菜供应任务。在连队领导指导下，我们在一大片菜地里，种上了十几种蔬菜，还别出心裁地在地头栽上好几种花草和香瓜。

在炎炎烈日下栽苗除草，一会儿工夫大家就汗流浃背。劳作一天个个都会腰酸背痛。可是这些都难不倒热情洋溢的知青，大家总是能够找到释放劳累的途径，让自己心情愉悦地投入到第二天的工作之中。

班里有几位颇有才气的大姐：出身高级知识分子家庭的北京知青吴若思，她不仅能顺畅地阅读英文小说，还会用随身携带的口琴吹出欢快的曲子；浙江知青徐月爱和陈春梅能用月琴和笛子为我们伴奏。每当休息的时候，我们就会围坐在树荫下，一遍遍地唱起那首歌曲："月亮在白莲花般的云朵里穿行，晚风吹来一阵阵快乐的歌声……"

周日休息的时候，我和那几位大姐叫上几个男知青一起郊游，郊游的时候背诗词、唱歌。与大城市知青相处，让我丰富了知识，开阔了眼界，真的是受益匪浅。

在十一连工作期间，让我感受最深的是，知青付出了艰苦的劳动和辛勤的汗水，使连队从无到有，并且将它建设成为省农场管理局的先进单位。好多生动的画面，深深地植根在我的记忆之中，终生难忘。

一九七一年的秋天，连里种植的经济作物成熟了。当时，我是生产排的排长。我们把割下来捆好的青麻装上马车，拉到距离连队三四里远的水泡子那儿，之后把青麻一捆捆地摆放在水中，上面压上带去的石头，这就是沤麻。

半个月后，我带领男女二十多名知青，把已经沤好的青麻从齐腰深的水里捞出来，装车运回连队。秋天，水泡子的水拔凉拔凉的。那沤好的麻发出的浊臭气息，熏得人只想呕吐，我毫不犹豫地带头下到齐腰深的脏水里，十几名知青紧随着下水。我们奋力将既沉又脏的麻拖上岸边，没下水的知青七手八脚把麻装上马车。

要把堆在水泡子底层的麻捞上来，就要弯下腰，下巴紧挨着脏水，用叉子和镰刀奋力捞。湿透的衣服上沾满乱麻秧子，那些可怕的荒野大蚊子扑面而来，叮得人奇痒钻心。

上岸后，好几个女知青围过来，帮我清理衣服上的脏东西。已经记不清是哪位战友了，脱下自己的干衣服披在我身上。最后一捆麻装上车，我们紧跟着装得满满的马车返回连队。阵阵秋风吹着湿透的衣裤，双手不停地挥打着蚊蝱。看着连队驻地越来越近，心里充满了完成任务的喜悦。那天的日记里，我还写了一首小诗：

秋起麻

荒野泡池踏无径，
车轮碾压草不青。
浊水浸泡捞麻苦，
嗜血蚊蝱最无情。
衣裤湿透周身冷，
瑟瑟秋风伴归程。

一九七一年的冬天怎么那么冷啊，元旦前夕，农场冬季脱谷大会战拉开了序幕。全连战友日夜倒班奋战在脱谷场上，那堆积如山的小麦垛似乎永远也脱不完。庞大的脱谷机一启动，几十名知青就和机器融为一体。

从高高的小麦垛到脱谷机这段距离，一排知青组成人力输送带，一刻不停地把小麦捆打开，一把把、一堆堆地送入脱谷机口中。麦粒在脱谷机一侧的管子里流进运粮车厢，脱谷机尾部那个方形出口，“哗哗”倾泻麦秸，一刻不停，挑叉、装车、外运环环相扣，稍有懈怠麦秸就会堆积如山，一旦哪个环节出现问题，脱谷机就会“噎住”或者空转，那是不允许发生的状况。

入口处尘土飞扬，那是脱谷机各个环节中最苦、最累、最脏的岗位。这里，自然是我们这些班、排长和知青骨干接受锻炼和考验的平台。我们戴着厚厚的大白口罩，开机一会儿，口罩和人脸的露肉处就变得漆黑。

浓浓的灰尘呛得人喘不上气来，坚持不到半小时就得换人。我们都知道那种难耐的感觉，时间一到就有人主动上去接班。脱谷机发出巨大的轰鸣声掩盖了一切，大家都是很默契地拽一下在岗者的胳膊，互相点头示意后换岗。那种时刻，往往是前者深深地呼出一口浊气，如释重负，后者满脸肃穆屏住呼吸，一副义无反顾的神态。

一下乡就是排长的张志和后来成为我丈夫的张连义，还有汤原知青王善财、刘艳军、刘风云等等，我们互相关心支持，共同努力拼搏，成为要好的战友，亲如兄弟姐妹。

一个多月的冬季脱谷大会战，我们始终在入口和机尾处那两个艰巨的岗位坚守，寒冷的冬季，经常累得大汗淋漓。每当休息的时候，凛冽的寒风吹透棉衣，热汗结冰的感觉难耐至极。我曾经在日记里有过这样的描述：冬脱谷，月影灯光映场院，棉装难御刺骨寒。麦垛连绵脱不尽，严冬汗洒透衣衫。

征途多磨炼

每当回忆起在十一连工作的那些往事，较为深刻的要数人工灭虫和寒冬进山伐木。对我来说，那两次经历真是知青生涯中最难逾越的两道难关。

一九七二年的冬天，我们十一连只有男女宿舍和连部三栋平房投入使用。随着生产的深入发展和后勤工作的需要，连队急需第二年建设家属住宅和后勤机耕队、牲口棚、猪圈等基础设施。

那时，我已经担任了主管生产的副连长。冬季筹备建材的主要任务，就是进山砍伐小头直径十五到二十公分的木头。这是一项非常艰苦的任务，其他连队大多是干部带队，由有经验的工人干。可是我们连队这两种人员很少，况且都在技术岗位上，抽不出那么多人。

连队领导开会研究了半天，才抽五六个人，其他人只能在知青中选了。研究带队领导时，我这个主管生产的副连长，自告奋勇，主动请缨。因为指导员和连长都已经年过半百，又身体偏差，我虽然是名女生，但毕竟年轻！

全连选出十来名能干的男知青，他们轮流进山，其中包括当时任连队统计，我调离后接替我担任副连长的汤原知青李培成。做好相应的准备工作，第二天夜里，我们就向深山进军了。从连队到山里，大约一百多华里的路程。我们要先休息，睡到半夜十一点起床，从头到脚把自己最能保暖的衣物穿在身上。同宿舍的姐妹非要借给我大棉手套和皮帽子。

穿戴好了，看看自己，觉得挺好笑，就像是个会行走的大棉花包。我们一行十个人先在食堂吃饱饭。指导员、连长都来千叮万嘱地为我们饯行。连队没有汽车，我们是用拖拉机拉着大木爬犁上山的。七十年代的冬天可真冷啊，爬犁上装着一米多高的麦秸，把连部值班用的棉被盖在腿上，即便这样还是冻得不行。

半夜里，刺骨的寒风吹透了全身，脸像被小刀刮了一样疼。无奈，停下拖拉机，卸下一堆麦秸点着火，大家围着火堆拼命地蹦跳着，剧烈活动一番能热乎起来，之后再出发，苦苦行进了六个多小时，天快亮时，我们终于到达了山里。

荒无人烟的大山里，冬雪没过膝盖，我们把人员分成三组便开始伐树。手脚并用地扒开深雪，露出树根，用铁锯把松树锯倒，砍去树杈，再一棵棵地装上爬犁。在深雪里苦干一上午，鞋和棉裤都快湿透了，急急忙忙就着雪吃过带来的食物，就抓紧时间往回返。

回去时，爬犁上装成人字形的木杆，上部分近两米高，大家坐在又冷又硬的木头上面，任凭凛冽的西北风无情地施暴，两只脚一刻不停地互相磕碰着，两只手也轮换着捶打身体各个部位，以免冻僵。那可真叫个冷啊。

因为拖拉机重载，比来时多走一个小时。为防止冻伤，中途停下两回，大家从爬犁上下来，在地上围成一圈，用力地蹦跳，大声地呼喊着，直到全身血液循环加快，感到暖和一些再继续赶路。人在爬犁上，心里幻想着热乎乎的炕头，一分一秒地盼望着快点回到连队。天黑得透透的，远远看见了连队的灯光，大家欢呼着："到家了，到家了！"

没有挨过那种煎熬的人，无法体会那种感觉。晚饭后，好好地睡上一夜，休息一天，我又带领着五个工人和轮换过的知青一次又一次进山伐木。

说来也巧，就在那最后一次进山时，发生了意外。

拖拉机返程，在距离连队十几里的路上发生了故障，急得直跺脚的驾驶员修理了半天，怎么也没有办法打着火。漆黑的夜里寒风呼号，我们在冰天雪地里苦苦地等待着。我安慰大家："不要担心，指导员和连长看我们没有按时回来，肯定会来接应我们的。"

我一遍遍让大家蹦跳起来，大声呼喊："指导员，我们在这里。郭连长，我们在这里。"

大家围着拖拉机和爬犁一圈又一圈跑步，我们苦苦支撑了三个小时后。指导员亲自带着拖拉机终于赶到了，看着拖拉机那暖心的灯光越来越近，几乎每个人都高兴得热泪盈眶。

回到连队宿舍，一大帮战友赶来看望。我的脚已经和棉鞋冻在一起了，费了好大的劲才脱下来，那脱鞋的过程让不少姐妹看得流下了眼泪。几十年过去了，当年脚上的冻伤还依稀可见。那样的境遇，的确给我的身体造成了较大的伤害。

第二天，我高烧不退，连里用机车把我送到总场医院住院治疗，那是一九七三年元旦前几天，我在医院里度过了新年。还自我安慰地写了《病房随笔》：

静卧病床盼复康，
冽冽寒风雪扑窗。
战友探望声声暖，
辞旧迎新在病房。

就在一九七二年那个火热的夏季，我经历了又一个难关。

儿时记忆中，最可怕的一件事情，给我留下了终生的"后遗症"。五岁时，家里后窗前那棵硕大的李子树上，淡红色的果实结满了枝头。小小的我在树下想方设法够果子，不管如何努力也没能如愿。回到屋里感到后背痛痒，脱下上衣对着镜子一照，吓得我魂飞魄散，一条深灰色的虫子正趴在后背上，当时我的尖叫声、哭喊声把家里人吓了一跳。

后来，妈妈说我一定是被虫子吓破了胆。从那以后，我平生最怕的就是"虫子"。

二十岁的我，在农场十一连担任分管生产的副连长时，一场突如其来的虫灾席卷全场。大片大片的玉米几天内就面临绝产。两尺多高的玉米芯里竟是大青虫。

总场召开紧急会议安排部署灭虫工作，在机械撒药的同时，开展“人工灭虫大会战”，提出抢出一亩是一亩，抢出一棵是一棵。我们紧急动员全体人员上一线，每人负责一垄地，一棵一棵捏死虫子抢救玉米。在消灭虫害工作中，我深刻体会到心惊肉跳和惊心动魄。

多数女知青都害怕虫子，一惊一乍地喊着不敢下手。她们哪知道，我这个副连长比她们更是怕得要死啊。可面对如此局面，哪有我的退路哇。我硬着头皮，打起精神，给她们做示范，使劲儿捏玉米芯里的虫子，我的妈呀，两手一捏大青虫，大青虫肚子冒水的瞬间，我的胃就抽搐起来，吓得我眼前发黑，眼睛里都是泪水，又不能让人看见，拼了命似的一步步往前行进。

真是毛骨悚然眼前晕，一步一捏一颤心。收工回到连队，从食堂打回饭菜，看着那绿色的青菜，脑子里都是捏死的虫子，胃里又翻腾起来，恶心得要吐，饭菜一口也咽不下去。那几天，我严重的厌食、失眠，体重也明显下降。

最终，我还是硬撑着没有败下阵来，闯过了那一关。在机械和人工的共同努力下，秋天，农场的大面积玉米还是获得了较好的收成。

生死的历练

一九七五年三月，省委党校安排全省各农场和兵团新提拔的青年干部，进行为期三个月的学习培训。主要内容是进行党的基本路线教育，为即将全面开展的这项大型学习活动培养理论骨干。那些在数万知青当中提拔起来的青年干部，个个出类拔萃，多才多艺。开学第二天，指导员组织全体学员联欢，要求每人都要在自我介绍后，表演一个节目。大家唱歌，跳舞，诗朗诵，各显其能。

点到我的时候，我拿起麦克风走上讲台，简短地介绍：“我叫符艳珍，来自合江管局梧桐河农场。据指导员透露，我是全班最小的一个，请各位哥哥姐姐多加关照。”

我表演的节目是自己写的一首小诗：《漫步在清晨细雨》

是谁
把朵朵白云
研磨成漫天棉絮
凉爽的清晨
飘洒着蒙蒙细雨
纤细的雨丝
柔柔地落在脸上
凝结成晶莹的
点点滴滴
雨雾
为朝霞披上纱衣
朦胧中宛如
醉眼迷离
垂柳弯腰
舞出缓缓摇曳
骄阳昂首
吐露淡淡新绿
风儿在耳边轻轻细语
你可在用心感受
春天的气息

没想到，这首小诗得到了指导员和大家的好评。

为圆满完成回场后对全场党员干部进行理论培训的任务，我记了厚厚的两大本笔记。返回农场，首先进行了党委集中培训，然后党委书记安排我分别到各连队给党员干部讲课。为了不耽误工作，讲课都是在晚上进行。

在六连讲完课，已经晚上九点多了，又和连队干部交谈了近一个小时。十点多钟照例坐着吉普车返回总场，陪我同行的是场宣传部一名与我同龄的浙江女知青陈新新。司机是农场车队一个年龄不大的青年。

农场的路挺难走，车速不快。砂石路像一条灰色的带子，铺在漆黑的原野上。突然，车灯照在前方路中间，怎么横躺着一个人？司机惊叫一声："妈呀！遇上死人了！"

一个紧急刹车。新新"啊"地叫了一声，把头趴在座位上不敢再看，我让司机按喇叭，那人纹丝不动，看那姿势也是必死无疑的。我的心也吓得"突突"直跳。可是，作为分管农场群团和公安司法工作的领导，不管有多害怕，我只能下车处置。

我让司机和我一起下车，一步步走近那里，那人脸朝下趴着，我让司机抬那人脚，我抬那人的头，先把他翻过来抬到路边，心想：返回场部后再通知公安局来人到现场处理。

那时，我刚满二十二岁，还从没有近距离接触过死人。每走一步，我的心跳就加快一分，脑海里反复出现死人面目全非的可怕影像。我闭上眼睛，双手抓住那人的肩膀，和司机一起用力把他翻转过来。我正想勇敢地睁开眼睛看看死人情况，突然，那个人"啊"地大叫一声，深更半夜，荒郊野外抬着一个可怕的死人，他竟然喊了起来。那种瞬间的惊惧是无法描述的，司机"嗷"的一声坐在了地上，我刹那间大脑一片空白。

原来是一个醉鬼，喝得人事不醒，昏睡在道路中间。接下来的几天，我常常在半夜被噩梦惊醒，久久不能入睡。

一九七七年一月，农场大打兴修农田水利会战。严冬腊月炮声隆隆，彩旗飘飘。各连队几乎将所有人力、物力都投入到会战之中。省农场管理局下发文件，要求各农场收集农田水利建设中典型人物、事例，并尽快将文字材料和图片上报总局参展。按照张书记在文件中签批的指示精神，我带领场团委和宣传科相关人员，到平时掌握的典型单位收集素材和图片。

我们一行四人乘坐一台吉普车赶往六连，途中被一帮人拦下，看到他们万分焦急的神态，我感觉肯定出事了。带头跑到我跟前的男同志，气喘吁吁地说："我们连在水利工地放炮时，一个女知青被冻土块砸破了头，我们几个先赶到路上截车。一会儿，一伙人抬着伤员就到了。”

我立刻吩咐车上人下来，先送伤员到总场医院抢救。受伤女知青头上缠着厚厚的白纱布，那鲜红的血迹非常刺眼。好在她神志还挺清醒，然而脸色苍白，有气无力地对我说：“救我，救我。”

我疾步上前，握着她的手安慰：“放心，我们马上送你去医院。”

跟来的卫生员坐在左侧，伤员在中间，我坐在右侧握着她的手，她的头靠在我左肩上。我们虽然心急如焚，却不敢加快车速，怕车颠簸加重她的伤情。行进十几分钟，我就感觉不好，她的手在变凉，侧头一看她的脸色变得蜡黄，已经毫无生气。

我的心一下子沉入谷底，悲伤和惊惧同时袭来，一时间心跳加剧，眼前金星晃动，我立即警觉起来，强迫自己镇静。头脑快速思考，这种情况，卫生员是无能为力的。于是我吩咐司机加速，再加速。心里期盼着尽快赶到医院，抢救这个年轻的生命。

时间一分一秒地过去，终于赶到医院急诊室。当几位医生满眼遗憾地告知准备后事时，我跌坐在椅子上，再也无法控制悲情，泪流满面……

火灾的考验

一九七八年的秋天，省局组织各场领导干部集中学习培训一周，因为我已经学习过三个月，场领导决定由我在场里值班，他们去“寒窗苦读”。出发前召开了农场常委会，张书记给我压担子，还反复强调，现在秋高气爽是火灾高发期，一定注意安全防火。

他们走后第三天的下午，我正在办公室和人谈话，门“嘭”的一声被人撞开，办公室主任大声喊：“符主任，南屯着火了！”

几乎是同时，农场消防车鸣叫声也骤然响起。我忽地站起来冲向门外，边跑边安排办公室主任：“马上给管局打电话请求消防车支援！”

南屯那里果然浓烟弥漫，烟雾中心处一团火光翻滚着向上升腾。我的心狂跳起来，南屯是建场初期留下来的，居民比较密集，而且不少还是茅草房。那天的风力很强，如果灭火不力，很可能造成火烧连营的可怕局面。

我在心里提醒着自己：冷静，一定要冷静。

失火现场已经一片混乱。紧挨着的两个民房同时烧了起来，浓烟和烈火带来的热浪烤得人不敢靠前；四周已经围拢了不少附近居民，他们呆呆地观望着火势不知所措。

农场区域较小，火警一出，干部、职工和群众都自发奔向现场。我环视一下周边情况，看到不远处有一堆被褥和衣物胡乱堆在一起，守在那里的几个人应该是失火房主，我快步走过去大声问道："房里有人吗？有没有人受伤？"

好几个人同时回答："没有，没有。"

我的心安定一些，看到公安局局长、武装部部长，还有好几个科长都已赶到，马上开始现场办公。

公安局局长负责指挥消防车，维持现场秩序，组织围观群众运水救火；潘部长马上组织，并带领各单位基干民兵上一线抢险；办公室立刻通知有拉水车的单位出车拉水……

有人提出，风太大，赶紧筹备苫布和棉被，用水浸透盖在临近的房顶上。我觉得有道理，马上安排几个机关干部分头行动，有人去场招待所取棉被，有人去动员有危险的房主用自己家棉被护住自家房顶。

现在写起来倒是有条不紊，事实上，当时的我哪有那么淡定，我从来没有经历过如此严峻的场面，慌乱和紧张那是在所难免的。好在有几个老同志在我旁边不时地出谋划策。比如，消防车装满水再一次回来，他们就向我建议，已经烧起来的房子没救了，让他们把水喷向临近房子的房顶和墙上，防止火势蔓延。

附近井水抽不上来了，他们又建议，马上到仓库取电机和水管子，几个井同时抽水。

正在形势紧张的时候，忽然又发生了一个紧急情况，一团火被风吹起来，落在了隔一户住宅的房顶上，那可是草房啊，火立刻着起来，消防车抽水还没回来，真是急死人哪。

一帮基干民兵马上跑向那里，登梯子上房人工扑火，可是靠人工挑和抬来的水根本不够用。危急时刻，宝泉岭增援的消防车赶到了，那可真是雪中送炭啊。两台消防车同时发力，火势终于被控制住了。

直到这时候，我一直提着的心才落回原处，深深地呼出一口长气，立刻感觉自己马上要虚脱了一样，双腿发软浑身乏力。我知道，这是精神过度紧张后的反应。在大家的共同努力下，我们终于战胜一场灾难，经受了一次火灾的严重考验。

棘手的案件

一九七六年春，农场抽调机关干部到各连队开展基本路线教育验收工作。进驻八连的工作队掌握了一个重要线索，有人举报连队后勤一名刑满释放人员，竟然用金钱、物质引诱，威逼恫吓等手段强奸、迫害多名女知青。

工作队对那个劳改人员进行了调查，在事实面前，他承认确有犯罪行为。这一案件引起了场领导的高度重视，立即召开常委会研究处理方案，同时决定成立专案组，张书记亲自挂帅任组长，我任副组长。

方案强调了对案件处理的原则：要遵循党的一贯政策，重证据而不轻信口供。办案过程中，既要确保受害女知青的名誉，更要确保女知青的生命安全。会后由我牵头，组成包括公安局局长在内的专案组，进驻八连，力求尽快获取证据，严惩罪犯。

我们开展工作几天，就感觉到了问题的复杂性和严重性。由于前期工作带来的影响，知青队伍思想波动，互相猜忌。尤其是那些受害女知青，她们在极度的愤恨、后悔、害怕等紧张情绪影响下，个个焦虑不安，抵触情绪十分严重。

专案组找哪个女知青谈话，大家便议论纷纷，被约谈女知青马上就会背上沉重的精神负担，她们态度非常消极，拒不配合专案组工作，甚至以自杀相要挟，致使案情毫无进展，调查取证极其艰难。

面对如此困难的局面，我带领大家认真研究对策。首先，引导专案组成员端正态度，设身处地地理解受害人所处环境的艰难，以及她们承受的巨大压力。

最终，为保护被害人名誉，尽快取证破案，我们采取了超常规措施——工作组撤离八连，在松花江对岸的桦川县租用场所，以确保受害知青隐私不被外泄。此方案获得了张书记的支持，很快就进入卓有成效的工作状态。

桦川和汤原县相邻，与梧桐河农场一江之隔。那些受害女知青探家时，都要途经桦川县到达佳木斯或汤原县。我们以家长名义，给被调查人发电报让其探家，在总场或开往佳木斯的船上，将其截下带至桦川核实取证。

公安局局长程万义和副局长康玉民都是业务能力很强的专业干部，其他成员也都是精心挑选素质较高的干部。可是，我们每拿下一份证据都要费尽口舌，做耐心细致的思想工作。往往是干警先谈案情，动员她们面对现实。公安局局长反复疏导，让她们放下思想负担，勇于揭发罪犯。

我再以场领导身份与她们晓之以理、动之以情地促膝谈心。开始，那些被害人有哭的，有闹的，还有绝食、不睡觉的。几乎每拿下一份证据，都要耗时到下半夜。连续工作了九天后，做通了六位受害人的工作，她们签字画押，铁证如山。

我们每天的睡眠时间都不足四五个小时。农场、管局领导经常过问案件进展情况，反复要求不能出现意外。当时我们顶着来自各方面的压力，真的是耗尽心力，寝食难安。十几天内，我的体重下降好几斤，期待着尽快结束案件，惩办罪犯。

就在对第七名受害人取证核查中，发生了意外情况。谈话进行到半夜一点多钟，那名知青就是不配合。看到她对抗情绪激烈，我们决定停下休息，明早继续。

连续工作的疲劳，让值班人员疏忽了。清晨三点多发现第七名受害人失踪。联想到失踪人员昨晚的激烈情绪，我们预感到情况的严重。倘若此人自杀，我们不仅前功尽弃，而且要负失职的责任。

我马上打电话向张书记汇报情况，他指示集中所有人员全力追踪，防止受害人精神崩溃，出现自杀情况。我们把人员分为三组，分别往可能出现自杀的地点追踪。我带着副局长康玉民直奔桦川县公安局，向值班干警要了局长电话，通过电话说明情况，请求支援。

他们很负责任，组织了两台警车和十几名干警，积极配合我们的工作。

返回招待所已是清晨，三组人员都没有消息，张书记正在赶往桦川县的路上，坐立不安的我，突然想到，她会不会跑回家里？我马上带着副局长直奔客车站，坐上开往佳木斯的长途客车。行车途中，我们分别向路两侧观察着，行进半个多小时后，突然，我发现距离挺远的玉米地头小路上，一个女人头上蒙着上衣快步行走着，看那衣服的颜色和背影，断定就是那个失踪知青。

我马上喊司机停车，拿出证件请他往回返。看到客车往回开，还有人下车追来，女知青快步向近处村屯跑去。我们追呀，足足追了二十多分钟，终于把她堵在一个大娘的家里。我们三个人大汗淋漓，气喘吁吁，面对面相互看着，半天说不出话来。经过一个多小时的交谈，她终于打消了顾虑，同意签字出证。

去村办公室打通桦川县公安局电话，来车把我们接回招待所，张书记一行也赶到了。一场危机就此得到了化解。三天后，我们圆满完成了调查取证任务，那个罪犯被依法处置。

后来，调回汤原县任主管文教、卫生副县长期间，我又兼管过近五年的公安司法工作，虽然接触的案件更多了，但那次的经历，却格外刻骨铭心。

我的知青故事拉拉杂杂地写完了。停笔之际，由衷地向读至结尾的每一位亲朋好友和热心读者，致以真诚的谢意。

作者简介：符艳珍，汤原知青，一九六九年十月下乡到黑龙江省梧桐河农场。历任汤原县政府常务副县长、县委副书记、县人大主任等职务。现任汤原县公关协会会长。

邮　　路

王元标

北大荒的邮路

“美丽的夜色多沉静，草原上只留下我的琴声，想给远方的姑娘写封信，可是没有邮递员来传情……”这是大家熟悉的情歌《草原之夜》。远离故乡，远离亲友，千里迢迢来到北大荒支边的知青们，对“绿色使者”——邮递员都怀有一股浓浓的深情。

当时的电讯条件差，村里、连队里往往只有一部手摇电话机，音量时重时轻，有时还会插入广播的声音，中断几天是常有的事；打长途电话更不可思议。建设兵团、国营农场的连队在原野上不断筹建、延伸，信息的传递主要还得靠邮递员们的“铁脚板”。

一九七二年秋，我们四名宁波知青从汤原县农村借调到汤原邮电局工作。当时的汤原邮政部门由黑龙江省邮电管理局和县委宣传部共同主管，汤原地区的“邮路”遍及十多个公社、四个农场、三个林场、一个建设兵团、驻军部队等。

为了保障这涉及数十万人口的“邮路”及时、准确、安全、畅通，我们知青邮递员不管刮风下雪、炎炎烈日，与全局同志兢兢业业，辛勤奔波在各条“邮路”上。“邮路”如人体的血管，信件、报刊、邮包、电报、信息如血液川流不息地流淌在血管中。

记得第一次踏上“邮路”是到局里报到不久，戴局长将我叫去，说一名邮递员生病，县城郊区的这条“邮路”暂由我去投递。具体交代了工作任务后，他就在纸上简单画了个路线。

天哪！这叫我一个新手如何去办？无奈，我只得硬着头皮答应下来。

分拣完邮件，我在邮袋中捎上圆珠笔、挂号签单等，跨上了绿色的重型自行车，按图索骥，边问路边投递。二十多个投递点，东一个西一个，有顺道的，也有岔道的，一不小心，“邮路”又绕了回来。田埂、桥梁、铁轨、小溪、深沟、山坡……哪有我原来想象的“邮路”好。

语言的障碍也使我耽误了不少时间，老乡们总说我南腔北调，“王”和“黄”字弄成一个音，有时不得不借助于笔，亏得我国语还可以。自行车连骑带推总算走完了一天的“邮路”，可人却累得要散架子了，两脚发软，口干舌燥，饥肠辘辘，一头栽倒在热炕上，什么也不想说，不想动，心想：如此单枪匹马且又枯燥的工作，还不如回乡村知青点同大家热热闹闹在一起。

脑海中又出现了汤旺河畔的美丽景色和纯朴、善良、热情的乡亲们，此时自责起来：我这个小伙子真熊，这点困难都怕，像个男子汉吗？磨难也许是一种财富。著名诗人艾青下放到汤旺河畔生活时，写下了许多赞美北大荒的脍炙人口的诗篇；抗日将领赵尚志，将热血洒在汤原这片热土上……自己在北大荒屯垦戍边，为可敬的乡亲们吃苦流汗是值得的，这也许是我的命运、我的神圣职责。

北大荒的隆冬，气温平均在零下三四十摄氏度，冰冻三尺的江面上能过马车、开坦克，湿手触摸金属会粘去一层皮，洗完衣服晾在室外会马上像铁板般硬邦邦，猪肉吊在外面，几个月都不会变质。

风雪中的“邮路”更为艰难，刺骨的寒风夹着漫天的雪片，呼啸怒吼，横扫着银色的大地。但不管天寒地冻，每天传递邮件仍是我们的工作。渐渐地我掌握了风雪中投递的诀窍，大风狂吹时，人只能像斗牛士般侧身站着，前腿弯曲，后腿伸蹬，有时站着不动要顶上好几分钟，待“风老虎”耍过淫威，发过脾气后，才能弓着腰像熊一样往前走。

风雪中的投递员憨态可掬，厚实的狐皮帽，绿色羊皮大衣，加上棉裤棉鞋棉手套，全副武装像只“狗熊”，如果摔倒在地上一点也不疼。若遇到顺风时，则又是另一番景象：风推着你一路小跑，骑自行车下坡，一不小心，就被摔得“四脚朝天”，溜出十多米远，人坐在冰雪地上，哈哈大笑，这番自我嘲笑的模样，外人见了准以为是个“疯子”。

邮递员们称这为不花钱的天然溜冰场。

冰雪中的“邮路”，有景，有情，有苦，有乐，人的意志和毅力在这风雪“邮路”中最能得到磨炼，人的情操和气质也在这“邮路”中得到熏陶、升华。

一九七三年初夏，领导派我去鹤立河农场邮电支局工作。说来称奇，所谓的邮电支局不是设在农场总部，而是建在交通中心的七分场，支局共计两人，老高局长领导我一个“小兵”。

那时，下乡知青正值青春年华，每天都能看到他们那引颈翘首的盼信情景，唯有信最能温暖他们的心，因为信里有家人的牵挂，有同学和朋友的问候。每次信件、邮包一到知青点，那里马上会沸腾起来，有人奔跑，有人高呼，争先恐后，蜂拥而上，大家围着我问个不停，我自豪得不得了，自己真像个挺胸凸肚的“绿色大使”。

他们中，收到信的像中了头奖一样，孩子般手舞足蹈起来，急不可待地拆阅；没有收到信的就会失望得像泄了气的皮球，闷闷不乐地离去。姑娘们收到情书时，真是“心有灵犀一点通”，只要看一眼信封，不需拆阅，脸蛋儿便会骤然泛起红晕，赶紧塞入衣袋中。

农场的工作虽艰苦、单调，但却热闹非凡。我生性好交友，邮局里快成了“自由市场”，为此，我没少挨老高批评。因为在这群知青中，每天都有新闻传来，在他们嘴里有讲不完的故事：气象站里一位看上去外表娴静、漂亮的杭州姑娘，见到与人同高的一匹种马，居然能一声喝住；当雷电暴雨轰散了马群时，她能骑马飞驰在草原上围住马群。

那位瘦瘦的知青连长，秋收干活创下一天十八小时的纪录；谁爱下棋玩牌，谁爱拉琴吹笛……也许同是知青关系，各分场的通讯员与我相处得很融洽，有时我接运邮件迟回支局，他们会等上好几个小时。

农场的“邮路”最怕下雨，泥泞不堪的土路，到处坑坑洼洼，汽车、胶轮、重载马车陷在那里，四匹马也拉不出来。客车不通了，意味着“邮路”暂时中断，各分场的通讯员则每天焦急地打电话询问，有的干脆骑自行车跑来转转。待天稍晴时，才由农场的大轮子拖拉机，带着拖斗，在高低不平、坑坑洼洼的公路上行驶，去三十里外的鹤立公社取邮件。

鹤立公社是农场总部所在地，又是邮件中转站，它嵌镶在铁路交通枢纽中心，南连佳木斯，北接鹤岗，公路四通八达，这里的建筑融入了俄罗斯与日本的民族风格。原来默不出名的小地方，如今每天都有北京、上海、天津、浙江等地知青云集在此，南来北往，熙熙攘攘，好不热闹。

一连几天的邮件攒到一块儿，往往有好几袋，一个人装上装下，着实把我累够呛；更难受的是轻载拖箱，不但“突突突”噪声不停，而且颠得人翻胃倒肠。晴天，大胶轮会搅起阵阵灰沙扬得我满身，弄得面目皆非。

在“邮路”上，我也常常被盛夏的北大荒景色迷住，蓝天白云，绿浪无垠；公路旁的高人杨树挺拔向上，红瓦粉墙的知青宿舍掩映在深绿之中，田野草丛沼泽中，点缀着无数五颜六色不知名的野花，尤其是那“黄花菜”，黄金般的辉煌，格外诱人；偶尔可见亭亭玉立的丹顶鹤……这绚丽多彩的景色中，就像一幅美妙绝伦的图画。这时你定会惊叹——这片祖国大地充满生气，富有魅力。

初识女作家张抗抗

初到鹤立小镇时，映入眼帘的已是一片花木扶疏、绿意盎然的景色。由于前几天一直下雨，邮件只能搭乘七分场的马车捎回。那天，我从小镇中转支局取来几袋邮件，在农场粮库大门前与老高焦急地等待着马车老板。

东北老乡对赶马车的人尊称为老板。我知道“马老板”不会失信的，肯定会来接我们，这也许是“信使”在乡亲们心目中的“魅力”。等着等着，听见旁边的老高在跟一个南方姑娘交谈，语言中得知她与老高相熟。

我只管傻看着街景：人群、马车、拖拉机……忽然，听见这位女知青在向老高打听我，这下老高来劲了，音量也提高了一倍，瘦瘦的脸颊，山羊胡子翘动着：“我给你介绍一下，这是新从总局来我们处工作的小王，南方人。”

老高特意在“南方人”上加重了语气。我打量着眼前这位素不相识的南方姑娘：一米六多点的个子，苗条的身材配蓝色上衣、灰白色裤子，显得朴实无华，白皙的瓜子脸上，显露一股特有的灵气。我轻轻地点了一下头，算回答了老高的介绍。有人说：“男人要有气质，女人要有灵气。”

我可不能被别人说成是个多瞅姑娘的傻小子，于是赶紧扭回去面向热闹的马路。

与南方姑娘道别后不久，我们也跳上了坐满人的马车。快出小镇时，只见后面有位女青年双手拎着大旅行袋，吃力地一路小跑，追赶着我们的马车。我知道，许多知青因雨天搭不上马车或拖拉机，会住在场部招待所，闲等几天，这是司空见惯的。

怜悯之心油然而生，我请求“马老板”稍等一下，“马老板”还真给了我面子，鞭子在空中划了个 S 形后，“吁”的一声吆喝，马停了下来。说来也巧，待近一瞧，原来是刚才相识的那位南方女知青，我侧身往上挪了挪邮袋，腾出个空位置让她坐。也许是我从小怕与女生讲话之故，归途中，我们没说上几句话。这便是我与张抗抗的初识。

几个月后的一天，原在二分场的张抗抗突然出现在我的办公桌前，还没等我反应过来，她却风趣地说：“怎么，不欢迎八分场的新通讯员吗？”

“欢迎，欢迎。”搞得我嘴上不知说啥好。看她那副认真、敏捷的样子，我心里却暗暗为她叫苦：通讯员工作是男人干的活，哪是女知青干的，风里来，雨里去，“邮路”的艰难我是最有体会的。

从八分场到七分场邮电支局是一段荒凉、坑坑洼洼的路，她来去匆匆，工作认真，说话也少。我与男通讯员们经常无拘无束地吹天吹地，可见到她却不敢多说。有次她还批评我：“你怎么可以随便让人进入办公室，还翻动东西？”

事后，细细想来，是我的失误，邮电部门的安全、保密守则是不能对熟人网开一面的，执行制度必须一视同仁、严肃认真。

表面令我生畏的张抗抗，内心却乐于助人，待人平和。有一天上午，雨下个不停，我想众通讯员今天不会来了，不料，下午天气稍微放晴时，她却一阵风似的飘进了邮局。只见她鞋上、裤脚上都沾满了泥浆，湿淋淋的，还居然捎来了八分场一帮哥们儿给我的一袋河鱼，好家伙，有鲇鱼、鲤鱼、鲫鱼，足有十几斤重。她气喘吁吁地说："路太难走了，我的自行车，是骑一段、扛一段赶来的，你该如何感谢我呀？"

我冲她点了点头，也没说多余的话，就办起了邮件交接工作。农场泥泞的路，如果叫我给他人捎带十多斤重的东西，也许会被我推辞，想到这儿，我内心不由一阵躁热，搓着双手，不知该说什么好，只好以笑代谢。

又有一天，暮色已快笼罩黑土地，劳累了一天的知青饭后躺在炕上聊天，我正在办公室涂涂写写，屋外响起了拖拉机的马达声，从机车上跳下的张抗抗，一改过去急匆匆的"脾气"，说："今天邮件来迟了，回去要等拖拉机，从五分场返回。"

随后，她坐下来跟我聊起了天："你平时有什么爱好？"

多年来已无人这样认真地问起过，我直说："喜欢画几笔，快扔掉了。"

"你应该坚持下去，要提高，不要扔掉，会有用的。"她的话着实让我吃了一惊，在那蹉跎岁月中，不少青年抱怨无用武之地，相伴的是失望、沉沦、自弃。

那天晚上快九点了，大家估计拖拉机难返回了，我正忙着帮她联系床位、借新被时，这时响起了拖拉机的轰鸣声。张抗抗急忙收起正在看的报刊向我告辞，随着"突突"的拖拉机声，她消失在黑黑的夜幕之中。

古人云：人生难得一知己。我一直珍惜和感谢着与张抗抗的那次长谈，她的话，鼓起了我追求艺术的信心和力量。以至返回总局后，我在业余时间又操起了画笔，帮局里写标语、画漫画、出黑板报，帮职工绘风景画，还创作了大幅水粉画《邮路》，这幅画在县文化馆进行了展览。

为此，局领导奖励我去吉林参观全国美展。尤其是返城后，我更不放弃点点滴滴的空闲，使自己油画、水彩、水粉画的艺术修养不断提高，作品进入省、市展览，部分获奖；还被吸收为宁波市美术家协会会员、市交委书画协会理事。摄影作品和撰写的文章也多次被报刊采用。

张抗抗在知青大批返城时，仍坚持工作、生活在鹤立河农场，直至去哈尔滨市的黑龙江省艺术学校读书。凭着对工作的认真负责、学习上的持之以恒和对文学的热爱，在下乡期间，她的文学作品像嫩芽一样在黑土地萌发。一九七二年发表了处女作《灯》，一九七三年十一月十五日在《文汇报》上发表了小说《小鹿》，继后又发表了《大森林的主人》和长篇小说《分界线》，这些作品深刻反映了知青的艰辛工作和火热的生活。

也许应验了巴尔扎克的名言：苦难是个老师。

张抗抗的短篇小说《夏》、中篇小说《淡淡的晨雾》得到好评，她的《爱的权利》《火的精灵》《牡丹亭》《塔》《北极光》《命运对你说：不》等小说和随笔，直至当今走红的《情爱画廊》，都体现出她注重学习、踏实做人的品质。

岁月悠悠，时光荏苒，直至现在我与张抗抗还偶有通信。

珍宝岛的发行会议

半年后，我从鹤立河农场邮电局回到总局，投入报刊发行组工作。这项工作看似简单，实则不然，从宣传、征订、分类，到汇总、报省局，工作枯燥无味、烦琐，但统计工作必须准确无误，我和同事不得不耐下性子认真仔细复核。而到每年十至十二月的收订高峰期，更是紧张繁忙。

发行组担负着全区的报刊组织、宣传、推广工作，这工作虽需费口舌、马不停蹄地奔波，却是一项光荣的政治任务。尤其是三级党报、党刊的宣传、推广工作，对文化功底浅薄的我来说，恰似赶鸭子上架，各种读报、用报的典型材料需及时去发现、总结、宣传、推广，有时只得将自己关在小屋里，爬格子，这种辛苦只有自己知道。

县级的发行会议是一年一度的，地区发行会议是几年才召开一次，主题均是总结交流过去的工作经验，宣传、学习先进典型。

一九七四年秋，合江地区报刊发行会议在珍宝岛附近的宝清县召开，我们将这年的发行会议叫“珍宝岛发行会议”。我作为县局代表，参加了这次会议，由于我局报刊发行的经济效益在全地区县、市局中名列前茅，因而在会议上受到表扬；带去的三份报刊发行先进经验材料也在会议上印发，真是“轰轰烈烈”露一把脸。

“珍宝岛发行会议”回来后，我去建设兵团——六十三团邮电支局“驻点工作”。全副武装的兵团战士在大门口站岗，渲染着军营的气氛。团部的三层大楼前，则写着“屯垦戍边，建设边疆，保卫边疆”大字标语。

说是炮团，其实名不符实，一个连队才两门榴弹炮，主要还是以种庄稼为主。许许多多的学生精英都在建设兵团里锻炼成长。六十三团是沈阳军区直属的炮团，各方面享受的待遇与前线的生产建设兵团相比，好多了，北京放什么电影，没几天这里就放映。

当时怪得很，知青们为看一场电影，跑几十里路是司空见惯的事，碰到停电还会傻等几小时，毫无怨言。六十三团的读报、用报先进经验是我参加“珍宝岛发行会议”带去的资料中的一份，这次主要是充实新的内容，所以，团部很重视，专门召开报刊发行会议，团长、政委亲自出席并讲了话。邮电支局的徐局长非得让我坐前排主座，真让我忐忑不安，在这些功臣面前，我这个小小的知青发行员心里有点慌乱。

会上，我代表邮电支局传达了地区的报刊发行会议精神，对团里大力支持报刊发行工作表示衷心感谢，并表示自己今后要多跑基层，总结经验，将报刊发行的组织、宣传工作做得更好。

另一份“珍宝岛发行会议”先进典型经验是县里的纺织机械厂，这个厂，从厂长到车间班组长，再到职工，对“精神食粮”很重视。那时，有的单位和企业只有一份报纸，乱扔又无人看管，更不用说去读用，我们去做报刊发行宣传工作时，对方还以“大老粗”自居为荣。

与其鲜明对照的是纺织机械厂。他们每个班组都有报刊，厂里三级党报齐全，厂领导并不将报刊作“花架子”，而在读报、用报上实抓，让知识与科技革新结合起来，收到了一定的成效，真是难能可贵。

感触家书抵万金

一九七四年，我兼任投递班班长，班里的投递员经常为选择最佳邮路、最佳时间，或为投递好一封信而争论得面红耳赤。一年中，整个投递班投递的信件达上百万封，仅我替班时，手中送出的信件就达两万多封。其中，有许多地址不详、字迹潦草的信件，这给投递工作带来了很大困难，大家想方设法克难关，“疑难信”基本找到了主人。

光阴似箭，转眼又到了一九七五年的除夕。每逢佳节倍思亲，说不想家是假的，可因工作需要，仍需留在东北，这已是我第三次在东北过春节了。也许是年老多病的慈母在怪我春节没回去，也许是兄弟姐妹工作忙碌，我已有两个多月没收到宁波家乡亲人的信件了。

通讯发达的当代人，打个电话可消思念之情。可我们知青唯一的情感联络就是书信，大家接到信后会连读三遍，想念时又会从箱子里翻出再看。诗圣杜甫“家书抵万金”诗句，小时背诵，无多大感触，想不到现在如此撞击心灵。信，对于出远门的人来说，含“金”量可谓不低。

除夕清晨，我帮投递班里宁波老乡、知青小刘分拣完邮件，见外面寒风凛冽，雪花漫天，再三嘱咐他早点赶回来吃年夜饭。小刘身材高大，体格健壮，很能吃苦耐劳，已被大家公认为“邮路”上的“铁脚板”。他跑的“邮路”最艰苦、最长，有三十多公里，几年下来，邮路里程已可绕地球几圈了。

小刘背起十来斤重的邮包，走向那白雪皑皑的原野。他不是不想骑自行车，当时投递班不但每人配备了一辆绿色重型自行车，还备有令全县老百姓羡慕的两辆摩托车，可这积雪达半尺多厚的道路，自行车和摩托车反倒成了累赘，不如步行方便。

已是晚上七点多钟了，还不见小刘的踪影，我心急如焚。北方的冬日，下午三点多钟天就暗了，那晶莹的白雪充当了路途的“灯光”，邮递员在投递中跌入一米多深雪坑，或碰见“黑瞎子”（熊）和狼，是常有的事。

有次小刘就跟我讲起碰到狼的情景。那天他骑车回局，在离小镇十余里处，忽然发现像狗一样的黑影紧紧地跟随着他，转眼望去，暮色中两只小眼睛圆圆的，闪着淡蓝色的凶光。不好，碰到狼了，小刘吓得赶紧跳下自行车，为给自己壮胆，他双手横抓自行车往地上重复撞着，发出“咣咣”的声响，他本想把狼吓唬走，没想到狼非但没走，反倒稳稳坐在路中瞧着他，他走它也走，他停它也停。

最后，有人打此经过，吓走了狼。小刘庆幸自己没碰到饿狼，否则后果不堪设想，每谈起此事，他仍心有余悸。

过年那天等小刘，菜都烧好了，我坐立不安地从宿舍走到办公室，又从办公室跑到邮局的大门，任凭风雪吹拂，眺望着他归来的路，口中呼出的热气，在眼睫毛和帽檐上结成了晶亮的冰凌花，乍一看，我快变成了圣诞老人。心中千呼万唤，一个长长的影子，终于在黑与白的强烈反差中，由小到大——小刘回来了！我俩相见，手掌一击。

本想抱怨他一番，但瞧着他疲惫不堪的模样，爱怜之心油然而生，生活和工作的酸甜苦辣，像春天开江的冰排一齐涌来，久久不能平静。

除夕的信件，会给许多人带来欢乐和祝福。当我俩围着炕桌，用热水烫上白酒，频频干杯时，什么劳累、烦恼都没了。仗着酒力，斗胆地说："卖盐的喝淡汤，泥瓦匠没房住，我们送信的人没家信。哈哈……"

不知不觉，两个男子汉醉倒在炕上，进入甜蜜梦中。

辛勤的劳动终于换来了荣誉，在基层支局工作的宁波知青得到大家的好评，我的投递班也被评为先进班组，小刘（刘大放）被评为黑龙江省邮电系统先进生产者，为宁波人争了光。

作者简介：王元标，浙江宁波知青，一九七〇年六月下乡到汤原县香兰公社新建大队。一九九六年创办宁波蓝凌船舶供应公司，任总经理职务至二〇一二年退休。宁波市美术家协会会员，油画家。

从这里走过

杨国荣

初识“康马列”

听老人讲，梧桐河农场在一九五〇年就建成了，当时叫黑龙江省第一劳改支队。建场前由黑龙江省公安厅派出干部从佳木斯出发，沿松花江东去，找到了这片由梧桐河、嘟噜河、松花江三条江河缠绕包围的地方。这里泡沼绵延，沟壕遍布，水草丰美，百鸟栖息，是名副其实的水乡泽国。只有北面一条路，通往宝泉岭，那儿便是生产建设兵团第二师的师部。

建场后，由全国各地押解劳改犯人而来的公安干部、部队转业官兵、国家分配的大学毕业生，组成了一个特殊而神秘的群体。二十年来，简单而规矩的生活，就像春季的梧桐河水一样平静。人们“黑白分明”，按部就班，在各自的“阵线里”辛勤劳作，开垦出东北罕见的大片水稻田，成为闻名遐迩的塞北江南、鱼米之乡。

知青的到来，改变了农场的任务和性质，拓展了农场的经营和规模。原有的规矩开始“应接不暇”，“黑白分明”的阵营被模糊了，本来简单而条理的生活变得复杂起来，给农场的管理带来许多新的难题、新的选择、新的考验。

八米壕堤下，一分场最东边的一片水田。平展展的“池子”里，露出一层油黑油黑的泥浆，这是专门为水稻“丢栽”准备的地块。季节不等人，三寸高带着泥土的秧苗早已摆满地头，如不及时丢栽下去，很快就会被晒死。可是，一个排四十多人却在八米壕堤上晒太阳，有的坐着，有的躺在苇草丛中，还有的躲在树下看书。只有我一个人光着脚，踩着泥浆，心不在焉地“丢栽”着秧苗，一行深深的脚印两边，被我抛撒出一片淡淡的绿色。

这时，从八米壕上下来一个人，看样子是从东边二分场地里穿插过来的。到了地头，二话不说就脱鞋来到我的身边，和我一起“丢栽”起来。看他那熟练的动作，就知道是个常干农活的人。

他四十来岁，不高的个头，方方的脸膛被晒得黝黑黝黑的。我正揣摸这是个什么人物，他却先开了口：“怎么就你一个人干活呢?”

不太地道的东北话，听得出来是个朝鲜族人。牡丹江市的知青中就有不少朝鲜族人，他们说话就是这个味道。我“丢栽”下一把稻秧后，才带搭不理地回答：“他们嫌累，不愿意干活。”

“那，你是什么职务?”他又问。

我说：“啥也不是！以前当过排长，现在不是了。”

“为什么?”他追问。

“打架呗!”我不好意思地笑了笑回答，他也笑了。

“丢栽”完脚下的一小堆秧苗，他回到了八米壕边，把大家召集到一起，喊：“杨国荣，你也过来!”

才一会儿，他把我的名字都打听出来了。

“我是农场革委会生产组的组长，叫康正宇。”他毫不客气地做了自我介绍。

紧接着，他用唠家常的口气，娓娓地讲了起来：“同志们哪，这‘小苗丢栽’是我们农场的科技推广项目。在我们这个高寒地区，现在还不具备插秧的条件，但我们已经育出带土的小苗，实行带土移栽，这比平时的旱直播、水直播有了进步，它可以延长生长期，抵抗低温冷害，达到水稻增产的目的。更重要的是为将来实现水稻插秧做技术准备。同志们哪，这是一个伟大的工程呀！你们都是有知识的青年，将来农场水稻种植的技术水平，要靠你们来提高。你们南方种水稻都是插秧，将来咱们这里也要插秧，这就要靠你们来实现!”

说到这儿，他指了指地头的秧苗，不无痛惜地说："现在小苗就摆在地头，要不及时'丢栽'下去，我们这个增产攻关项目就会半途而废，国家财产也会受到损失！大家看看，该怎么办哪？"

他的话说到这里戛然而止，满怀企盼的眼神扫向了每个人。终于，有人懒懒地说："整半天，还是让我们干活，起来吧，干活去喽！"

虽然不情愿，大家总算下了水田，按康组长的要求干了起来。

他又来到我的身边说："小杨，你虽然不是干部，但在这种情况下，你还应该发挥组织的作用。农场一下子来了这么多知青，很需要加强管理的力量，你说对不？"

我没吭声，心里却嘀咕："拉倒吧，刚刚卸去排长这个麻烦的差使，你又想把我架上套，来个作茧自缚？连门儿都没有！"

但瞅他那一脸的随和与诚恳，再看看他挽着裤腿，光着脚和我们一起干活的样子，我似乎有了新的发现：他和别的干部不一样。要叫别人碰上今天这个场面，早就吹胡子瞪眼地呼喝起来，非得给大家一顿臭训不可。他虽然也讲大道理，但叫人听得入耳，而且没有人顶他，最后又都听他的。再说，他自己也参加干活呀！

一天中午，连里的大车老板从马车上卸下一个铺盖卷，摆在了我们的炕头，说是新调来的分场康主任，要与我们同吃同住。

同吃同住？这个在广播报纸里经常出现的词句，我们当然耳熟能详。如今一旦出现在我们面前，却是那样的出乎意料，谁能相信？晚上，这个与我们同吃同住的人真的来了，果真是与我们一起"丢栽"过秧苗的康组长，他把自己的铺盖卷摆在了炕梢，紧挨着我。

还别说，他除了白天到分场部工作以外，晚上总在我们宿舍住，当然，多数是我们睡着了以后，他才回来。有时候也把食堂的饭菜打到宿舍和我们一起吃，一来二去的，很快就与我们混熟了。他让大家叫他老康，还真有不知好歹的人，就那么老康、老康地喊他，你看他答应时的那个高兴劲儿，不得不让人相信那是真心实意的，但我却从来不那么叫，一直叫他康主任。我觉得，人们在一起，总得有个上下主次之分。

他很少开会做报告。记得来分场当主任的第一次全分场大会上，他一再强调要关心群众，依靠群众，一切从群众的利益出发。要求各连的干部深入生产第一线，深入到知青和农工的宿舍，了解他们并与他们打成一片。分管知青工作的干部要和知青一同劳动；要克服以前那种简单粗暴的工作方法，做过细的思想政治工作；要努力改善食堂的伙食，保证每天都能吃上两顿炒菜。

虽然他说的和广播报纸说的没什么两样，在以前往往是左耳进右耳出，谁也不会当回事。但现在这话出于老康之口，也不知怎么的，大家都拼命鼓掌，似乎终于盼来了一个能为知青说话的"救星"。

有一次，食堂管理员单独给他做了两个菜，他愣让端下去，拿到卖饭窗口卖给了知青。听远离分场部的一个作业站知青说，老康到他们那儿检查工作，食堂给做了四个菜，他不仅不吃，还把指导员和食堂管理员批评一通。不久，"康马列"的绰号，悄悄地在一些干部的口中传开了。听得出来，这个绰号里，并不像知青管他叫老康那么单纯，似乎还有一些别的意味。

渐渐地，我感觉到他提出的要求，在下边执行起来很吃劲，本来很容易做到的事，到了连队总是迟迟不动。个别人一提到康主任，就揶揄地说"康马列"如何如何。这时，我的心里就有一个疑问：一个群众欢迎的干部，为什么会有人不喜欢？

老康在大学里学的是农艺专业，但他也很喜欢中医，还自学针灸，随身带着一个针灸包。听说我的膝盖关节疼，他每天早晨起床前给我针灸一下。有一次，趁大家还在熟睡，他又起来给我针灸。我小声问他："康主任，你每天这么干累不累？"

"体力上不累，但心里累！"他毫不掩饰地对我说。

"你说的'心里累'，是指他们不听你的？"我紧接着问。

"小杨啊，"他接着说，"他们都是好同志，但多年来管教劳改犯的规矩和方法，使他们养成了一种习惯。现在劳改犯刑满就业了，变成了农场职工，接着又来了你们这些知青，这就逼着他们的工作方法也要随之改变。但总得有个过程嘛，这一点，你一定要相信哦！"

看着他比以前消瘦的脸庞和说话时自信的眼神，我当然相信，而且让我对他更多了一份敬重。

后来的结果却不太好。由于和我们一起吃住，条件艰苦，营养不良，再加上起早贪黑地忙，工作压力过大，还抽时间下地和我们一起劳动。日久天长，积劳成疾，到后来就彻夜难眠，全身瘦得皮包骨头，终于坚持不住了。

送他回场部住院的马车停到宿舍门口时，我已把康主任的铺盖卷收拾好了。我依依不舍，一直送他到八米壕桥头。当马车颠起的一刹那，我看着他瘦弱的背影，怜悯之余，一种敬仰之情油然而生。

马车走远了，那瘦小的背影，仿佛在我的眼里慢慢变大，变得离我越来越近。

改善生活

食堂的伙食越来越差，一天总是三顿汤——豆腐汤、菠菜汤、大头菜汤，到了冬天就是白菜汤、萝卜汤、土豆汤这老三样，有时连冻白菜都做汤。

到了春天青黄不接的时候，连黄豆刚拱出点芽也用来做成汤，叫豆芽汤。有人为食堂总是做汤喝，还诙谐地编了个顺口溜：汤、汤、汤，一天三顿汤。早晨喝汤迎朝阳，中午喝汤暖洋洋，晚上喝汤爱尿炕，至少起来五六趟。

吃炒菜的机会越来越少，想吃肉，更成了一种奢望。

刚来农场头半年，从家带来的大木箱里还有存货。我们把红糖、猪油、肉松、虾米、紫菜从各自的木箱里拿出来，统一放进倒出来的空箱子里，由阿龙集中保管、控制使用，以便细水长流。

当一大脸盆“干巴拉茬”的红高粱米饭端上来时，阿龙亲自掌勺，很仔细地舀几下白花花的猪油，再放进去小半碗红糖，搅拌匀了，变成软绵绵、油晃晃、甜滋滋的，吃起来也算香甜可口、营养丰富了。但箱里的那点东西，怎经得起这一群饿狼般的食客穷吃海喝？很快箱子就空了。即使有谁回家探亲，再带回点东西，毕竟有限的，狼多肉少，几顿就“造”光光的了。

听三分场的知青老乡说，农场西边有振兴乡的好几个生产大队，都是河南的移民村屯。那些村民对知青用的许多东西都很感兴趣，拿这些东西可以换来鸡鸭鹅。金万一听这个消息，就手舞足蹈起来，迫不及待地说："真是天无绝人之路，老天饿不死瞎家雀，咱们也去换！"他说干就干，打开箱子便取出一双暂时不穿的大头鞋，扔到了我的铺上："明天正好礼拜天，咱早去早回，晚上就可以改善生活！"

我下乡时发的绿色军大衣，一次都未穿，冬天有短棉军衣就够了，也拿去换掉吧，省得在箱子里占地方！李生也从箱底翻出一双新的棉胶鞋，我们三个人一大早就出发了。

越过梧桐河上的独木桥，穿过七分场，一直往西走了十几里路，才看到一个小村子。一打听叫民主大队，很快就围上来七八个村民。见我大夏天的背着军大衣，李生和金万前胸后背各挎着一只大棉鞋，一打眼儿就知道是来换鸡鸭鹅的。不用问，他们就纷纷自报家底，这个说我家有大公鸡，那个喊我家有大鹅，挺老大的个，可好啦！

我找了块砖头，把军大衣往上一垫，开始坐着和村民讨起价来。事先我们已经了解好，商店卖棉胶鞋七元一双，大头鞋十七元一双，而用现金买村民的鸡五元一只，大鹅十五元两只。因此，棉胶鞋换一只鸡，大头鞋换两只鹅，这已是约定俗成的了。可是军大衣能换几只鸡呢？谁也没换过。

我站起来，抖搂开军大衣吆喝起来："你们谁是大车老板，穿上这大衣，又暖和又威风，多好的军大衣呀！快来看看！"

有人问："你要换几只鸡呀？"

我心里没数没法说，就灵机一动，先往多里说吧："这大衣是五十元买的，换十只鸡！"

话音刚落，村民一齐起哄："太贵了！太贵了！"

这么多人都说贵，也许是我要价高了？这时，一个岁数大一点的村民说："你这大衣也就值二十元，换四只鸡差不多。"

"那不行，最少也得五只鸡，少了不换！"我的口气很坚决，还边说边卷起大衣，装出要收摊的样子。

“好吧，五只就五只，我换了！”那岁数大一点的村民夹着大衣领我上他家抓鸡去了。

看我们背回来这么多的鸡和鹅，大家蜂拥而上，杀鸡宰鹅，烧火煺毛，各有各的分工。宿舍里四个灶坑同时点火，脸盆当锅，再扣上个脸盆做锅盖。真是人多好干活，没用多长时间，足足四大脸盆的鸡鹅肉就炖好了。

这顿晚饭，食堂的菜也不买了。阿龙让李生到商店买了几瓶“北大荒”（白酒），十多个人围在炕上坐了一大圈，几个大搪瓷缸里倒满了白酒，大搪瓷缸在大家的手里轮着转，一人喝一口接着往下传。因为一个月也吃不上几片肉，肚子里的油水早就熬干了，今朝有酒今朝醉，这几大盆鸡鹅肉，真够我们痛快一顿了。

大家狼吞虎咽一阵“造”，隔壁宿舍的老乡闻到香味了，过来“帮忙”，觥筹交错间，六只鸡两只鹅就轻而易举地被“改善”掉了。

这之后，一分场各连队都开会说家属区丢鸡鸭的事，对偷鸡摸鸭的事提出警告，要求大家遵守三大纪律八项注意。我知道，那都是知青干的。有的人把吃剩的饭菜和洗碗水倒在宿舍门口，故意叫鸡鸭来光顾；有的还故意用饭粒把鸡鸭引诱到宿舍里，然后来个“瓮中捉鳖”，手拿把掐。

又是一个炎热的午后，食堂关门了，但房后的空地上仍有几只鸭子在蹒跚觅食。阿福趁大家午睡的机会，拿了个挎包，溜溜达达到了食堂房后的空地。他一伸手捏住一只鸭的脖子，把住鸭头拧了两圈，那鸭子就没有了声息。然后把两只翅膀交叉一拧，再把鸭头往翅膀底下一窝，将整个鸭子往挎包里一塞，无声无息，神不知鬼不觉地回来了。当他把鸭子拿出来的时候，还有人夸他发明了抓鸭子的“新技术”。

下午收工后，宿舍灶坑口的脸盆正吐着热气，一股肉香弥漫了整个房间，就等开饭“改善”生活了。阿龙从食堂打饭回来告诉了一个不好的消息：指导员的爱人在食堂门口寻找丢失的鸭子呢！

阿福一听便嚷嚷：“快吃，快吃，吃掉就没事了！”

他还一反平时的懒惰，紧忙端碗摆筷张罗吃饭。原来，他也害怕被发现！难道吃掉了就不会暴露？

没等煮鸭子的脸盆从炕洞口端上来，宿舍门开了，进来的是指导员！大家一下子就傻了眼，站在炕前都不说话了，眼睛直勾勾地盯着指导员。指导员什么都没说，一直走到炕洞口的脸盆前。此时的我如坐针毡，心想：这下子可毁啦！他非得把脸盆端上来，抓个满盆的证据不可！都说兔子不吃窝边草，我们怎么能偷吃指导员家的鸭子呢？

可是，就在指导员弯下腰的瞬间，竟又直起了腰，看了看大家，又看看我，什么也没说，走了！刚才还兴致勃勃等着改善伙食的食客们，一个个如同霜打的茄子，无精打采地瘫坐在炕沿上。

这顿饭吃得别提多别扭多尴尬了。鸭肉倒是都吃掉了，但已不像往常，没有一个人说好吃。

第二天晚饭后，我来到了指导员家。指导员的微笑与往常一样，我掏出十元钱，说："指导员，我错了，鸭子是我抓的，这是赔你的钱，以后再也不会干这种事了！"

"你？"指导员有点诧异，随后说，"我知道你不会干的，吃了就吃了吧，改了就好。"

没等他说完，我把钱放在桌上就跑了出来。

修理地球

早春的哈尔滨，比起梧桐河要暖和多了。堆在路边的积雪已经开始融化，淌出来墨一样的泥浆，泥浆随着人们的鞋底，印在了大街小巷，也被我印到了友谊宫宾馆那覆盖在地毯上的旧床单上。

这是我作为分场党总支书记，第一次到省城参加"农业学大寨"会议，也是第一次住这么好的宾馆。刚把背包放进床头柜里，就进来位老同志，是莲江口农场的党委书记，叫高风歧，以前在他们农场开会时认识的。

他对我说："小杨啊，这个房间太贵了，咱俩住一宿得两袋苞米的钱，还是去换个房间吧。"

我一听大吃一惊，这么贵啊！平时外出学习开会，住招待所也就三块两块钱的事，这哪能行？我连忙和他一起去退房。那分配房间的服务员笑着说："你们的房间在这儿是价格最低的，都是会议统一安排的，你们就安心住吧！"

高书记一边回房间，一边摇着头嘟囔："这钱花得不值！两袋苞米呀！"

是呀，我也是这么想的，平时拼死拼活地干活，两袋苞米是那么容易长出来的吗！这几宿怎么还不能对付过去？

学大寨的热潮风起云涌，我们天天喊着粮食产量"上纲要、过黄河、跨长江"的口号，一年到头累得人仰马翻的，丰年时粮食亩产能达到四百斤，上了"纲要"；转过年遇到点灾情，又滑下来了。别说八百斤"跨长江"，就是五百斤"过黄河"的单位也如同凤毛麟角。

此时，来黑龙江出席学大寨会议的国务院副总理陈永贵，一支续一支地抽着烟，伴着烟雾喷出来的话更扣人心弦：同志们，一看你们黑龙江的土地呀，真是黑油油、平展展，你们到大寨去看看，哪有这么肥沃的土地？这么好的土地在你们手里，怎么就打不出粮食来呢？

一席话说得主席台上的人们只闷头喝茶，全场鸦雀无声。

没过几天，大会就开到了山西昔阳的大寨。我们参观了那儿的"七沟八梁一面坡"，确实令人敬佩和神往。大寨人的辛苦劳作，不能不叫人折服。一时间，大寨人战天斗地的精神像一团火，把参加会议的人都烧得激情满怀、斗志昂扬，非要回去干出点名堂不可。我还未回到分场，一个修建标准化条田的计划便成竹在胸了。

北大荒的春天，总是姗姗来迟。不等冻土开化，平整土地的工作就要开始了。可是有池埂的地方要比平地化得浅，势必影响平地，燃眉之急，必须先把池埂刨掉。

刨埂子这活既费力气，又需要技巧，你得会找刨镐的茬口。高高抡起的铁镐，使劲往下一甩一拽，镐尖正对着茬口，"砰砰"几下，顺着茬口震裂一条缝，发出"嘭"的一声闷响，一大块冻土就下来了。如果不会找茬口，光使劲抡镐，一砸一个白点，连刨十几下，才刨下来一小块冻土，那就等于白费劲了。

七八斤重的铁镐，一天刨下来，腰酸胳膊疼，不歇还好，一旦歇下来，那胳膊就更不敢动了，无论拿点什么小东西，都会疼得哭爹喊娘。这还不算，不经常抡镐的人手上磨出一排血泡下来，更是家常便饭。好在我的手掌早有一层厚厚的老茧，虽然不会再磨出血泡，但一天下来，就算回到宿舍，那手掌还是紧握镐把的姿势，不敢张开。

我们按照千分之三的坡降，用推土机先把表土集堆，再把底层以下的土推到低洼处，然后把表土复原。灌水后耢平，这是最后一道工序，也是最关键的一步。

被暄土垫起来的低洼地里，放水以后，拖拉机进去就是一道深沟，只能用牛拉耢子来平地。但牛一到这里，四条腿便陷了进去，牛肚子被托在了泥浆上，任你怎么吆喝，牛就是不肯动弹。赶牛人穿着农田靴，站在池埂上鞭长莫及，无可奈何。谁都明白，赶牛人要是下到池子里，农田靴非得灌包不可。

我很清楚，要想火车跑得快，全靠车头带！学大寨、赶大寨，就是对我们这些基层干部的一种考验。按老规矩，我怎么干，大家就怎么干；我干多长时间，大家就干多长时间。我二话不说，脱掉农田靴，只穿一件短裤下了水。

我在牛的四周不停地转着，不是赶就是拉，实在不行就去推，硬是逼着牛耢起地来。这是一种无声的命令，大家虽然不是自觉自愿，但终究还是一个个像我一样下水干了起来。

刚刚化冻的泥水里，一脚踩下去，刺骨的冷从脚底直冲心尖，寒气逼人，全身沾满泥水，两条腿被泡得通红。白天还不觉得怎么样，一到晚上，膝盖关节就疼得睡不着觉。这样的活一直坚持了半个月。

一天，李生赶着一头牯牛，拉一块又宽又厚的跳板，在一个浮土较浅的地块耢着。牛腿稳稳地在泥水中迈动，跳板后被刮出一片黑油油、光溜溜的泥浆。碰上这样的地块机会难得，只见李生站在跳板上，拿一根柳条在牛屁股上方挥舞着，“驾，驾”，喊得那牛快步颠了起来，溅起来的泥水向四面泼洒。

这时，远处机车轰鸣，眼前人欢牛哞，一块块改造完成的水田如同一面面镜子，映照着蓝天白云，也把我的心照得心旷神怡，分外敞亮。计划的实现已指日可待，七十公顷标准化的条田就要呼之欲出！

一阵歌声从李生那儿传来："蓝蓝的天上，白云在飞翔，美丽的松花江畔，是可爱的国营农场，我的家乡……"

这原是一首流行的歌曲，听得出来，李生已经对歌词中的地名进行了修改，变成歌唱自己的第二家乡了。忧郁的音调继续传来："跟着太阳起，伴着月亮归，沉重地修理地球，是光荣神圣的天职，我的命运！"

歌声戛然而止，李生冲我喊着："阿荣，咱们这么做，才叫真正的修理地球，对不对呀？"

我气喘吁吁地回答："对，对，对！"

这一连三个"对"字，足已表达出我的满足、我的欣慰，辛苦和汗水总算没有白费，喜悦之情已溢于言表。的确，这四五百米长、五十米宽的一条条水田，每条地的一侧是上水渠，另一侧是排水沟，每条地的中间隔五十米才设一根横埂。你看吧，再过一个月，等秧苗出来，这简直就是一条条绿色的飞机跑道。

那边，李生的歌声悠悠扬扬："跟着太阳走，伴着月亮归，沉重地修理地球……"

以前有人说这首歌有点消极，不让我们唱。但此时此刻听这首歌，却叫我感到：在修理地球的战天斗地过程中，把不平的土地变成平整规范、能灌能排、利于机械作业、增加有效面积、旱涝保收、美观大方的高产水田。它既是学大寨的成果，也是改造世界的革命实践，难道不是很有意义的吗？

作者简介：杨国荣，浙江知青，一九七〇年四月下乡到黑龙江省梧桐河农场。二〇〇〇年任黑龙江省农垦宝泉岭管理局电业局局长职务。二〇一一年五月退休。

想你了，香兰

黄亚男

想你了，香兰
春雨绵绵的江南
思念的风铃
响在我魂牵梦绕的香兰
那里的天
飘着雪花片片
谜一般的原野
如梦如诗如烟……
向往　不舍　渴望抚爱
那些流泪的梦呓
在一片温馨中融开
我的第二故乡啊
一段未了的情怀……

我在家里排行老二，有一个哥哥和两个妹妹，哥哥就是知名作家黄亚洲。一九六九年四月十四日，闸弄口火车站的那一声汽笛声，带走了一千多名杭州知青，其中也包括十七岁的我。三天三夜后，火车把我带到了黑龙江省汤原县香兰农场四分场二连。

“秋收会战”刀疤今犹在

当年的知青来到香兰农场后，都要到基层连队从事农业生产劳动，大多知青都不会干农活，哭鼻子、抹眼泪解决不了问题，只能是一边学一边干，年轻人争强好胜的性格最终让知青们对各种农活熟练起来。

东北炎热的夏天蚊虫咬，冬天冰天雪地刮“大烟炮”，严寒酷暑对知青的身心成长确实是一种磨炼。印象最深的就是“秋收大会战”。

“早上三点半，晚上看不见，地头两顿饭”，就是说，早上天蒙蒙亮起床出工，中午地头吃饭，经常坐在麦垛上咬着馒头睡着了，晚上天黑才收工。每天都浑身酸痛，骨头像散架了一样。

雪地里割大豆，土冻得像石块，镰刀下去会弹回来。手套一会儿就磨烂了，手指头上缠满胶带。待到收工时胶带也全磨掉了，十个指头血淋淋。

第二天再缠胶带继续干。一次干活过猛，我竟不小心割断了左手腕上的动脉，顿时血流如注，去医务室包扎缝合了一下，轻伤不下火线。时到今日，我的手腕上、手指上、小腿上依然留有当年那些刀疤。

跟天地万物“斗”

东北的冬天有七个月长，零下三十多度是常态。当地的妇女都不出门，可女知青却得像男人一样加油干。

特别是生产忙季，背农药箱，拉除草机，每样农活差不多都是靠人力来完成。春播时水里还有冰碴儿，风一吹腿上全裂成一道道血口子。我怕腿冻坏，每天背着六十五度的烈性高粱酒，下水前先灌一通，浑身火辣辣的，再跳下去就不觉得冷了。

最累时，我挪不开腿了，女孩子甚至私下说：“谁帮我干，我就嫁给他。”

在香兰农场的六年时间里，无论是春种、夏锄、秋收还是冬积肥，我从未请过一天病假，“舍不得睡个懒觉”的习惯一直保持到现在，正如我的名字“亚男”一样，那一段农场的生活和劳动，已经把我变成了一个“东北小伙”。

跟天地斗，跟困难斗，还跟各种陋习斗，甚至在野外孤身一人跟狼对视，这些苦乐参半的故事里有太多无法言说的艰辛，然而我能够始终微笑着面对。

一首诗让我进了大学

凭着拼命三郎的干劲，不到五年时间，我已由普通队员升到连队指导员的职位，我和连长一起“管”上百号人。

一九七五年，领导找到我，说我和连长只能有一人可参加高考。我说了想上大学的愿望，没料到竟梦想成真。三十五年后我才知道名额是连长“让”给我的。连长说：“应该让黄亚男去，一个女同志在农村比我们更难!”

我心存感激。

考试中我写了这样一首诗：如何对待上山下乡？一个实际问题带着大问号，撞入脑海，触及灵魂。是心虚的逃避？是骄傲的回答？实践是最有说服力的检查……

随后的面试更让我终身难忘。来自全国各地几十位招生负责人轮番提问，场面不亚于现在的记者招待会。

我坚持选择了牡丹江师范学院，并被录取。

毕业后，我留校任教，很快把一个高考政治全部不合格的班级，扭转为全部合格。一九八一年，我获准回杭，在浙江省第四建筑公司工作（现浙江建工集团）。

回忆起那十二年，我的诗里依旧乐观：现在我健康的肠胃，经常向当年的五谷杂粮致意……

我常说：“从北大荒收获了坚韧、豁达、自信和善良，那是一辈子的精神财富。”

白搪瓷盆情结

这只大号搪瓷盆是我在香兰农场务农时被评为劳动模范的奖品，那时的产品质量真好，盆重搪瓷厚，称为双料货。因为比一般的脸盆大，装水、洗衣服特别实用，利用率很高，几年下来碰碰撞撞都没受到什么伤害，光亮如新。

离开农场去上大学的时候，别的都留下了，带走了我用的盆和那把镰刀。牡师院五年，这只盆一直陪伴着我。红油漆写的“奖”字早掉了，盆子依然白白净净的。

一九八一年初，我调回杭州时，爸爸来信告诉我，什么都不要了，只要人回来就可以了。我丢下了一切可以丢下的东西，唯独一堆书和那只大号白搪瓷盆，从黑龙江一直托运到杭州。

结婚后，有了很多漂亮的搪瓷盆，可这只白盆依然陪伴着我，期间又搬了好几回家，还是没舍得扔。

今年在杭州过年，绍兴市的婆婆和亲人先后赶到，很是热闹，按惯例，大年夜要进行祭祖仪式，婆婆一眼就看中了这只盆子，于是用它祭祖，盆被熏得漆黑，婆婆说：“太破了，扔了吧。”

我默默地用钢丝球、清洁液，用对北大荒的真情与思念，轻轻地擦，轻轻地擦……好想重返那块黑土地去看一看，曾经与战友并肩而坐的小河畔；曾经一起跨越的大壕沟，那座记忆中的小桥，是否还残留着当年的脚印？那一丛丛的野百合，是否依然会勾起美丽的回忆？

也许没人会寻找
我们成长的轨道
解读十年的坎坷
我用尽全部的诗稿
填补失落的青春
我报以一生的微笑

为你的繁荣祝福

为你的幸福祈祷……

作者简介：黄亚男，一九六九年下乡到香兰农场四分场二连。一九七五年进入牡丹江师范学院学习，毕业留校任教。一九八一年做浙江省大型建筑企业中层管理工作。

永远抹不去的记忆

平如海

一九六九年四月十四日这天的大清早，怕睡过头老早就爬起，我的行李头天用三轮车送到杭九中了，离开杭州的时刻终于到了。

来到了庆春门外头的杭九中，校园内已十分喧哗，我班的尉玉梅老师把我们五个人叫在一起，最后又一番苦口婆心地嘱咐，无非是要听贫下中农的话，要互相帮助，要团结等等。

喇叭声肯定是少不了的，正在广播着“知识青年到农村去大有作为……”

汽车沿着当时杭州最热闹、最繁华的庆春路开过去，环绕西湖一周：湖水清清，在阳光下荡漾，闪着点点迷人的亮光；天空瓦蓝，如绵羊般的朵朵白云随风飘荡；桃花艳红含着晶亮的露珠儿，柳芽儿翠绿随着微风轻舞。

大家凝望着窗外家乡的绿水青山，车内一时无语，半天悄无声息。西湖是上天的恩赐，历朝历代的杭州人对它情有独钟——文人墨客的佳句墨宝，流芳百世的传奇故事。因为即将离开，以后只能留在我们的梦里了。

离开家我是有点儿兴奋的，但要与杭州分别好像总有点儿不舍的感觉。顺利地来到了闸口火车站。红旗到处飘扬着，高音喇叭传出的永远是激昂的革命歌声。看过去，人山人海，十分嘈杂。

司机师傅把我们送到深绿色的列车旁，大家依次登上这即将远行的专列。大约到了九点钟，列车鸣响了汽笛，人们的哭声立即响起。我倒是没有十分伤心，只是傻傻地望着窗外。列车“呜”的一声就开动了，车上车下，人们的哭声放大了一倍有余，许多人跟着列车招着手，哭叫着。

随着车轮的加快，列车过了望江门，来到了清泰门的道口，我心中一颤，似乎像心灵的感应，隐约发现我母亲倚在铁栏杆上！火车开得这么快，我母亲不可能看见我。

然而，母亲灰蒙蒙的头发在我眼前掠过，坐在我身旁的表哥眼挺尖的，他赶紧说：“是你妈。”

我的视线顿时模糊起来，泪水像断了线的珍珠落了下来。

列车还在轰隆隆地北上。恰逢中共九大召开了，每天都听着播音员十分激动的声音，年轻人的情绪都被极大地调动起来，亢奋的人们在列车上群情激昂地选出了代表，从车尾到车头，进行了小规模的庆祝游行。

一九六九年四月十七日，火一样红的太阳已经悬在了半空中，茫茫大平原上还有少许的冰雪，感觉人烟稀少，冷冷清清。

火车开到了汤原县的香兰站，这是个只有几间矮房子的小车站，农场已派人来迎接了。知青们踏着地上“吱吱”作响的残冰涌出了车站，周边的东北人都穿着黑棉袄，瞪着惊奇的双眼围观我们。

他们看到这一大帮穿着黄棉衣，叽里呱啦说着“外语”的人，肯定是一头雾水了：是当兵的咋没个领章帽徽？如果是民兵咋还穿得挺齐整？

我们走出车站，看到数辆挂解放牌照的卡车和拖拉机以及马车，我们被安排坐卡车，大伙犹豫着，这车能坐人吗？有人告知：这可是农场最好的车了！

大伙拉扯着，小心爬上了车。

从香兰公社到总场是二十八里地，掠过面前的有办公楼、医院、商店、工厂和广场，规模可不小。汽车到了场部小楼（三层），大伙下了车，农场在门前广场召开了欢迎浙江知青大会，黑龙江五七农业大学（东北农学院搬到香兰农场后改的）领导致了辞，讲了话。

午饭由农场“请客”，在大食堂里用餐，好像是大米饭和土豆烧牛肉，这软软的、雪白的、喷香的和泛着油光的大米饭，在杭州我是从来没有吃过的。这饭我不用菜也能吃上两大碗，还有这牛肉和土豆，说起来都是共产主义的食物，大家挺单纯的，似乎一只脚已经跨进了共产主义，纷纷觉得到东北来是选对了方向！

大伙对农场的第一印象确实不错，虽然仅大米饭加一碗土豆烧牛肉。饭后再坐上卡车，去十八里地之外的三分场。汽车在一马平川的砂石路上开得非常快，过了砖瓦厂就是五分场，过了红溪渠，朝南拐个弯就到了三分场。

同总场相比三分场就差多了，建筑主要以泥墙稻草房为主，在阳光下看过去一片黄乎乎的。汽车一路而来，感觉这个黑土地是真多，一直延绵不绝到远山那边。

分配在三分场的是杭五中、杭六中等学校的一百五十一名知青，住进大礼堂临时搭起的上下通铺。三分场的礼堂和办公室是一样的，都是砖瓦结构的平房，这也是场里最好的房子，油桶改装成的大火炉烧得通红通红的，热气向四周散开。

头一天的下午，蛮多的知青争先恐后去看松花江，大伙儿可是听着《松花江上》的歌声长大的。从食堂那儿走过去约一百来米远，就见江面的冰正在缓缓地裂开，朝东慢慢地移动着，大伙哪见过这种景象，都屏气凝神地盯着冰面不放。

有个老乡说："哎哟我的妈呀！松花江今儿个开了江，今年可是个'文开'，一点动静也没有。'武开'的话，声'轰隆隆'地响，怪吓人的！"

知青有的去看了看学校，学校是一栋砖瓦房，还有个很大的操场，有两个简易的篮球架子；有的到牛马棚去，看一排排拴着吃草的牛和马；有的到机耕队去看拖拉机和联合收割机（"康拜因"）……感到什么都新鲜。

夜深人静，大礼堂的灯光还亮着，兴奋了一天的知青终于安静了，入睡了。睡梦中好像是吴山中学的方正道第一个叫了起来："哟！这是啥格（什么）东西？痒！"

大伙儿也觉得浑身痒，都抓挠着皮肤，坐起来一看，嫩皮上竟是黑芝麻大小的跳蚤。小家伙跳来跳去的真不好捉哩，把大伙身上咬得一串串的小红点儿。这是到黑龙江第一个晚上的遭遇，大伙都没睡好觉，似睡非睡的一直熬到了天明，说起来，这也是给知青一个小小的下马威。

第二天，当地人说要用口水粘才能捉住跳蚤。

三分场是黑龙江五七农业大学的畜牧兽医系。往东约八里地是四分场，叫农机系，分在这里的有杭女中、杭三中、杭四中、杭八中和浙大附中的学生。南面就是滔滔不息的松花江。西面约七里是舒乐河，过了河就是舒乐河屯。

三分场就在这么大的范围内耕作，一、二、三连都是水稻连；四连为旱田连，有果园、养鸡场、养猪场和牛栏及马号；后勤连有卫生所、食堂、铁匠铺、木工房；还有就是机耕队和中小学校了。

三分场按照军队的样子，分成了好几个连。不过绿军衣是甭指望了，没这个条件发。大伙都戴顶各色各样的狗皮帽子。

我被分配到耕种水田的二连，杭九中的四个同学王新龙、卢玉金、孙桂英和周玲娟都分在了旱田连。二连长是陈仪堂，指导员姓郭，是农学院香坊实验农场来的贫下中农；副连长姓刘，是农学院的实验员；副指导员朱海林，是农学院的政治老师。

连队生活开始了，我们直接住进了原犯人居住的泥墙稻草房，面对面两排大炕，可以容下六七十人，全部头朝外睡。我们的寝室也成了会议室，每天早晚两次，一百多号人在这里开会和学习。

早上五点钟起床军训，由驻畜牧兽医系的军代表刘营长带队，一开始我们走路和跑步都不齐，刘营长就让大学生出来做示范：那整齐划一的动作，如果穿上绿军装就和当兵的差不多了。我们都看傻了，不过一星期后，我们二连也可以和他一比了，看来这个训与不训确实是大不一样。

六点钟吃早饭，馒头、玉米饼和大米粥为主，凭自己的肠胃和经济状况而定；六点半开始“天天读”，七点出发，到地里打水田池埂。就如歌中唱的一样——修理着地球，空荡荡的地里，春风劲儿挺大的，刮起的尘土经常要迷住眼睛……

十一点收工了，走约半小时回场里吃午饭，有爆炒包心菜、土豆炒肉片等。饭后有一小段时间可以唠个嗑儿，也可以上炕休息或洗个衣服啥的。

洗衣服是男知青较头痛的事，去处倒是有四个：一是从我连门前的辘轳井里打水洗。这井有十多米深，双手摇井架上的把手，将水一桶桶打上来，挺吃力的，稍不小心容易把衣服弄破。力气小的人摇到一半，桶又跌落下去，声音蛮响的，有点吓人。后来那口井水不知咋的，有些臭了，于是就荒废了。

二是到水房里洗。水房里的水箱蓄着用水泵抽上来的井水，一拧阀门放水就可以洗了。东北人洗衣洗物是特简单的，过肥皂水一遍就晾了，那时开始节约水资源了！南方人不同，一遍遍过水、倒水不亦乐乎，好像跟水亲近似的。管水房的老头看上去有七十多岁，他因为心疼水骂开了人，致使知青罢手了。一般来说，东北人的衣服是穿破的，而南方人的衣服可是洗破的。

三是到大壕里洗。这要到五月份，舒乐河化了冻，冰水流进了大水壕里。路挺近，就是水稍微脏些，南方人不太喜欢去。

四是到松花江边洗。路远些，要下堤还要赤脚，洗起来倒是极爽快的，这比较中南方人的意。

到了冬天，舒乐河和松花江都冻上了，就只能到水房门口洗衣了，挑水溅出的水和洗衣倒出的水立马就结成了冰。那光滑的大冰坨上，站不住个人也放不上个盆，经常会滑倒人。

晚上七点准时开始学习。

我们三分场树了几个典型，先来说杭六中初二浓眉大眼的祁军，刚到三分场时，劳动上表现不错，后来当上了班长，再升为排长。从杭州知青来时的春天延续到秋天，再到滴水成冰的冬天，祁军是个“劳碌命”，见有人去挑水滑倒在冰坡上，他下班后扛把铁镐就去刨冰。

领导的家属也要打水，见有人来刨冰做好事，都说这小伙子不赖。祁军先是当了三分场的战备通讯员，其实也就是个邮递员，但与我们种地的比起来，他的优势就太明显了。

他骑匹战备马到场部去拿各种信和邮件，那时能骑匹马真是威风凛凛的！比现在开悍马和大奔都神气。

出了三分场的木架大牌坊，他身穿军装头戴军帽，见路边都是干农活儿的知青，于是他发起了“人来疯”，他冲下大桥的一个缓坡儿，两脚夹住马的肚皮，嘴里一个劲儿地嚷：“驾，驾，驾……”

马儿疯了似的一阵狂飙，带着祁军的笑声远去。后来他调到场部去了，再经过考查外调就任了香兰农场团委常委，据说他本来是要当副书记的。

祁军这一走，我们三分场少了榜样，不能没有个榜样呀，于是又树铁路中学初一的刘伟珍为“香兰农场学习毛主席著作积极分子”。

刘伟珍做起事来是不要命的，有年深秋，东北人都穿上了黑棉袄，连里要在两里地外的水泡子浸麻，她见没人愿往水泡里挪步，就喝了几口连长备好的高粱酒，脱了毛线衣裤，一个人摸索着走到齐腰深的冷水里。

大家把一马车麻抛在水上，她一捆捆码实在水里，压上原木重物。干完这些，她被冻得嘴唇发紫，薄衣服粘在身上，浑身发抖，别人下水把她拉了上来。这么一来，三分场的知青就有了自己的学习榜样了。

我们每天的强劳动都要超过八九个钟头，一大清早还要先来上半个钟头的军事训练，开始是练立正稍息向右转，再就是一起跑到汗流浃背为止。

五月初的松花江里，还有从上游哈尔滨方向漂来像乒乓球桌子那么大的浮冰，巨大的冰块向下游佳木斯奔腾而去。从七里外的舒乐河里引来的水已灌满了整个水田，上面还漂满了冰碴子，在阳光下像宝石一样发着亮晶晶的寒光。

这时候，我们已光脚下田，在刺骨的冰水里拉着播种机，播下稻种，时间不用太长双脚就冻得通红，有时会被冰碴子刺破，弄得鲜血直流。播种对我来说有点儿刻骨铭心，思想上毫无准备，特别是女知青冻得够呛，嫩腿受不了，纷纷提出意见和要求。

记得一连的朝鲜族金连长，她向三分场领导汇报：“哎哟！这些十七八岁的大姑娘，是贼嫩哟！下田光脚冻得红的青的，我们国家干部好好心痛哟！要多多关心的。”

后来的三分场领导——那时农学院的人掌权，都是些文人，他们有点儿怜香惜玉，就到佳木斯买来了长筒雨靴，男知青也借了个光，每人都买了一双，一双十七元钱，要从工资中分几次才能够扣清。

我们在食堂里吃饭，每月要十七八元的伙食费，住宿和水电费是每月三角钱，农田鞋、狗皮帽、棉衣裤和棉被都要扣钱，这样一来，每月剩下的钱就少得可怜了。男知青还没学会地里的农活，几乎人人学会了抽烟；女知青不用花钱就可以随时吸上免费烟！

好像记得“握手牌”香烟九分钱一包，“葡萄牌”两角四分钱，“迎春牌”是两角八分钱，“哈尔滨”就要三角钱了。

还记得关桂芝，她身材高挑，年纪比我们好像稍微要大些，因为是高中生，有水平，在墙上写像窗户一样大的标语，“唰唰”几笔就成，看上去还大小一致，很有些刚骨。她还兼任着三分场的通信员，每天都骑着战备马到场部取信和邮包，她骑在马上飞奔，英姿飒爽地从我们面前一溜烟驰过，在地里干活的知青个个羡慕，有的说：“哎哟喏！这假小子贼厉害！”

那时关桂芝在三分场可是个风云人物！后来见到杭九中六九届小巧玲珑的蔡娅，她也骑匹战备马在大路上撒欢儿。

作者简介：平如海，杭州知青，一九六九年四月十四日下乡到香兰农场三分场水稻二连。一九八八年任杭州干菜副食品公司副经理职务至退休。

芳 华

王玉梅

短暂的人生里，许多的事情仿佛就发生在昨天。知青年代早已过去，但知青对那段激情燃烧的岁月却难以忘怀！

我是佳木斯青年，一九七二年六月二号响应毛主席“知识青年到农村去，接受贫下中农再教育”的号召，来到了汤原县莲江口公社明发大队插队。我们那批知青一共有二十四人，在那里我度过了一生中最难忘的四年半时光。

明发大队有两个生产队，百十来户人家，村风十分淳朴，绿树掩映下的村庄，稻田三面环绕。我们被分在两个生产队，我和另外十二人分在了第二生产队，我们这些十八九岁刚迈入社会的懵懂青年，从此在这大有作为的广阔天地里，与村里社员一起过上了面向黄土背朝天、日出而作日落而息的生活。

我铲过地，喂过猪，放过猪，做过豆腐，在大队学校教过学，在砖厂脱过坯子，当过大队妇联主任。

铲 地

铲地在农村是再平常不过的农活了，可是对我们这些从来没干过的知青来说真是一门新技能，只有亲自到田间挥锄铲地，才会对“锄禾日当午，汗滴禾下土”有深层次的理解。

铲地看似简单的劳动，干起来却很累人。铲地需要掌握一定的技巧，既要适当地间苗，又要把草除干净。

记得第一次铲地，我们跟着社员一边往地里走，一边听老队长杜有介绍铲地的知识：一年要铲三遍地，现在铲的是头遍地，小苗长到一尺多高的时候要铲二遍地，待庄稼长到一人多高时要铲第三遍地。铲地的目的一是除草，二是保墒，也就是保持土壤中的水分，使庄稼不能缺水。

这头遍地又叫“开苗”或叫“间苗”，是最不好铲的，因为种庄稼时，种子是由社员一溜溜甩出来的，长出的小苗一棵挨着一棵，非常密集，高粱的间距稍小一些，苞米的间距要稍大一点。

留的间距不能太大，也不能太小。间距太小，以后庄稼太密集，不透风，长不好，影响产量。如果间距大，苗数太少，产量也不会高。因此控制好距离是很重要的。留苗非常有说道，一定要选粗壮的。

队长边讲边做，只见他挥起锄头左一下，右一下，后一下，刚才还密集的苗，瞬间就只剩下一棵粗壮的，就像变魔术一样，把我们这些从没铲过地的知青都看呆了。他这三锄，每一锄都紧贴着苗，但又没碰着苗，周围的草一棵也没有了。他又左右各拉一锄，把两边的土铲松，并顺势往苗根上多培些土，使小苗站得更稳当些。

他做完这些，又给我们解释道：“这‘间苗’主要是三下子——第一下是从右上到左下，第二下是从左上到右下，这两下都经过苗前边；第三下是从右后到左后，这一下落在苗的后面，这三下子正好形成一个三角形区域，剩下那棵苗就在三角形的中心。如果这三下还没有达到剩一棵苗的目的，那就要把锄头立起来，用锄尖把要留下的苗和其余的苗一分两半，锄尖下压，向后一推，这样就只剩下最后一棵苗了……”

铲地的锄头也很重要。开始我们也不懂，后来学到了窍门：用镰刀头把锄板刮刮，这样铲起地来省力气。

摆弄锄头的时间长了，慢慢地，自己也琢磨出一点门道。几天下来，铲地这关没有难住我们几个知青，都能和社员一起并驾齐驱了。

头遍地铲完了，转眼就到了铲二遍地的时候，地里的庄稼已经长有一尺多高，到处是绿油油的一片。柳枝在小河边随风摇荡，不时还能见到小鱼在小河里自由自在地游来游去，天空是瓦蓝瓦蓝的，一派迷人的风光。

铲二遍地技术要求不太高。但有一点，二遍地绝对不能伤着苗，因为头遍地铲完之后，哪些地方缺苗，还可以移栽，补一补，但铲二遍地时就没有这个可能了。这时候伤一棵苗就少一棵苗，秋后就会少收成。

“赤日炎炎似火烧，野田禾稻半枯焦。”这是铲第二遍地的真实写照。在烈日炎炎下铲地，无遮无挡，人还要劳作，满脸都是汗，汗水顺着脸直往下流，我们一个个晒得面孔黝黑。

三遍地就好铲了，人们习惯叫拿大草。这时苞米长到一人多高，把二遍没铲净的草再遛一遍就行了。

铲地已完全难不倒我们，还有什么难活、重活能难倒我们呢？

麦　　收

这是一年一度的收麦季节，一眼望不到边的麦田一片金灿灿，太阳像发威一样暴晒着大地，把人的脸炙烤得红红的。七月，燥热的风像流火一样吹着，玉米叶子被热风吹得卷成了一个个小喇叭状。

我们知青第一次参加麦收，还有些兴奋和好奇。学着社员的样子割麦子，因为不会用镰刀，把自己的手和脚割破了好几道口子，拼命想跟上社员的速度，汗都顾不得抹一把了，可还是远远地被落在了后面。

后来才发现，我们的镰刀锈迹斑斑，不懂得提前把它磨快一些，刀刃不够锋利，白费了一些笨力气。这时好几个社员已帮着我们迎头割过来了，我们感激他们的朴实、善良，也暗暗下决心：一定要坚持，这正是磨炼自己意志的时候，我要在广阔天地里大有作为，不能被这点苦吓倒。

低头，弯腰，左手抓住一绺麦子，右手紧握镰刀用力割下去，这一套简单的动作，没完没了地重复着。终于割完了这一块地，社员们吃着家里送来的饭，我们知青自己回村子吃饭，虽然很累，但想想我们肩负的使命，再苦也觉得值。

做饭的杨大娘心疼我们割麦子累，焖的大米饭，炖了大豆腐。真饿了，我吃了两大碗米饭，吃过饭，没顾上休息，我们几个知青就匆匆去了另一块麦地，与其他社员继续割麦子。

此时觉得太阳离我们很近，烤得身上像着了火，汗水流进被麦芒扎过的地方，贼辣辣疼，可心里的念头是，我不能拖大家后腿，这是考验我们接受再教育的态度问题。

不知割了多久，我突然感觉到天昏地暗，一下坐在了地上，我中暑了。当我清醒时抬头一看，身边站了好多人，老队长焦急地派人把我送回宿舍，然后急忙回家让他的老伴来照顾我，还给我拿来两个鸡蛋，让我生喝了，说是解暑去火。

真的挺灵验，喝了生鸡蛋，一下午我的身体就得到了恢复。我非常感激我的队长，感谢队长爱人的关心，更感谢社员们没拿我们知青当外人。我想：有什么理由不好好接受他们的再教育呢？

第二天接着割麦子，其他知青都和我一样学着乡亲们的样子，拼命割，即便割破了手，割破了腿，也没有感觉到疼，甩甩流出的血继续拿起镰刀追赶队伍。

后面捆麦子的人、拉麦子的车都在拼命加快速度，我们把麦子割下来，他们紧跟着运回村里。割麦子最怕下雨，如割下的麦子在地里没码好或没及时拉回去，遇到下雨就会生芽子，那一年就白忙活了。麦收真的像在战场上打仗一样紧张激烈！

这就是我插队农村的第一次收麦子。

沤　　麻

线麻，一年生草本植物。能长两米高，茎梢及中茎部圆形，皮粗糙有沟纹。

线麻纤维整齐，通顺而又细长，富含纤维素，弹性好，易于染色。可用来纺织麻布、帆布、编织渔网和造纸，还能做绳索，纳鞋底。

生产队每年都在大田地头种上三米左右长的线麻，这样能够自给自足，解决用绳子问题。

我当妇联主任的那年秋天，参加了队里的沤麻。沤麻的程序是，利用天然水源（沟、塘、江河、湖泊等）或人造水池进行沤麻。当时二十几个女社员围在一个水池边上，谁也不肯往水里跳，都想在上面往水里扔麻捆，作为妇联主任，没有选择，必须带头！我第一个跳下水，虽是初秋，可水已经很凉了，我打了一个哆嗦，水深到了我的胸部，接着又有两个知青和社员跳了下来。我们把上边扔下来的线麻捆一个个码在水下，麻捆很大，再泡在水里，非常沉。

快要码完的时候，一只蜥蜴跑到我露出水面的肩膀上，别人告诉我后，我“妈呀”一声，吓哭了，即便这样，我还是战战兢兢坚持把麻捆码完。在水里忙了一个半小时，连惊吓再加上冷水拔，从水里出来已经哆嗦成了一团，脸和嘴都是紫青色，大家帮我穿上衣服。因为不远处有男社员在干活，我的湿衣服也没敢换，套上外衣往回走，结果到了晚上十点多，我在宿舍发起了高烧，找来赤脚医生打了退热针，第二天又接着去上工了。

成　　长

县、公社、大队党政组织十分重视知青工作，对知青在政治上、工作上、生活上做到“关怀、关爱、关心”。有经验的老社员手把手教我们农业知识和劳动技能，逐步学会了播种、锄地、收获、养殖、打草，有的还学会了驾驶拖拉机。

我们很快适应了农村的生活环境，普遍学会了劈柴、担水、烧火、煮饭、炒菜、缝补、洗涮等。

广大知青健康成长，政治上也日臻成熟。一大批优秀知青被选派到县、公社党政机关和企事业单位，担当重任，都颇有建树。

在四年半的知青生涯里，我明白了“谁知盘中餐，粒粒皆辛苦”的教诲，体会了社员的苦累与辛酸，也从他们身上学到了书本里和课堂上学不到的东西。艰苦的历练使我格外坚强，能够抵御任何的人生困难。

一九七六年八月，我被大队推选为全国最后一批工农兵大学生，接到通知书的时候我哭了，即将离开这片土地，心情真的很复杂。舍不得我的知青战友，舍不得培养我的大队各位领导，更舍不得朝夕相处的父老乡亲。

我读的是师范学校，毕业后一直从事教育工作。在过去的四十多年里，从未忘记我的那段知青生活，它是我一生的财富。

作者简介：王玉梅，佳木斯知青，一九七二年六月到汤原县莲江口公社明发大队下乡。一九七六年被推荐到佳木斯师范上大学，毕业后从事教育工作。

扎根在美丽的大亮子河

闫瑞全

大亮子河林场是我的第二故乡。

一九六三年的初夏，我接到一份通知，到鹤岗市兴安台红旗区报名，然后到市林业局体检，体检合格的到汤原林业局上班。

那时家庭生活困难，大小伙子，在鹤岗一时找不到工作，非常着急，于是我也同其他青年一起报名参加了上山下乡。体检顺利通过，回家后我把户口和团关系起出，一并交给带队的负责同志。

于源、孙学海，还有一位车科长等一行五十余人，于一九六三年五月二十八日乘火车来到汤原。到汤原后分为两伙，新街基和南山区的青年去了海丰林场；兴安台和兴山区的青年去了大亮子河林场，包括我在内。

火车在宝泉车站停下后，我们一行二十余人下了车，在领队的带领下，背着行李向山里进发。一路上看不完的各种林木，粗细，高矮，什么树种都有，山花野草，随处可见，心中有一种惬意感，因为刚参加工作，看什么都感觉新鲜。然而，一走向蜿蜒崎岖的山间小路，不免产生后悔的思想——放弃城市的好条件来到这深山老林，不是自找苦吃吗?

经过一个多小时的山路跋涉，终于到了腰营林场，那时腰营和大亮子河是一个林场，统称叫大亮子河林场。林场全体职工为了迎接上山下乡知识青年的到来，写了大幅标语：热烈欢迎知识青年上山，建设新林区。

林场场长王玉山为我们的到来，特意安排人去汤原买了猪肉和蔬菜。开饭时，每人一斤猪肉炖粉条、一个大馒头。这是我离开学校门，第二次吃食堂，也是我在一九六〇年灾荒年后享受的第一顿美餐，吃得非常香。

初来乍到，对周围的环境一无所知，我怀着好奇心，第二天一早起来，走出宿舍，一边呼吸着新鲜空气，一边观察着周围的环境。

山里的房屋一般是顺着山坡而建，我也弄不清场部的房子是正房还是厢房，向前走着，来到亮子河边，用河水洗了把脸，捧起两捧水，喝了几口，水是那样的清凉甘甜。

经过几天的观察，腰营场部，中间有一条两边挖了边沟的土路，房舍分别建在道的两边，那时的房屋都是“拉哈辫”草房。我们住的两栋，一栋是食堂，一栋是办公室，道下边还有两栋家属房、八户人家，其中有两户是女生宿舍。

靠近山坡有树林的地方是马号，房子是“木刻楞”建筑，那里也住着几个老工人，有车老板和上下山的“捣背工”，说起“捣背工”，这也是那段历史的产物。那时通向林场的路没有像样的，只有冬天运材时大马车轧出来的荒山路，还有就是工人走出来的羊肠小道，一切生活用品完全靠“捣背工”。他们翻山越岭往返于汤原与林场之间，来回搬运，条件的艰苦是难以想象的。

亮子河水从上游流淌到腰营时，由于东侧的大山向前延伸，河水从后山流向前山，在这里转了一个大弯，形成了一小块平地。向上走，到亮子河场部，向下走去威岭、宝泉。我们来时，进入腰营的亮子河上搭建“木刻楞”小桥，往亮子河场部去就没那么方便了，过河时需要脱鞋蹚水。

那年我才十八周岁，还有比我小的女生徐亚文，她只有十六岁。当时我还是个刚出校门的学生，什么也不懂，头几天未参加劳动，还未感到困难，分配我的第一样活是上山割带、刨穴。这是我踏入社会的第一步，倍感人生的艰辛。

很多人打起了退堂鼓，要求返回城市，而我坚信：人生只有在最艰苦的环境中磨炼，才能苦尽甘来！于是我坚持留了下来。

五十余年过去了，我由一个普通的青年成长为林业技术员、营林助理工程师，还担任了场长等领导职务。可以说，在林业奋斗了一生，把我的毕生精力都奉献给了这片热土、这片茂密的森林。

如今我已经退休，享受着幸福的生活。大亮子河林场经过我们几代林业工人的共同努力，已经成为国家 AAAA 级森林公园，它的原始森林、抗联遗址、河谷漂流等奇特景观吸引了海内外游客。

朋友们快来看看我的第二故乡，这里如仙境一般！

作者简介：闫瑞全，一九六三年参加工作，之后上山下乡到汤原林业系统。现为中华诗词学会会员，汤原县诗词协会副秘书长，著有散文集《情系兴安》，诗歌集《岁月如歌》，长篇小说《兴安风云》及《杏林老翁曲艺集》。

赵文彩的诗意人生

姜道龙

退休四年，离开了忙碌的工作，告别了激情燃烧的岁月，他丝毫没有失落，而是又开启了新的人生梦之旅。

一千多个离岗赋闲的日子，看山、览海、读书、吟诗，看似悠闲，却始终未闲。他无法放下自己手中的笔，无法舍弃依然荡满胸怀的诗情，无法控制内心对国、对家、对身边所有美好事物的牵挂，于是，他带上李白的潇洒，带上苏轼的豪放，带上岳飞的志向，又投入到另一种忙碌之中。

一见面，言谈举止间，就能感受到他的诗人气质：年过花甲，热情依旧在；个矮身瘦，满腔正气；做过不大不小的官，不见官气，一身优雅……

赵文彩，农垦宝泉岭管理局原党委副书记。他刚从青岛回来，带着自己刚出版的新诗集《山海吟》，还专程赶到鹤岗与几位诗友畅叙诗情，并话退休后的新生活、新追求。

他说，他与鹤岗有着很深的缘分。由于自己数十年来曾先后在宝泉岭管理局共青团、组织部、纪委、党委等多个部门工作，通过工作交往，与鹤岗许多部门都建立了密切联系，特别是还结交了许多朋友、文友，可以说缘分不浅，感情深厚。

退休后，心中所念不是颐养天年的享受，却醉心于文化艺术“田地”的耕耘，这是怎样的一种境界？

火红年代的少年之志

赵文彩今年六十四岁，他所出生和成长的年代，正是中国最具激情、最具色彩、最具精神化的时期。这样的时代风采自然也在他的心中留下了很深的烙印，以至于他的成长历程总是充满着激情，释放着光彩，昂扬着向上的精神。

赵文彩说，在自己很小的时候，父母就经常给他翻看一些小人书，或给他读一些英雄故事。记得那时候，父母最爱给他看或读的小人书就是《岳飞传》《杨家将》等。这看似漫不经心的谆谆教导，却在他幼小的心灵中播下了一枚积极向上的种子，浇灌了始终追求理想的清泉，输入了精忠报国的情结。

对于自己的成长，他后来曾经在一首诗中这样写道：少年有报国志，鹏举做标杆。红旗一指跟上，屯垦成边关。

一九六〇年，七岁的赵文彩上学了。他上学期间，学习一直十分优秀，考试常常是第一名。因此，小学毕业就获得了保送上中学的资格。但还没进入中学校园，“文革”开始了，课上不成了。大一点的学生，或长得高的学生，都上街参加“运动”去了。而刚刚十三岁的他，由于长得比较瘦小，自我感觉也没有能力参加这些“运动”，因此就在家里埋头学习，背诵毛泽东诗词，模仿毛体习练书法，也背李白、苏轼、岳飞的豪放诗词。

同时，他还借来邻居家大学生的初中课本自学。外面虽然闹得热火朝天，他却在家学得稳如泰山。那时，尽管还是小小少年，可他心中却有一个念头：只要学习好，将来才能好好工作，有知识，才有能力为国家、为社会做贡献。就这样，在家自学了将近一年时间，一九六七年学校开始“复课闹革命”，他这才又回到课堂。

一九六九年，赵文彩又赶上了一个时代的潮流——知识青年上山下乡。当时的梧桐河农场接收知识青年，作为一个一直立志报国的知识青年，他当即就报名参加了。当年的十月二十七日晚，他离开家乡汤原，在佳木斯乘船前往梧桐河农场。当天在船上，他写下了一首豪迈的诗《别故土》：

秋高气爽劲风吹，
故土欣别展翅飞。
挺胸含笑上征途，
回首殷情众目追。
心怀四卷志辽阔，
手握一旗卫边陲。
鹏程万里迎冬雪，
骨硬肝红献热辉。

自此，十六岁的赵文彩怀揣少年壮志，踏上了人生逐梦之旅。

激情岁月中的歌者

一个人不管有怎样的人生梦想，总要经历艰难困苦的磨砺，还要保持坚持不懈的追求，才能实现。

昔日北大荒的艰苦生活，并没让赵文彩这个少年书生有“怯战”的想法，反倒激发了他的斗志。

来到梧桐河农场后，他起初被分配到距离场部最远的小山亮子，从事一些修路、修水利工程等基建劳动。

赵文彩有晚上写东西的习惯，或记日记，或将白天所见所闻所感写成诗，十月三十日晚，有人通知他到连部，说连长找他谈话。他当时还觉得有些紧张，不知道啥事。到了连部之后才知道，原来连长听说他擅长写东西，决定让他做连里的通讯报道员，这还真应了“机遇只垂青于有准备的人”那句话。

从此，他如鱼得水，开始全身心投入到工作中。通过深入一线体验知青火热的劳动生活，一边给广播站写宣传报道，一边给连里出黑板报，他的勤奋出了名，每天都会写三五篇，甚至更多。

有一年，农场广播站播发了他采写的五百多篇稿件。他也曾为此累倒过，白天四处采访，还要跟着参加劳动，晚上回来再写稿，连续奋战疲惫不堪，以至于昏倒在地。不服输的他在床上躺了三天后，爬起来挣扎着又上了水利大会战工地，现场编快板，做动员，甚至喊哑了嗓子……

这一个个火热的场面，也激发着他的诗情，为此写下了数十首诗歌：《修路》《水利赞歌》《春播》《移煤山》《脱谷战》《到工地》等等。投入火热的生活，不仅焕发了他创作的激情，也让他的人生不断收获着进步。一九七四年，二十一岁的赵文彩被抽调到梧桐河农场党委宣传部任理论干事。一九七九年，他又被调到宝泉岭管理局任团委干事，后又被提拔为团委副书记、团委书记，从此逐步走上了领导岗位。历任党校党委书记、管局组织部副部长、管局纪委书记、管局党委副书记等职。

无论在哪个岗位，他都有一颗脚踏实地干实事的心，有一股要干就干出一流成绩的劲儿，有一种不辜负“两头”信任的情怀，始终坚持在工作上创优争先。很多了解他的人都知道，凡是交给他负责的工作，在鹤岗区域内，在省农垦总局，在黑龙江省乃至国家的荣誉榜上，总会有农垦宝泉岭管理局的大名。而宝泉岭的名气，也因此声名远播，并迎来了省内外许多单位前来参观学习。

对个人荣誉，赵文彩从来都是不求不问，淡泊处之。他曾为自己做《自勉》诗一首：

人心是杆秤，
口碑胜金银。
做官当守本，
勤廉笃为民。

歌咏其声，诗言其志。这充分体现了他做人、为官、处事的追求。

走上领导岗位后，工作节奏越发紧张，工作内容也越来越多，但无论多忙，他始终没有放弃自己的诗情、诗心、诗魂，不管在哪个单位，每有工作感悟，每有切身感动，他都以诗记之。

据不完全统计，几十年来，他发表在《诗刊》《诗词世界》《中国文学》《中国文化报》《作家报》《黑龙江日报》等各类报刊的格律诗词和自由诗六百余首，还有随笔、散文、论文、文艺评论等数十篇。他也以自己丰厚的创作成果，先后成为北大荒作家协会会员、黑龙江省作家协会会员。二○一二年，他和妻子、女儿共同整理出自己创作的诗词三百四十首，一家三口合出了一本诗集《彩虹雨》。

他无愧为激情燃烧岁月中的歌者，无愧为描绘社会和生活的歌者。

花甲归田后的新境界

二○一二年七月十一日，赵文彩办完了工作交接，离开了耕耘四十四年的工作岗位。七月十三日，即悄悄地离开了宝泉岭，与妻子一同踏上了新生活之旅。

当了三十年的处级干部，他没有离职后的失落感，反倒有一种让人羡慕的坦然和洒脱。

四十四年过去，
两鬓如霜染透，
顶上发阑珊。
一路频回首，
激荡亦欣然。
勤学问，
凭实干，
养德贤。
为兵或者为将，
未敢忘承担。
但愿扪心无愧，
岂负党民期盼，

勤力创优先。
致仕林泉隐，
睡梦尽香甜。

退休生活，不同的人有不同的活法。有人热衷于一味的享受，满足于吃喝玩乐游，但也有人以丰富自己的内心为追求，以“退”为“进”，不断拓宽着自己的精神世界。赵文彩显然就是后一种活法，退休后的这几年，他在小兴安岭余脉的宝泉岭，或在长白山南麓的吉林山城通化，或在黄海之滨的青岛，每天晨练，养精蓄锐；畅游书海，吟咏诗句；足踏山水，感悟自然；阅览国家盛世，纵情放歌；心系身边民生，感慨抒怀……

正可谓其乐融融，潇洒自如，精神抖擞。这些丰富的生活内容，从他新出版的诗集《山海吟》中能找到痕迹——《在飞机上读书有感》：学如天海阔，只叹人生薄，唯有争分秒，精华莫厌多。《青玉案 · 诗路花语》：平生乐觅书中趣，更喜爱诗词曲。吟咏不知朝和暮。李白仙语，东坡豪句，致远伤孤旅。辛劳笔墨留长路，伊人犹在，山顶云深处。

此外，几年来，他笔下的诗，还咏过《山与海》，歌过《赞反腐》，留下《国庆遥祝》，书写了《盼国人登月》，更高声礼赞《南湖红船》，抗战胜利七十周年阅兵，祝贺“神九”飞天与“蛟龙”入海圆满成功……到二〇一六年九月，退休四年间，他创作了三百三十八首旧体诗词曲、十一首新体诗歌以及若干篇散文和文学评论，达到了一生中少有的创作旺盛状态。

对此，他说：“人生应该充满诗意，有诗意的人生，才让我始终保持着对生活的热爱与激情，始终崇尚着真善美的人生与艺术境界，也始终希冀以宽广的胸怀去拥抱世界。”

作家刘墉说过：“人到老年可以愈活愈窄，也可以愈活愈宽。”

赵文彩，无疑是这愈活愈宽者的典型。

作者简介：姜道龙，黑龙江省鹤岗日报社记者。

雪夜斗恶狼

周曙明

一九七〇年的腊月，东北已是大江封冻、冰天雪地的严寒季节。这时候，生产队里没啥活可干，当地素有“猫冬”的习惯。听说松花江南岸的桦川县城悦来镇（在我插队的双兴村东南，两地之间有二十多公里的路程）在放映芭蕾舞剧《白毛女》，这对于半年多没有看过电影的我们来说，是太有诱惑力了，尤其是女知青，一直待在闭塞的农村，每天起早贪黑忙乎“修理地球”，还没出过门呢，心里着实憋得慌。

那时我在知青点当伙食管理员，曾几次坐船过江去悦来镇采购，对那里的路比较熟悉。几名女知青缠着我，要我带她们过江去看电影。

那天早早吃了中午饭，我们一行五个人踏着冰雪，冒着严寒，唱着歌，循着马车碾压出来的江上雪道，一路欢歌笑语地向着桦川县城悦来镇进发。历经四个多小时，我们终于进了城。买好了当晚六点钟的电影票，趁着空闲我陪着几位女知青逛街、吃饭，好不惬意。

电影在晚上八点多钟就散场了。趁着黑夜的雪光，我们打着手电筒，往西北方向赶路回屯。漆黑的夜色狰狞恐怖，西北风的呼啸声如虎似狼，一阵紧似一阵，夹杂着从地面刮起的雪粒，席卷着整个大地，打在脸上像针刺般疼痛。走到江边，我们每人折了一根粗壮的树枝做探路之用。

走着走着，前面出现了一个荒岛。岛上灌木、荒草丛生，透着一股凄凉和阴森的气氛。

“哎呀，有狼！”阿月突然惊恐万状地尖叫起来，并哆嗦着拽住了我。

我全身寒毛顿时都竖起来，顺着幽暗的手电光，果然发现前方雪地上有一串串狼的脚印，一百来米远处趴着一个黑乎乎的东西，两点绿光时隐时现，分明是狼的眼睛。

“狼，是狼!”我心里“咯噔”一下，四个女知青被吓得站立不住，“哇”的一声哭了，而后蹲在雪地上直打哆嗦。我的心也在“怦怦”直跳。

一阵惊慌过后，我们很快镇静下来，五个人高举手里的树棍聚成一团，瞪着眼睛死死盯着那只狼。它与我们僵持了一会儿，开始慢慢地向我们逼近，越来越近。在离我们五十米左右的地方，它停了下来。借着朦胧的月光，我们看清了这是一匹大灰狼，身长有一米多，耸着耳朵，昂着头，龇牙咧嘴，恶狠狠地盯着我们。

那双泛着阴森森绿光的眼睛如寒箭般直刺我们心头，它在寻找机会，也在考验我们的意志。突然，大灰狼发出了恐怖刺耳的嗥叫，那撕破夜空的声音，让人听得心里发毛。作为这里唯一的男子汉，我暗暗告诫自己：不能跑。因为我知道，如果撒腿跑了，狼就会知道我们的胆怯，并且会快速地扑过来，况且仅靠两条腿是绝对跑不过四条腿的。

都说“狭路相逢勇者胜”，今天老子豁出去了，与狼拼个你死我活!恶狼可能是被我们五个人都举着树棍严阵以待的样子震慑了，停在了那里，紧紧地盯着我们。就在这危急关头，我突然想到老乡曾说过狼是最怕烟火的，于是我赶忙掏出口袋里的几张废报纸，用冻僵的手指划着了火柴。由于风较大，火柴一次次被吹灭，我的心提到了嗓子眼，仿佛下一刻就会跳出来。

女同胞似乎知道了我的想法，她们迅速围起了人墙以阻挡大风。我颤抖着双手点燃了废报纸，那只大灰狼看到了火光，开始慢慢地向后移动。狼退了大概十多米，仍不死心地回头看看我们。

我手里的火慢慢熄灭了，随之而来的又是恐慌。无奈之下，我们将口袋里能燃的东西都扔进了火堆，女同胞戴着的围巾也投了进去。我们用上了全身的力气，一起大声呐喊：“打啊，打死它。”

愤怒的呐喊声久久回荡在这广袤的雪原上，每个人都充满了前所未有的力量，我知道那是我们与狼决战的信心和勇气。我们抱成一团，毫不畏惧地向狼的方向前进。

我们在雪地上跳着喊着，挥舞着树枝大声怒吼着，也不知在这极度紧张的气氛中度过了多久，猛然抬头再看，那头恶狼竟早已不知去向，它那双可怕的眼睛也消失在了茫茫夜色中。

四周是死一般的寂静，静得可怕。原本飘飘扬扬的雪花不知什么时候变大了，狂风卷着漫天的大雪，铺天盖地压下来，天和地混沌一片，也看不到脚下的路了。在这叫天天不应、叫地地不灵的风雪之夜，我真正体会到了什么叫绝望。

我们怎样才能在这无情的暴风雪中找到出路？冒着严寒，我们走了四十多公里的江路，又遭遇了恶狼，现如今又陷入了暴风雪。我在心里嘀咕，只是为了看一场电影，经历这样的风险，值得吗？

在狼和暴风雪的双重压迫下，大家的神经都高度紧绷，周围哪怕有一点响动都会使人心惊肉跳。江面上原本的小道已被大雪掩埋，黑夜里再也分不清东南西北，因为女同胞是第一次来，并不知道路程，所以带她们安全回去，成了我的责任。

江面上的岔路很多，只能根据西北风吹来的方向，边逆风前进边做出判断。这时手里的树枝发挥了探路的作用。我们深一脚浅一脚地走在江面上，嘴里念着“下定决心，不怕牺牲，排除万难，去争取胜利”。没走多长时间，我们已满身披雪，帽檐、头发和眉毛都被嘴里呵出的气结成了厚厚的白霜，口罩也冻得梆梆硬，汗水使内衣紧贴在身上，冷得刺骨，棉胶鞋上覆盖着厚厚的冰雪，双脚也早已冻得没了知觉。

经过不断的“探索”，我们终于过了江，走上了江北大坝。站在堤坝上，望着五里外高高伫立的电线杆，风雪中那隐约可见的昏黄灯光，听着那远处陆陆续续传来的狗吠，大家才长长地舒了一口气。

我们立马振奋起来，像凯旋的战士欢呼雀跃着。女同胞拥抱在一起，激动得落下了眼泪。我们顾不得疲劳和饥饿，跌跌撞撞地狂奔起来。在滑溜溜的雪地上，几个人前仰后翻，不知道摔了多少跤，才跌跌撞撞地跑进了屯里。回到宿舍后，冷丁放松高度紧张的神经，身体立即像散了架子一样，整个人瘫倒在热炕上，再也起不来了。

我们到家时已经是午夜了。劫后余生的我，每当想起那个惊心动魄而又恐怖至极的夜晚，仍心有余悸。

作者简介：周曙明，宁波知青，一九七〇年七月下乡到黑龙江省汤原县振兴公社双兴大队。一九七八年十二月返城。退休后任宁波知青博物馆监事、宁波海曙区文艺家协会理事。

果园里伏击“窃贼”

赵志仁

我下乡的分场名叫“北山”，地理位置处于小兴安岭东南余脉的边缘。

分场有一片果园，由于气候和土壤（山坡地）的缘故，沙果年年丰收。到了成熟季节，那一只只乒乓球大小，香、脆、酸、甜的果实挂满枝头，红彤彤、光灿灿，直惹得人们馋涎欲滴。每年刚一入秋，为了防止各类“坏分子”、野兽进行破坏活动，确保粮食（果类）颗粒归仓，分场就要选派护秋员到各个地块看管巡视，名曰“护秋保收”。

一九七五年刚入秋，我与张良和就被领导指派到果园看果。到了果熟期分场派人手摘果时，发现有些果树上的果子少了，经过现场研判，果子少不是人为造成的，而是被黑熊、野猪给偷吃了，如何对付这些特殊“窃贼”？分场领导决定立即停止下果工作，张良和暂时撤回场里，由民兵班班长小逮和我佩带两支七九式步枪驻守果园。毫无疑问，我俩将和未曾谋面的“窃贼”有一场不可避免的遭遇。

东北猎人有一句口头禅：“一猪二熊三老虎。”意思是说，打猎的最怕的是孤猪（群猪有头猪带领，后面的猪都跟着跑，只管打掉队的和在后面的猪，没有多大危险），野猪平时喜欢蹭松树，蹭了一身的松树油子，再在地上打滚，身上如同糊上了混凝土一样，皮厚难打，如果一枪打不死，它会拼命冲向放枪的人；熊更危险，打不死的话，它也会向人扑过来，哪怕被打穿了肚子，肠子流了一地，它会抓起一把草塞住破损的肚皮，再冲过来；老虎虽是百兽之王，如果一枪打不中，它会惊慌逃掉，不像猪、熊这两种家伙，它俩是一根筋死磕到底的野蛮动物。

八月十五前两天的夜晚，一轮明月高挂天空，银光洒满果园，树影绰绰，微风习习，树趟子之间的空隙一览无余。我俩并排趴在野兽可能出现的地方，忍受着蚊虫的叮咬，全神戒备地守候。就这样，守候了两个夜晚也没发现可疑情况。

第五天夜里，就在我们将要失望之际，隐隐听到一阵阵“呼呼”的喘息声，前方一个黑黝黝、圆滚滚的家伙，慢腾腾地在离我们十几行的果树趟子出现了。仔细一看，原来是一只黑熊，我俩立刻紧张起来。它磨磨蹭蹭地从一棵树下走到另一棵树下，不时还停一会儿四处张望。

我扭头向小逮示意了一下，悄悄打开了枪保险，侧身曲肘架上了枪，迅速构成了瞄准线，屏息凝神，将扳机扣在了食指尖上。这时，小逮悄悄对我附耳说道：“别着急，再等一下。等它过来三个树趟子，方向直一些再打，你先打第一枪。记住，你一枪，我一枪。”

我点点头，和他一起将枪口悄悄移向目标前面的树趟空地。可由于小逮身高体长，趴躺的地方有一堆枯叶，在移动时碰到了枯叶，发出了轻微的声响。那头熊很警觉，扭头跑了。

我俩长嘘了一口气，遗憾地望着那个逃离的背影。

一天早晨，我想起有几天没回分场了，就在空荡的果园里巡视了一圈，沿着果园另一侧的松树林边绕道回分场，顺便搜寻一下那只黑熊。绕出松林，我在机耕队油库旁边，碰到了放马的“苗长命”。

“苗长命”是宁波知青，他的名字其实叫缪祥明，因为音近，人们就叫他“苗长命”。他戴着四百度的近视眼镜。他一看到我就兴奋地说：“小逮、老冯、陈圯带着一条狗，从那边的小路到果园去找你，说是要打黑瞎子。”

我一听，决定先不回分场，从另一方向赶回果园。“苗长命”紧跟说：“我也去。你怎么不走近道，走这边干啥？”

“早上那边我都搜过了，再搜查一下这边，没准就能碰上哪。”我说。

八九点钟的太阳照耀着北山，我们从北向南小心翼翼地搜索着，突然发现在离我几十米处有一个黑影！我猫下腰，借着灌木丛的掩护仔细观察着四周。“苗长命”紧紧地挨着我蹲了下来，紧张得大气都不敢出。我示意他不要动，随即将枪的保险打开，向前绕近了五六米。这回我终于看清了，这是一头熊，很可能是前几天夜里我们看到的那头，它的头在微微地左右摇晃。

我目测了一下距离，大概有六十米。我将枪贴在树上，果断做了个有依托射击，这一枪正打在熊的脖子上。

打出第一枪后，我迅速拉下枪栓，退弹壳，顶子弹，向斜方向跨了三步，蹲在一堆灌木丛旁，以标准的跪射姿势构成了瞄准线！这一连串的动作，我用了不到两秒钟。

只见熊直立着后腿，露出胸前那一条白色的长长的倒三角胸毛，正朝我刚才射击的方位看。我抓住这难得的机会，瞄准它的额头果断击发！

这一枪，我清楚地看见弹着点在熊的鼻梁上方，并听到“嘭”的一声脆响，它连挣扎一下都没来得及，就砰然倒地了。

我继续重复着前一套动作，拉枪栓、退弹壳、顶子弹，迅猛向前冲去（但这次我是直接向前跑了近十米），朝着它的头部又是一枪！

然后再重复那套动作，来到离熊五六米的地方又补了一枪。我突然想起，“苗长命”去哪里了？一回头，只见我们刚才隐蔽的灌木丛旁边，在一株茂密的树叶当中，露出闪闪发光的两个镜片……

这一刻，成为历史的定格，一场惊心动魄的果园伏击战，一次严峻的生死考验。

作者简介：赵志仁，佳木斯知青，一九六九年三月到黑龙江省鹤立河农场九分厂下乡。一九七九年返城到佳木斯电机厂工作，后调转到宁波某部门任职。

情满三江

李建文

二〇一七年六月十五日十二点二十分，汤原火车站。

四位老人怀着无比激动的心情，从由哈尔滨开往佳木斯的火车上陆续走下。几位老人刚下车就被眼前的巨大变化所吸引：焕然一新的火车站，拔地而起的现代化高级中学教学楼，豪华大气的学府公寓，典雅秀丽的农场别墅，这些新建筑、新景点遥相辉映，美不胜收。

“我又回来了，我的汤原！”四人不顾旅途疲劳，竟然像年轻人一样，欢呼雀跃，一路狂拍，引来不少路人好奇和猜疑的目光：这几人叽里咕噜说些什么，都是哪儿来的？

原来，他们是上世纪七十年代初到汤原县竹帘公社裕丰大队插队的宁波知青，名字叫陈志松、董申道、张艳华、林富华，四人结伴回到阔别了四十年的第二故乡。按照既定的行程，四位老知青乘车赶往当年下乡的裕丰村。

他们先是来到已故老支书侯丰元的墓前，含悲祭拜，而后又到叶大娘家（知青老房东）拜访。四人久久拉着老人家的手，共叙别后的思念，情不自禁，泪水潸潸。此刻的屋子里，显得出人意料的安静，昔日村里那些大家都很熟悉的人，像已故的干练寡言的侯书记、纯朴敦厚的叶大爷、热情爽快的高大娘等，仿佛还在眼前……

现在，让我们倒转时光，追寻四位老人的青春足迹，再重新感受一下八千多汤原知青曾经的那一段激情燃烧的岁月——

一九六八年七月，天津知青马秋东豪情满怀，一腔热血，来到黑龙江省生产建设兵团屯垦戍边。不久，他当了一名司机，并担任六十三团二营四连汽车班班长。

一九七〇年三月，他驾车和战友们在伊春市三岔河地区的山上运木材。一天，他将车停在路边，准备装木材时，浩良河林场一台装满原木、搭载数名工人的大型运材汽车从山上急速驶来。坡陡路窄，汽车失控，为了避免两车相撞，造成人员伤亡，马秋东不顾个人安危，一个箭步冲向汽车驾驶室，奋力将车开往路旁的山地，但就在他的汽车尚未让开的瞬间，呼啸而至的运材车从侧面将他的车撞翻。

运材车和车上的所有人员安全通过，马秋东壮烈牺牲，年仅 21 岁。

在生与死的抉择面前，马秋东毫不犹豫地选择了后者，把生的希望留给了他人。兵团党委和黑龙江省革命委员会授予舍己救人的马秋东“革命烈士”光荣称号。

一九七七年八月二十六日，佳木斯市一中毕业生曾杰怀着扎根农村干一辈子革命的远大理想，主动申请下乡，来到了望江公社临江大队插队务农。十月下旬，当引汤会战的号角又一次吹响时，她最先报名参战。

在永久电站渠首重力坝工地上，担任望江公社铁姑娘队队长的曾杰，巾帼不让须眉，勇挑重担，重活累活抢着干，推小车，挑土篮，率领姑娘们一往无前，一次又一次超额完成工程指挥部交给的艰巨任务。她多次被评为汤原县知青先进个人和引汤会战劳模，被誉为汤原的“知青花木兰”。

一九七九年，在知青大批返城时，外省市和佳木斯市下乡知青纷纷回到城里，与家人团聚。面对人生的又一次抉择，时年二十岁的曾杰，不顾亲朋好友的反对，毅然选择留在了汤原这片她终生热恋的黑土地，毫不动摇地朝着自己的理想目标前进。一九七九年九月，她被调到引汤工程处工作，从此她把根永远扎在了汤原。

谈及这次的人生选择，她坦言自己之所以选择留下，不仅仅是因为这里山清水秀、人杰地灵，更主要的还是因为自己已经对汤原产生了深厚的感情，而不是一时的冲动。

宁波知青周曙明在为他第四次回访汤原所写的游记《第二故乡在召

唤》中，以饱含深情的笔触坦露了自己这一段心路历程：

草屋土炕大烟炮，
苞米楂子小米粥。
三江黑土情难忘，
一片丹心梦中游。

人虽然回到了宁波，但第二故乡的山山水水和那些朝夕相处的父老乡亲、战友，在周曙明脑海里留下了挥之不去的终身记忆。尽管一九七九年、一九八〇年他曾先后两次来过北大荒，二〇〇四年五月他再次乘坐宁波知青专列参加回访北大荒第二故乡的活动，但仍意犹未尽。北大荒的黑土地令他魂牵梦萦，半夜梦中，仿佛人还在北大荒。

一九七〇年七月初，宁波知青李信国从东海之滨辞亲北上，来到汤原县莲江口公社平安大队插队。在这片寒冷的黑土地上，他与社员们同甘共苦，挥汗耕耘。在一九七四年的一次招工中，他被挑选到七台河市桃山矿，当上了一名煤矿工人。

一九八五年六月，因工作需要，李信国去山西省稷山县一家医院护理住院的工友，凭着熟悉的乡音结识了前来就医的余姚农村青年王国军。

当时，王国军已病入膏肓，生命危在旦夕，急需手术救治，可他所带的救命钱不幸被偷，正陷入身无分文、举目无亲的绝境。李信国二话没说，立即为小老乡垫付了所有的医疗费用，又每天悉心护理他和矿友二人，送茶送饭，端屎端尿，一连两个多月，直到王国军病愈出院。临走时，李信国还不忘给他买好了回家的火车票。

六年后，经过艰苦打拼，王国军兑现了当初向李信国“我一定会干出一番事业来”的承诺，终于成为一名有能力回报恩人的著名民营企业家。可是，当王国军千里北上，费尽周折寻找到恩人的家人时，一向乐善好施而又刚强自尊的李信国已病故，其妻带着两个孩子回到了勃利县的农村娘家。

王国军把对恩人的沉痛思念化为资助动力，帮助李信国的家人盖房、嫁娶，全力照管恩人的家人。其后，虽然王国军的中国王龙集团不断发展壮大（业务已拓展到国外），身为董事长的他每天都很繁忙，但他一直都没有忘记感恩，每逢清明时节，他都不远万里来到七台河市莲花山上的李信国墓前，为恩人鞠上一躬，献上一捧菊花。

二〇〇八年，王国军又一次来到七台河市，亲手为李信国立碑铭志，并在李信国生前工作的桃山煤矿设立“李信国教育基金”，向恩人的家人、向社会做出承诺：每年出资二十万元资助、奖励品学兼优的贫困孩子上学。他要让受到帮助的人感受到李信国爱心的存在，继续传承这份爱，去帮助那些需要帮助的弱势群体摆脱困境。

皇天后土情犹在，萍水桃园励后人。十年来，“李信国教育基金”激励着一批又一批矿山学子，累计已有三千六百人次受到了资助、奖励，这些学生从小学升入初中，从高中考入大学，他们不仅用知识奉献社会，更在感恩精神的熏陶中学会了帮助他人，践行、传承着美德。

他们中有的考上了清华，有的考上了南开。桃山煤矿采煤工人张喜林说：“我的孩子每年都得到‘李信国教育基金’的奖励。李信国是我们矿工的好榜样，王国军更是了不起！”

被资助、奖励的七台河第五中学王华晶同学在写给王国军的感谢信中说：“我要用这笔钱买书，书的扉页写上李信国和王爷爷的名字，自己看，也借给同学们看。”

二〇一二年，桃山煤矿授予王国军“名誉矿工”的光荣称号。

这段扶危救困、结草衔环的感人故事，在吴越水乡和三江大地上广为传颂，二人的善缘义举被写成报告文学《生死兄弟情》，而后又被改编为甬剧《宁波大哥》，在宁波、北京、七台河等地上演，被文化部评为“五个一工程”奖。宁波知青博物馆还为他们专设了展台。

一个故事牵动着龙江和浙江两地，一个传承跨越了半个世纪。偶遇在异地他乡的李信国、王国军因乡音乡情义结金兰，二人不忘初心，演绎了一幕感天动地、荡气回肠的人间大爱。李信国既是汤原知青的翘楚，也是宁波人民养育的时代骄子。

一九九八年八月，汤原县遭遇了历史上罕见的洪灾。九月初，当宁波的周曙明、王元标等知青得知情况后，急得掉了泪，他们立即从微薄的工资中拿出一部分作为救灾款，连同捐献的棉衣、棉被、皮夹克、羊毛衫一起寄给第二故乡汤原。

二〇〇四年五月二十六日早晨，宁波知青回访团回访第二故乡汤原，其中重要内容之一就是举行“宁波老知青书画摄影展”。展览在汤原县文化馆二楼进行，时任汤原县人民政府副县长符艳珍率领有关部门的领导到现场祝贺并为之剪彩。展厅内，参观者络绎不绝，高潮不断。此次活动获得了一致好评，在当时引起了不小的轰动。

回甬后，宁波知青回访团成员把汤原十七个招商引资项目分两次刊登在六月份的《宁波东南商报》上，为汤原招商引资做出了积极贡献。

为了表达对汤原县的感谢，二〇〇五年一月十八日，参加回访的知青龚红辉、张玉琴、王兰英、陈和年、毛长永、卢财元、周曙明、王元标，联名写了一封致县领导的信，他们在信中写道：徜徉在广袤的黑土地上，置身于青山绿水间，看到一幅幅充满生机的喜人景色，我们为第二故乡翻天覆地的变化和良好的生态环境感到由衷的高兴。尽管我们并不富裕（有的已下岗或退休），但我们要像当年父老乡亲帮助我们那样，为贫困学生送上温暖，献出一份爱心，以尽我们的一点微薄之力。

在信中，他们还就县里的招商引资提出了一些具体的建议。八名知青随信寄来三千三百元善款，用于资助贫困学生，王元标还赞助汤原县文化馆两千八百元。汤原县委宣传部接到来信后很快给他们回了信：我们一定会将这笔资金落实好，以后会随时向你们通报资金的使用和学生的学业情况，并欢迎你们常回家看看。

二〇一七年八月二日，周曙明带着弟弟周勇明（宁波市教育系统退休干部）再次踏上了重返北大荒之路。十一日，二人在巡访汤原各地以后，专程又来到振兴乡老房东翟玉彬家。当年在双兴村插队，周曙明与老房东同睡一铺炕，一住就是三年，从此结下了亲兄弟般的情义。蓬门喜贯客，把酒话情真。一家三代人像办喜事一样，盛情款待周曙明一行，好不热闹。

兄弟二人最快乐的是随渔夫翟玉彬驾船到松花江上，当了一回“渔民”。那天早晨，在波澜壮阔的江面上，他们兴致勃勃地撒开了渔网，准备迎接那些“三花五罗”自投罗网。在兴奋与期待中，周曙明拿起随身携带的笛子，吹起了《乌苏里船歌》。

悠扬的笛声引来了一只只水鸟在上空盘旋逗留，他们很快捕获了一条十几斤重的“大胖头”。带着“战利品”凯旋，这是周曙明第四次来汤原最特殊、最意外的一份收获，其惊喜、自得之情溢于言表。

翟玉彬的父亲翟富贵是抗联战士、老党员，当年大队安排他给知青做饭，他像慈父一般爱护、照顾周曙明他们这些从城里来的孩子，知青都把他看成是最亲的人。在那最艰苦的日子里，记不清有多少次，老人家在周曙明的病榻前端水、送饭、喂药，嘘寒问暖拉家常，桩桩件件好像发生在眼前一样。

而今叹只叹，雨打合欢树，故人泉下眠。此情成追忆，心语不重前。当周曙明带上祭品，迈着蹒跚的脚步来到翟大爷的墓前祭拜时，泪水早已泫然而下，濡湿了衣襟，一句话也说不出来……他曾在梦中无数次对老人深情地诉说：“真的好想你呀，我可亲可敬的翟大爷！”

与盛情的主人一家依依惜别之后，周曙明兄弟二人又踏上了北上鹤岗，东下同江、集贤、抚远的旅途。每到一处，他们都要驻足流连，考察民情，拍照写作，忙得不亦乐乎。周曙明那魁梧健壮的身材和他那首激越亢奋的《扬鞭催马运粮忙》的笛声，给他所到过的龙江大地留下了久远的美好记忆。

2017 年 7 月 14 日，杭州美女知青陈玉兰携手夫君宁夏大学熊国光教授，与其他知青一起，从繁花似锦的南国都市，千里迢迢北上香兰农场。

老知青们在纵情青山绿水、遍访挚爱故旧的同时，一边尽享第二故乡田园生活的天伦之乐，一边举办葫芦丝演艺班，免费教授八名中老年学员。他们逢人就说，在这儿吃得好，睡得香，仿佛又回到了从前那段难忘的岁月，那种感觉真的不一样。

宁波知青俞福铭，曾在汤原县太平川公社庆兴大队下乡一年，现已年近古稀。二〇一八年，他获悉汤原县全面开展脱贫攻坚工作，决定通过义务帮助贫困户卖大米、黑木耳等，助力第二故乡。

他通过汤原县政协和汤旺乡民生村驻村工作队，拿到了大米样品，开始了推销工作。他自掏腰包印发宣传单，组织一些老知青去市场发，去大街上发，去各单位发，给汤原大米做宣传。

有买几斤尝尝的，也有成袋买的，他挨家送，送不过来，他发动家人当搬运工。大米搬运过程中，发生了刮碰，导致袋破米撒，他一点点扫起来自己留下，吃的时候挑一挑，米款他照付。

四季更替，南燕回归。当寒冬谢幕，春天姗姗走近之际，知青们纷纷结伴北上，挈妇将雏，携亲带友，买楼租店，度假休闲，布施教育，旅游观光。汤原的大街小巷、村村户户、一景一幕，都留下了汤原知青的靓丽身影。他们的穿着打扮、人情世故，无不刻上了汤原的符号。

陈志崧、林富华、周曙明……他们只是汤原大地上众多知青中的一员。知青们早已把自己生命的一部分融入了汤原，你中有我，我中有你。他们情系汤原，每时每刻都在关注和支持着第二故乡的改革与发展。他们不仅为汤原带来了最前沿的科技文化和改革开放的全新理念，而且还为这里带来了欢声笑语，让乡亲们的生活别有洞天。

他们人虽然离开了这里，但却把心留在了他们此生挥之不去的黑土地。汤原人将永远想念、感谢那些汤原知青，将永远记着他们的爱、他们的奉献，并将通过自己加倍的努力，建设更美好的汤原！

作者简介：李建文，汤原县高级中学高级教师。

岁月叮当

刘兰波

知青第一天

这一生都忘不了一九六九年十月二十八日，这是我知青生涯的第一天，也是我参加工作的第一天。那天清晨，我和伙伴们乘坐着豪华大客轮航行在松花江上，经历了近一夜的煎熬，豪华大客轮终于把一船知青载到了接受“再教育”的目的地——我们要去的农场。

船靠岸时，天际间才露出鱼肚白，也就是早晨六点来钟。当时，东北的气候可比现在要冷得多，才十月底大家就穿上了厚厚的棉衣。尽管如此，还是感受到了清晨的江风带给人的阵阵寒意。而下船后，看到那空旷原野上荒草萋萋，地上一层白蒙蒙的霜，内心觉得好不凄凉。

不知这船上共载了多少接受再教育的对象，反正岸上是叽叽喳喳、闹闹哄哄一大群人。带队的老师和领队与各分场前来迎接的领导接洽后，大队人马就在他们的引导下，各自上了所去分场的拖拉机和大马车。也不知我和伙伴所乘的拖拉机，在凹凸不平的泥土路上颠簸了多久，终于到达了我们今后要生活和工作的地方！

那个白天的印象已经不深了，只依稀记得分配宿舍，安顿行李，结识新伙伴等。可对于那天晚上的事情我却记得很清晰，晚上在食堂用餐，在吃雪白的大米饭之前，先是由食堂的服务员（先来的知青）给我们每人都盛了一大碗“黑不溜秋”的忆苦饭，这忆苦饭真难吃，是冻菜的烂叶掺米糠，好像连盐都没放。不吃哪能行，那可是阶级立场的大问题，是阶级斗争的新动向！大家只好勉强吃了下去。

饭后，在分场简易的大礼堂召开了欢迎新知青大会。会上，先是由革委会主任讲话，接着是老知青代表发言，最后是我们新知青代表发言。期间，还不时地穿插着一声声高呼的口号。

领喊口号的是一名年轻的革委会成员，是“文革”前来场的知青。有趣的是，他的语速极快，嗓音也有些尖细，且尾声有点往上提，惹得我们这些小女生差点乐出了声。而代表我们新知青发言的这位男知青，是六六届的高中生，上台时，不知怎么没走好，竟打了一个趔趄，加上他穿的是一件已旧的黑色棉大衣，更显得老成。他的发言里有这样一句话：“我们都很年轻。”

我们这帮女孩了在下面悄声议论开了：“还年轻呢，老头似的！”

散会回到宿舍，大家立即就像炸了锅似的，你一言、我一语地“讨伐”上了。也难怪，我们这几十号女孩子都是六六届到六九届的初中生，甚至还有几个是自作主张，偷偷迁了户口报了名跟来的小学生。对年长我们几岁的“老高三”，自然就觉得挺大了。那以后，这位男知青的名字就被“年轻”代替了。一说“年轻”大家就都心照不宣知道指的是谁。也不知这位后来做了一方父母官的仁兄，可否知道自己当年的这段小插曲？

这就是我知青生涯第一天。四十年后的今天，回想起来也觉得怪有趣的。那天的经历和那些不经意间的行为，已深深地印在了我的脑海里。也许，这与那一天是我人生中一个最重要的转折点有关吧。

这短短的一天，不也是那个时代的真实缩影与写照吗？

第一次值班

那是一九六九年的冬天，是我们知青到农场后的第一个冬天。当时，我们的工作是两班倒，到离分场有三里多路的场院脱谷。

我们连上夜班，从晚上五点到午夜十二点，全员出动，每个宿舍只留一两个值班人员，负责烧炉子、烧炕、烧热水和打扫卫生，等大家收工回来，再分配洗漱的热水。当时我们住的是个大宿舍，曾被大家戏称“长可跑百米”，南北炕共住了三十几人。

两铺炕的中间是一过道，靠门口砌了一个大火炉用于取暖和烧水。每铺炕都有两个炕洞，用我们自己打的柴火烧炕。那天，是我和爱群第一次值班，既有新鲜感也有责任心。烧旺炉子那是没问题，烧炕咱也绝不含糊！大冷的天，得让伙伴回来睡得暖暖的、香香的！

动起手来自然是不辞辛劳，往炕洞里多塞了几捆草，直到自认为满意了才住手。之后，我俩便去不远处的水井里打来几桶水，把屋地洒湿、扫净，烧热的水也放在炉子上备用。做完这一切，看看表，还有个把钟头大家才能回来。看看实在没事可做了，我俩就说，咱先躺下歇会儿吧，一会儿再起来。

没想到，这一躺可就不由自主地睡着了。直到被一阵嘈杂声惊醒，睁眼一看，大家都已经回来了，正闹闹哄哄地走进走出呢。我一下子精神了，一个鲤鱼打挺蹦下了地，几乎同时爱群也冲到了炉子边。可还没等我赶到那炉子跟前，就傻了眼！只见由我烧的北炕，靠外边炕洞口上铺位的小郭，正站在炕沿边低头哭呢，旁边两个女孩在不住地安慰她。

原来，是炕烧得太热，热度不但把炕席烧坏了，就连炕席上面铺着的毯子和褥子也无一幸免，全被烧出个大窟窿。天哪，多悬啊！这万一着了火怎么办？

小郭这床褥子，那可是里、面、棉三新的，且那褥面是当时十分罕见的非常漂亮的绸面料，这可是她妈妈为她离家特意做的，才刚刚用了一个多月，就这样给“开”了个大天窗，搁谁谁不心疼啊！当时的我真是尴尬极了，站在那儿不知说什么好，简直是无地自容！然而，出乎意料，这个当时我并不熟悉的女孩，看着我的窘相，竟停止了哭泣，反而来安慰我：“没关系，没关系，你别着急。”

第二天，作为赔偿，我把钱塞给小郭，可她说什么也不肯要。后来，还是我一个同学，找了一块与这褥面相近的花布，把这洞眼给缝补上了。人家好好的一床褥子、毯子，就这样被我给破了相，我心里除了内疚，更被她的善良、淳朴所感动。

通过这件事，我和小郭成了亲密无间的好朋友。

一年后，我被调到了总场。人虽分开了，路也远了，可我和小郭的友情依旧，仍是一有空就你来我往。直到现在，我还常常想念她。

第一次探亲

在我的影集里有一张很普通的四人合影，每当看到这张照片，第一次探亲时的情形就会清晰地浮现在眼前。那是一九七〇年的春节，也是我到农场后迎来的第一个春节，虽然离家才三个多月，感觉就像是三年一样，想家的心情非常迫切。

我年前就向连领导递交了请假报告，因当时知青普遍想回家过年，连里只好分期分批给假，还好，批给我的假是大年初四，一同给假的还有隔壁宿舍的张凤兰，我俩的关系蛮好的，正好一同走。我们又约了别的连两个女孩子，她俩是来自于佳木斯和牡丹江的知青，一个叫小郭，另一个叫丁淑云。

我们农场是原黑龙江省第一劳改农场，地处松花江下游的北岸，离中苏边境不算太远，交通十分不便。回去探亲，夏天靠水路，搭乘途经的客轮，要航行五六个小时才能到达佳木斯。冬天，冰封的松花江上可以行车，农场就开通了直达佳木斯的长途客车，每天一个往返班次，早上八点从总场发车。

我们分场距离总场较远，有二三十里路，若等天亮后搭乘分场去总场的马车或拖拉机赶长途客车，那肯定是来不及的，于是我们相约：那天早上早早步行去总场。

初三的晚上，为了能第二天早起，我早早地就躺下了，可躺在炕上，却翻来覆去睡不着，一想到明天就要回家了，那个兴奋劲无以言表，真是激动啊。尽管一遍遍默默对自己说：快睡吧，快睡吧，明早还要起早呢！

可这眼皮就是不听使唤，就是闭不上，那是我有生以来第一次失眠。不知什么时候总算迷迷糊糊地睡着了，觉得没多久就又醒了，一看表才凌晨三点。好容易熬到快四点了，洗漱收拾了一下就与同伴一起出发了。一问，同伴也没睡多久。

冬日的清晨四点，天还没亮，依然是黑夜。夜，静静的，除了我们的说话声和踩在厚厚积雪上发出的“嘎吱嘎吱”声，还有就是那呼呼的北风声和后来路过一分场时传来的让人心悸的阵阵犬吠。

四周漆黑，连天空上的星星也没有几颗，只有地上的雪映出的光是白色的。我们像急行军那样走着，二三十里路不算近呀，每人都带着大包小包，我是肩上背着鼓鼓的草绿色帆布书包，手拎着一只旅行袋。旅行袋里装着十斤大米，是向食堂开了一个“小后门”，用饭票购买的（当时我们家乡每人每月才供应两斤大米）。

另外，我们还人手一根“精选”的木棍，那是为打狼而准备的。当时农场的狼可不是罕见的，前几天还听人说看见狼了，若不是思家心切，还真不敢冒险走夜路。

东北的冬天非常寒冷，尤其是凌晨，空旷的田野上北风呼呼地吹着，呵出的热气使我们的眉毛和头发都挂满了白霜。当我们雄赳赳气昂昂地赶到总场时，才早上六点，天刚刚放亮，来早了，汽车队连门都没开。我们只好找了个避风的墙角歇一歇，这一歇，原本已汗淋淋的内衣贴在身上，感觉特别的凉，真冻得够呛。不得已，我们只好跺着脚原地活动，用这样的土办法增加身体的热量。

终于上车了，经过几个小时的颠簸，到佳木斯已过了正午，张凤兰家离汽车站还算近，让我们先去她家。张凤兰的父母亲见到我们非常高兴，对我们嘘寒问暖。她母亲和嫂子给我们做的手擀面条、肉酱卤，那味道，我现在还觉得香在嘴边呢。饭后张凤兰执意要送我们一程，当路过一家照相馆时，为了记住这一刻，我们便簇拥着进去，拍了一张合影，之后大家才分手，各奔回家的行程。

当我回想起三十多年前的这段往事，心情仍很自豪，几个不到二十岁的小姑娘不畏狼的“威胁”，够勇敢的；徒步行了那么远的路，够棒的；一路上的相互关心与帮助，够有团队精神的！

也挺想念那几位伙伴的，多年没联系，也不知她们返程后的情况如何，是否也和我一样，会常常想起那一年的春节和那个黎明？

重逢小美女

小美女，姓朱名薇，当年与我们一道去农场时虚岁才十五岁。她当年的小模样，虽然已过去了近半个世纪，却仍清晰地浮现在我的眼前。她，浓眉下一对双眼皮的大眼睛，非常漂亮有神，皮肤白皙。是个十足的小美女！她还爱唱爱跳，当时那些革命歌曲和忠字舞，都唱得动听跳得优美。我们一个宿舍三十来个姐姐，都非常喜欢她。而她呢，也时不时会给我们制造出一个个小幽默来。

印象最深的一次，是在我们到农场没多久的一个星期天，她和一个大她两岁的女孩一道出去玩。时间不长，宿舍门一开，闪进两个嘻嘻哈哈的小男孩，竟然是剪成男孩头的她俩！当我们这些姐姐惋惜她俩不该将头发弄成这样时，她俩丝毫没有后悔的意思。原来她俩是开玩笑，相互“激将”才走进了理发店，剪了这样的“革命头”。

那时的小朱薇就是我们大家的开心果，和我们在一起同吃、同住、同劳动、同欢喜、同想家的日子也就几个月吧，她便与部分知青调到另一个分场去了。那以后，她与我们这些在原分场的姐妹逐渐少了联系，也慢慢淡出了彼此的视野。这几十年来，虽然我也常回想起当年的人与事，也会想起小朱薇，但却是一直不曾联系过。

要说，真得感谢如今这神通广大的微信！无论是多少年没见、没联系的亲朋好友，都能让你在一夜间“走到一起”。这不，今年春上，经过群主的一番努力，使得我们这些几十年未曾联系过的知青战友，居然重逢在微信群里！自从相互联系上后，就像要将这几十年不曾说过的话都补上似的，每天，大家在群里都有说不完的话、聊不完的天。

回首以往，说说现在，不亦乐乎！其中，若评群聊积极分子，我们的朱薇小妹是当之无愧。如今的小朱薇虽然也已是六十岁出头的人了，也早做了奶奶，可她在我们这些人的眼里仍然是当年那个小妹妹，而她对我们也是亲亲热热地呼着喊着：“哥、姐！”

这小朱薇，虽时光已飞逝了几十年，但她仍如当年那么的开朗、活泼、漂亮！她还非常勤快、时尚。每当有谁发上来照片，她立马会给做个相册。这相册做得是真好，画面排列得好，音乐配得也恰如其分，非常优美动听。

一段时间下来，我愈发感觉到小朱薇聪明好学。一次，我夸了她，她竟不好意思地说："姐，我不像你们，我没有读过初中、高中。但是，这些年来，我一直都在努力争取多学些东西，要与时俱进。"

听她这番话，我心里很不是滋味。当初她若是继续求学，定会有更好的发展。可她并未怨天尤人，仍然是那样乐观、向上，对如今的幸福生活更是赞不绝口！她和我们说，她当年返城后，也经历过下岗、再就业的打击和困惑。但她始终坚信，只要够勤快，生活就不会有问题。果然，如今她家里的生活条件非常不错，在独生子居住的海滨城市也买了房子，定居在那儿了。

她也曾和我们说，当时去农场，也是她自己决定的。那时她就想，与其这样整天无所事事，还不如去接受再教育呢，也好给多子女的父母减轻点生活的负担。并且，她也是想扎根农场一辈子的。多么懂事又有主见的小美女呀！

我们的小美女，在你的身上，我看到了你的聪明、好学与善良。透过你，也看到了我们一代知青的努力与奋进。

作者简介：刘兰波，佳木斯知青，一九六九年十月下乡到黑龙江省梧桐河农场。二〇〇九年加入宁波市作家协会，作品在市、省级乃至全国性的报刊上均有发表，也在各类文学征文比赛中数次获奖。

战天斗地的日子

张凤杰

一九六五年秋天，我进入汤原县第一中学读初中，到一九六八年，在学校待了三年。从一九六八年下半年起，不时传出我们要毕业离校的消息，直到一九六八年十二月二十三日，毛主席的“知识青年到农村去”的指示发表，才决定了我们的去向：到农村插队落户。

那时我和同学刚好十六七岁，血气方刚，劲头十足，纷纷写大字报，贴标语，表示坚决响应毛主席的号召，到农村去插队落户干革命。

一九六八年十二月二十八日，汤原县革委会大礼堂内外，锣鼓喧天，红旗招展，欢送知识青年下乡插队落户大会在这里举行。会上，县革委会领导和贫下中农代表讲话。我作为知识青年代表在会上表决心：“扎根农村干革命，志在五洲一片红；在农村滚一身泥巴，磨一手老茧，炼一颗红心。”

会后，我们每人手捧一套县里发的四卷塑料皮的《毛泽东选集》，登上了插有红旗的卡车，冒着严寒分赴各知青点。

当时全县选了二十几处交通比较方便、经济状况比较好的大队作为知青点。我们去的望江公社在汤原县城和佳木斯市中间，距两地都不足百里。几辆大卡车在寒风中跑了一个多小时，把我们送到了望江公社。公社举行了简单的欢迎仪式，招待我们吃了午饭。汽车又把我们送到了新立大队，大队又开了欢迎大会，晚上专门杀猪招待我们。

新立大队有两个自然村、五个生产队，开始我们全都吃住在大队，不久，我们九人（六男三女）被分到了第一生产队，住在生产队里（即平时社员开会的地方），女的则住在马棚的一间房子里。一位五十多岁的社员给我们做饭。

由于新立大队种水田，我们能经常吃上大米饭，菜多数是豆腐，对这样的伙食我们感到很满足。

殊不知，当时城里每人每月只供应一斤大米。可是很快就出现了问题，由于我们下来时生产队的柴草已分完，剩余的一点儿几天就烧光了。向社员家借了一些，人家也不愿意借。队长和我们商量说，现在队里活不多，你们自己去打烧柴吧。

东北三月，大地积雪已经融化，我们拿着镰刀，到村子西面的草甸子割草。开始几天，兴致蛮高，割了几天后，便厌烦了。

一天上午，我们正在割草，忽然一大群狍子（一种像鹿一样大小的野生动物）从我们身边跑过，足有五六十只之多。几个男同伴看见了狍子，挥舞着镰刀就去追赶，说是要抓个狍子吃肉，改善伙食。在野地里，狍子飞快地跑，我们紧紧地追。跑出去五六里，狍子早已没了踪影。

中午回村吃饭，社员笑话我们。人家都说“傻狗撵飞禽”，你们是傻青年撵狍子。那狍子灵便，人根本撵不上。

村南边是国营农场的一个连队。农场地里有的玉米秆没有收回去，社员就出主意，让我们去拉回来做烧柴。一天早上，我们套上马车来到农场地里，正在装车时，从农场里跑出一群人包围了我们。原来生产队和农场地挨地，走一条路，用一河水，经常闹些小摩擦。一看是生产队的人，便连人带车押送到了连部。我们派人找来了生产队长，队长一再说好话，才把我们放了回去。

春耕开始了，第一次参加劳动是“打茬子”，即用镐头刨掉玉米秆的根，否则会影响起垄播种。

第一次参加劳动，一心要争个高低。刚开始还能随上大流，不一会儿就跟不上了，越落越远。咬着牙坚持干到晚上，手上的血泡大小有十七个。

“打茬子”活干完了，队长让我去“压滚子”，就是牵着马，拉着滚子，把新起的垄压平压实，起到保墒的作用。可是马也会“欺负”人，我牵着一匹老马到了地里，套滚子套时，老马怎么也不听指挥，费了半天劲也没套上。只好牵着马回到了村里，找人帮忙才整好。

这匹老马瘦弱不堪，干起活来慢慢腾腾，到了晌午，把它从滚子套上卸下来，它却来了精神，不用我牵着就向村里跑。我跟在它屁股后，跑回去一看，它已经在马棚吃草了。真是“老马识途”啊！

最辛苦的，要算是夏天给农田除草了，天还没亮我们就下地干活。吃了早饭接着再干，一直到十点半。吃完晌午饭，十二点多又去铲地，一直干到天黑。

东北农田面积大，垄长。有时一天到晚只能铲完一条垄。干了半天，抬头一看，还是望不到边。天天都觉得昏昏沉沉，一歇气（中间休息）就想睡觉，有时躺在地垄沟里就睡着了，由于体力差，又缺乏经验，铲地时总跟不上趟，连当地那些十五六岁的小姑娘也赶不上。

夏天薅稻子（拔除稻田里的杂草）也是很难干的活。要始终弯着腰，到晚上累得腰直不起来。头上有烈日暴晒，汗水直淌。开始时，我们分不清稻苗和稗草，有时会把稻子拔了。水中有一种叫“蚂替”的虫子（蚂蝗的一种），咬人吸血。我就被咬过一次，像火烧一样疼。被咬之后，有好几天提心吊胆，不敢下水田。

铲完地，薅完稻子，就到了农闲时节，生产队会放几天假。正好，我外甥来村里看我，我和他一起到佳木斯玩，在刘英俊烈士牺牲地照了一张相。

我们所在的生产队，人口不多，却分成了两派，一派是以孙姓为主的“坐地户”，生产队长由这一派的人当；另一派以“外来户”为主，人数也不少，贫协主任由这一派的人当。生产队会计一职由于两派互不相让，一直由大队会计兼任。我们来了以后，大队会计不愿意再兼任，提议从知青中选一个人，两派也都同意。

由于我是知青点的“点长”，这个“重任”就落到了我的肩上。大队长说，生产队的账简单、好记，你就干吧！

当时的生产队经济活动不多，平时没有什么账可记。一个月算一次收支，公布各家的工分。端午和中秋节前，每户预支十元二十元钱，买点吃的、用的，我当了一年会计，真正行使权力只有一次。那时大队没有拖拉机，生产队从外大队“请来”一台拖拉机耕地。为了招待拖拉机手，买了一些鸡蛋。当时财务开支有规定，招待吃饭不许买鸡蛋、猪肉。队长说，换成别的发票吧。

我说，那更不行，那不是弄虚作假吗？

当时鸡蛋几分钱一个，总共花了几块钱。不知道这钱后来是怎么处理的。

生产队会计最主要的任务是搞年终决算。一年到头，每个日值（一天挣的工分）是多少，一个人能挣多少工分合成多少钱，这是大家最关心的。打完场，卖完水稻之后，社员就开始“猫冬”了。我便抓紧时间算账，一年共收入多少、支出多少，每个劳动力挣了多少工分合成多少钱。算了几天，一个日值是三毛三分钱。

一九六八年，每个日值是一元多，今年怎么这么少呢？我自己也怀疑是算错了，又重新算了一遍，还是这样。我把全部票据、账簿拿到大队会计那里，大队会计复核后，也是这样。有的社员听说这一结果，认为我不会当会计，肯定是算错了。一气之下，我又背着账本到了公社，请公社会计帮着算。

公社会计计算的结果也是这样。原来，一九六九年出现灾害，粮食严重减产。生产队几乎全靠卖粮来钱，一歉收，收入就大大减少。那一年全队几乎没有领到钱，很多人家挣的钱还不够领口粮，成了欠债户。

一九七〇年一月，知青都回家过年了，我留在生产队算账，罗依伟留下和我做伴，给我做饭。一天晚上，村里来一辆送煤的汽车，我和罗依伟听说后，决定搭车去佳木斯玩。当时客运火车不正点，一等几个小时是经常的事，长途客车还没有，能搭上一次汽车很不容易。一位从辽宁兴城来的投亲知青也和我们一起去。

我们搭乘这辆拉煤的汽车，半夜到了佳木斯，在火车站蹲了半宿（那时旅店很少）。早上五点多钟，我们到浴池洗澡，又睡了一觉，然后到松花江边的纪念塔前照了一张相。

插队期间遇上了党的九大召开。

“长江滚滚向东方，葵花朵朵向太阳。满怀激情迎九大，我们放声来歌唱。”这支歌已经唱了几个月，还不见九大召开，一九六九年四月一日晚上，我们已经躺下睡觉了，忽然，大队的广播喇叭响了起来，仔细一听，原来是九大召开了。

我们赶紧起来穿上衣服，新闻公报一广播完，大队就通知全体社员到学校集合，召开庆祝大会，然后游行，大队长发表讲话：“今天是九大胜利召开的大喜日子，全国各地，除了台湾的国民党外，都在进行庆祝……”

接着，参加会议的男女老少，举着红灯笼、小红旗，还有毛主席语录本，从村子中间穿过，绕着村子转了一圈，边走边喊口号。游行完毕，已是半夜。

在“以阶级斗争为纲”的时代，我们也参加过批斗会。都是一个村的人，批斗完了还要在一块儿干活，“低头不见抬头见”，所以斗得不是那么激烈。记得那次批斗对象，是一个姓马的“现行反革命”。还有一个从辽宁跑来的姓葛的人，说他隐瞒了地主成分。

有激烈的，是批斗一个姓付的地主的儿子，他的“罪行”是破坏计划经济，在没有完成上交任务的情况下，把家里养的猪私自拉到鹤岗市卖了。

那时每个村每年要向国家交几头猪、多少斤鸡蛋，都是有任务的。批斗会上，不时让被批斗者低头认罪，其实，这个姓付的早就“认罪”了。我想，这样做是为了吓唬那些不想把猪和鸡蛋卖给国家的人。

一九七〇年三月，新学期开始的时候，大队学校的一位教师调走了，大队决定让我去接任。我去当了小学三年级的班主任。不久，校长找我，让我再教高中政治课。我自知自己是一个毛孩子，难担此重任。可校长一再动员，也就勉为其难了。当时的政治课没有教材，需要老师自己找。

我组织学习了一次毛主席著作，还学习了一次从报纸上选的内容。

一九七〇年六月，汤原县成立钢铁厂。县里决定我们这批知青全部抽回去建钢铁厂、开铁矿。一九七一年二月，我们同在新立大队插队，又都抽到钢铁厂的几个人凑到了一起，照了一张合影，并题词：战天斗地，要粮要钢！以此纪念我们的插队生活。

作者简介：张凤杰，汤原县一中毕业，一九六八年到汤原县望江公社下乡。曾在汤原县团委、香兰镇工作，后调到山东、海南等省任职。

知青往事

李文昌

刘坚的马车

我和刘坚不同班，但同届，他六五班，我六三班，我们同一天下乡又分在同一个连队。虽然在一起不到一年就分开了，后来大批知青返城他也回去了，但在农场时我们是一个小圈子里的人，而且这么多年一直都有来往。

他家住我们一中的院外，在读书时，我和卢黄熙就常去他家玩。他与卢黄熙同班，和梁希明家住邻居。现在和侯贵（我最要好的同班同学）同在一个学院上班，他是处长。“文革”后下乡前，在那段没有复课的日子里，我们都是玩伴，最早期的一些照片就是他给照的，135 黑白的，很小很小的一张。在火车站，在江沿大塔，还有西林公园都留下了我们的身影。当然少不了姜载仁、姚功臣、张明田、李绍臣和惠长金他们。后来，我们下乡他们回乡，各奔东西各讨生活去了。这些人都是一九六五年由外县考入这所“文革”前省重点高中的，又同住一个大宿舍。

下乡后，刘坚一直在七分场，他是马车班的班长，后来是排长，他驾车驭马的技术一流，谁能想到他是个城里青年呢？

我到十三连后，去总场开会，往返六十里路，只能靠步量。每次我都是头一天下午动身，到七分场刘坚那儿住一宿，第二天一早再去总场，回来时再住一夜。一天往返实在不可能，我也愿意有时间在外放松一下。人总是要有个伴儿的，同性朋友在结婚前必不可少。

狗子是刘坚马车班的老把式，也是一同下乡的老“战友”。我常坐他的车从七分场到总场去，特别是冬天，河封了可以过了。夏天或春秋，也可以绕到江边，从船站过桥到总场，要路过“老梁台”和“老鱼圈”，这两个地方老知青们都知道。“老梁台”是养猪养鸡的畜牧点，“老鱼圈”是一处河湾，鱼特别多，就像圈羊一样都圈在那里了，简直可以称得上是一处天然的养鱼池。

还是说刘坚的马车吧。在电视里也常看到马匹，内蒙古草原上奔驰的马、演电影的那些战马，我看都不如刘坚马车上的四匹马，我叫它青色，就是比灰还白，比白还青的那种颜色，只有马脑门和马蹄子上有一点白，其他地方全是一个色，马匹高大俊美，膘肥体壮，精神极了。据说每匹值一千多元钱，竟是我们每月工资的三十倍！

再仔细看这几匹马，整齐的鬃毛，强有力的尾巴，大而圆的四蹄，跑起来沉稳而凝重，好像可以拉动一座山。要知道，那时候马车对于连队太重要了，全部的生产生活物资全要靠它从几十里外的场部运回来，中间还要过一条河。刘坚的马车排有四挂这样的马车，它是三四百知青的交通工具，大家去场部，幸运的就是搭乘马车往返了。

我常坐他们的马车，可也遇过一次险。有一年春天，河还没开，正跑桃花水，两岸边已有流水，中间的冰面也开化了，可一早一晚还是有胆大的人在冰上走。那天早上起得很早，我坐刘坚的马车去场部开会，这是走了一冬的河道，谁也不会想到危险就在眼前。

河道不宽，也就十几米不到二十米，刘坚把车赶下河道。四匹马奋力奔跑，到了河中央，突然前面的冰让马蹄踏破，先是前面的两匹“捎子”落到水中，挣扎着，挣扎着，马蹄刨起的水花四溅。接着辕马也陷入水中，顿时淹过了马头，屁股也很快沉入水中。这时，刘坚跳下马车，掏出“鱼刀”迅速将两股前面的套绳割断。这一切我看得心惊肉跳，竟不知道是什么时候跳下的马车，坐的位置刚好和车老板相反，他在左我在右，都是最前面。

最后两匹前“捎子”得救了，辕马落水太久被淹死，如果不是刘坚处置果断，那两匹马也肯定保不住。

刘坚回城后，在佳木斯工学院当总务处长，这期间还兼驾校校长，依然和驾驶车辆有缘。不知当驾校校长和马车排长是不是一个滋味儿，或许对于我们这代人，还是马车让人感觉更亲切些吧？

九寸黑白电视机

近日中央电视台“记录”频道，正在播放一档节目，叫“国货的前世今生”。其中说到最早出现在我国的九寸黑白电视机，买一台需要一年的工资呢。这倒让我百感交集，思绪万千，不由得回想起当年事。

一九七四年末，农场为了丰富知青的业余文化生活，给边远的几个连队各配了一台电视机，就是这种九寸黑白的。我们连队地处西南角，是农场的一块“飞地”，理所当然也得到一台。这可是我们生活中的一件大事，要知道那时还没有几个人见过电视机呢！

拿到电视机以后，连队指定由会计专门保管和播放。如果有人想要摸一摸，都会招来大家的齐声谴责，更别说上前开关和换频道了。我们连队干部甚至还开会讨论过，研究要不要给“专职”负责看管的人发放补贴。

没有那么大的场所怎么办？就在大食堂里，百余名知青，再加上干部、家属、小孩，还有就业工人，每到晚上把个食堂挤得满满当当，密不透风。开始的时候还吵吵嚷嚷、打打闹闹，可一旦电视有了声音，来了图像，顿时鸦雀无声。大家被电视里的节目强烈地吸引着，特别是许多电影都从未看过，还有电视剧、文艺节目，真的把人们的视野带进了一个新天地。春节到了，大多数知青回城过年，大家就将电视搬进连部，暖暖和和、痛痛快快地看了一个春节。

一九七六年九月九日，毛主席逝世，我们就是在一根电线杆下的电视机前，收看了北京举行追悼会的实况。全连干部、知青、工人和家属与全国人民一起痛哭流泪，一起寄托哀思，一起化悲痛为力量。

又过了两年，随着生活条件的改善，许多职工也买了电视机，先是黑白的，后是彩电，再到逐渐普及。这时候，知青看电视就分散到各职工家里去了。

鱼的故事

我们下乡的地方，前面临江，后面靠河，素有“塞北江南，鱼米之乡”之称。

连部所在地，就在这条河的拐弯处，宿舍离河边只有几步路。那个既有出口又有入口的半月湖，是知青们冬天破冰取水，夏天洗澡洗衣，工余休息垂钓，平时谈话聊天的好去处。

然而，最让人难忘的还是春天这个季节，五月末六月初，天转暖，草初生，正是鱼“咬讯”的繁殖时期。河边草甸子溢满了出槽的水，静静的、浅浅的、温温的，刚刚没过塔头墩子，是鱼儿们恋爱追逐的最佳选择。

不知谁喊了一声：“甸子里出鱼了!”大家好像听到了集合令，纷纷拿起早已准备好的鱼叉、铁锹等应手家伙向草甸子奔去。站在没小腿肚子深的水里，紧紧盯着眼前的水面和草窠子，水纹的波动以及草梢的摇摆，都是鱼来了的信号。鲤鱼在浅水里繁殖的时候，雄性在前面跑，雌性在后边追。那时候鱼真是多啊，你站在水里，时不时地有鱼直撞小腿肚子，有经验者会看准水线提前下手，叉到的鲤鱼小的也有斤把重，大的足有三四斤呢。

住在水边的好处，就是一年四季都不缺鱼吃，垂钓、撒网、下挂子(即使用钱去买，一斤也只有一角五分钱)。冬天虽是天寒地冻，雪花飞舞，却挡不住我们打鱼的脚步。泡子里的冰层，随着天气的转冷而逐渐加厚，从最初的几公分到最后的一米多。打冰窟窿的最佳时机，是在冰面冻到一定程度的时候。你看，冰面已经塌陷形成一个洼兜，水也被冻得越来越少，这地方就是所谓的鱼窝子。

先是用冰镩打冰眼，然后逐渐扩大，但都不得将冰层凿透，留下薄薄一层。到了冰窟窿足够大，再将冰镩掉过头来，一下子将薄冰捅漏。这时候，水就会立即喷涌出来，大鱼儿小鱼儿也会随之涌出。有时只有几条、几斤，有时却可以收获一两麻袋，当然也有空手而归的时候。

乘船到河里下拉网，可是一件十分危险的事。离连队不远有一处河湾，大家都叫它“老鱼圈”——鱼的老窝、老巢之意。一次姜连长和我领几个知青去那里打鱼，船到河流中心开始下网，突然网眼将我的雨衣扣子挂住了。我手忙脚乱地怎么也摘不下来，小船在河里也打起了转转儿。一时竟不知所措，慌乱之中经过好一番撕扯，才将雨衣扣子扯断，好险！惊出了我一身冷汗。打鱼还要做好吃苦的心理准备，有时又不免惊险。

到鱼亮子吃鱼却是一件十分惬意的事情。上世纪七十年代初，正当出鱼的季节，卢黄熙（高中同学，一起下乡，现为某军事院校教授）约我去他所管辖的鱼亮子吃鱼，我欣然履约前往。

蛤蟆叫，脚步轻，惊起一群鸭鸣；走花丛，过草滩，眼前一处河湾。几根木头做支架，外边披着茅草，简陋、实用的鱼亮子就搭建在河岸的草地上。河里泊着一条小船，船上系着一个鱼篓，里边装了大半篓鲫鱼、鲇鱼、鲤鱼和狗鱼。

中午时分，鱼做好了，一锅河水煮河鱼，“咕嘟、咕嘟”地冒着汽泡——开着锅，还准备了一盖帘饺子。饺子是鲤鱼和狗鱼馅，感觉极为别致，味道极其鲜美，再加上这种极佳的环境和氛围，心情自然与平常不同。在鱼亮子吃鱼有一个规矩，就是要把鱼头留给主人，以示尊敬。当然，酒也是要喝的，而且有主人的真诚与盛情，只好不醉不归了……

工地上的婚礼

上世纪七十年代在连队的时候，梁场长是我家的常客，他对我们连队格外关注。每次到十三连都是在我们家吃饭，有时随便弄点什么，有时吃我俩采的蘑菇或黄花菜。他既是我的兄长，又是我的“老师”，而且我们无话不谈。正因为他对我们连熟悉，所以对当年所发生的事才记得那么清楚。他说的“工地上的婚礼”，我既是参与者，又是主持人。

下面是他为纪念农场“六十周年场庆”所撰写的文章：

上世纪六十年代，广大知识青年响应毛主席的号召上山下乡，我场也迎来了多批知青，最多时达五千多人。这些天真烂漫、热血沸腾的青年人的到来，为农场增添了生机和活力，他们既是劳动者又是知识文化的传播者。在这广阔的天地里，他们经受着严寒酷暑和艰苦劳动的种种磨炼，很快融入到农场的各行各业，成为农场经济、社会发展的推动力，并做出了不可磨灭的贡献，留下了许多动人的故事。

一九七五年，农场开展轰轰烈烈的冬春水利大会战，全场各单位齐参战，男女老少齐上阵，广大知青成为会战的主力军。他们喊出了“不怕天寒和地冻，大战冬春不回城”的豪言壮语。那时他们还是二十岁左右的孩子，谁不想家，谁家的父母不希望和儿女过个团圆年？但为了农场的发展，他们放弃了春节回城的机会，满腔热忱地奋战在风雪严寒的工地上。

十三连知青张会臣、张永波是一对恋人，他们同在一个连队，平时相依相恋，互相鼓励，积极劳动，互相帮助。原定这年春节回家结婚，结婚是青年人的一件大事，连队已经批准。快到春节了，可他们却改变了主意，决定要和其他知青一样坚持参加水利大会战。

为了会战与结婚两不误，他们把父母接到连队，在水利工地上举行了婚礼。这一惊人的决定，轰动了整个连队，轰动了整个农场，使连队领导和群众深受感动。当父母来到连队后看到自己的孩子的成长进步，看到连队领导和职工群众对其子女的关心，也非常高兴。连队领导对他们积极支持子女为了农场的发展，坚持参加水利大会战，在工地举行婚礼的奉献精神，给予高度赞扬并表示感谢。

在他们举行婚礼的当天，连队干部、知识青年、职工群众，早就汇聚在水利工地上。工地上红旗招展，人山人海，有说有笑，洋溢着热烈、欢乐和喜庆的气氛。主婚人宣布这史无前例、别开生面的婚礼开始时，工地上掌声雷动，鞭炮齐鸣。仪式最后一项是新娘新郎和家长、连队领导、职工群众一起参加劳动，把这次特殊婚礼推向了高潮。这段故事在农场一时间传为佳话。

虽然这些青年绝大部分已先后离开了农场，但他们的动人故事将永远载入农场发展的史册，他们在农场与职工群众的深厚友谊，永远铭刻在人们的心中。

去年，我在《与雪有关》一文中，也曾提到过这件事：

还是那个七十年代，就在我上边说过的连队北边的小坝上，有一年冬天一个大雪纷飞的上午，举行了一场别开生面的婚礼。婚礼是我主持的，新娘新郎都是知青，参加婚礼的人也大都是知青，时隔这么多年还记得新郎叫张会臣，是鹤岗下乡知青。有意思的是，为了叫“革命化的婚礼”，一对新人的结婚仪式居然就是在水利工地上参加劳动——抬一大筐冻土块（土筐上拴着大红花）。

可惜当时没有照相机，更没有录像，如果把这个场面记录下来，真的可以发表在当年的报刊上。这也是我所参加过的最独特、最难忘的一次婚礼。

时隔多年，两个人还都记得同一件事，说来也有趣。当年的十三连不但有“工地上的婚礼”这样的新鲜事，而且还有一个闻名全场的“铁姑娘队”。

这么多年过去，当年知青也都各奔东西，但这块热土仍然是他们魂牵梦绕的地方。毕竟有人在这里结婚生子，招工上学，参军回城；有人在这里学得了一技之长，学会了做人做事；有人的政治生涯从这里起步，有人的经商之路从这里开始……

聚散总有时，来去也匆匆。对于知青来说，终究只是这里的过客。就像一个兵营，兵总要出发；就像一艘渡轮，船总要靠岸；就像一桌宴席，有聚就有散。

过早凋谢的花朵

电视剧《知青》前天播放到第六集，应该说梁晓声是有生活基础的，那场发生在雨天里的悲剧就十分真实。

看着看着，不由得让我也想起了一件我们刚下乡不久，发生在农场六分场的一次翻船事故，那次惨剧造成十六人死亡，那不是一场天灾，完全是人为的，且完全可以避免。假如不是遇到秋汛涨大水的季节，假如不是一条船严重超员坐上了十八个人，假如带队的那位连长过河时将她们分成两船，假如船上的人能沉得住气而又与有经验的男生同行……一切的假如都不存在，十六条如花似玉的鲜活生命就这样香消玉殒了。

在此后的一个月时间里，为了打捞她们的尸体，农场征用了所有可用的大船，不惜一切代价拦住了宽阔的松花江面。我参加了为她们举行的葬礼，面对着一字排开的16口大棺材，让人既惊悚又震撼。来自浙江瑞安和本省牡丹江的那些知青家长们撕心裂肺的哭号，让人人哽咽，天地同悲。

在农场时，每当我走过那片小树林的时候，总要向那隐秘的深处望上几眼，因为那里埋着一个叫桑卫萍的佳木斯女知青，我们还是同一批下乡的呢。七十年代初，一次她去鹤岗接受传统教育——参观“万人坑”，回来上车时不小心掉下拖车，由于司机疏于瞭望而惨死在胶轮拖拉机的车轮之下。

汤原知青鲁连宾则惨死于一场生产事故，在加工原木的时候，被崩断的大锯片腰斩，肠子都流了出来，现场惨不忍睹。

艰苦加上艰辛，汗水伴着泪水，知青走过了自己的青年时代，没有鲜花也没有掌声。青春啊青春，这是一种别样的青春；人生啊人生，这是一种怎样的人生？

船　　站

凡有江必有船，有船一定有码头，江是船行的路，码头则是船靠岸的家。农场位于松花江北岸，岸边也有一个码头，大家习惯叫它船站，既是货运码头，也是客轮站点。上世纪八十年代初，它是春夏秋三季农场通往佳木斯的唯一通道。我们往返外地也都坐船，既便宜又方便，还可以尽情观赏沿江原生态的迷人风景。

那时农场主要的生产生活资料都要依靠船运，应运而生的是一支规模可观的船队，拥有两艘上千吨的驳船呢。我在粮食加工厂当党支部书记时，厂长老马就是从船队队长任上调来的。

连队冬天的取暖煤也是由驳船运输的，无论离船站远近，每年秋天都要在船站卸一次煤。这可不是一件轻松的活儿，上百吨煤必须在规定的时间内完成。深秋时节，秋风瑟瑟，秋草枯黄，两台胶轮拖拉机拉着我们四五十个男知青，绕道江边开往船站。这是一支招之即来，来之能战，战之能胜，不怕苦，不怕累，有组织性、纪律性的队伍。我们每人都挑着上百斤重的煤上下跳板，来回都是一路小跑。由于甲板的作业面宽阔，同时有两个连队作业，往往我们的干劲更大，效率更高，进度也更快些，显示了连队的团队精神和顽强作风。

一九七四年、一九七五年连队共接收了两批五十多名哈尔滨知青，头一批是我去船站接的，在刚入秋的时候乘船而来。能清楚记得这件事，是因为发生了一件意想不到的事。

从连队到船站有三十多华里的路程，路不好走，尤其是沿江那一段，只好出动东方红拖拉机。那天车上坐着我和另外几个知青，还有已经保送进入佳木斯医学院的金玉珍，她带着一大包行李和脸盆牙具之类的东西。行至离船站一公里处，由于驾驶员（也是佳市知青）路线选择不当，本应该在大树外侧，却偏偏走大树与江岸之间的路线，结果将岸边压塌，车斗倾覆侧翻，将行李和我倒扣在江水里，所幸岸边水浅，找无大碍，可行李却漂在了水面上。

记得很清楚，我没有和金玉珍他们一起跳车，因车斗翻得缓慢，跳车还是来得及，而且车上的人都是听了我喊“快跳”，才跳下去的。当时也不容我多想，却是一个当指导员的职责所在。

清楚记得，那是一九七二年的汛期，王成飞（我的另一半）与另一同乡结伴回宁波探亲，他划船将我们从连队后边的河汊一直送到船站。他是回乡知青，既是我的朋友，也是一个“潜力股”，他们当时是不是一对初恋情人，一直是个疑团。以至于后来有机会追问他们，都或不置可否，或“顾左右而言他”。

茫茫人海之中，寻一知心爱人，有的有缘有分，有的有缘无分，有的无缘无分，冥冥之中，好像有人在做背后操手。成者，天作之合；不成，谁都不怨，皆天命使然。

出　猎

“老夫聊发少年狂，左牵黄，右擎苍。锦帽貂裘，千骑卷平岗。”这是苏轼关于“出猎”的词句，牵黄，即牵着那种体形硕大的黄狗（猎犬）。黄仁礼（一起下乡的“荒友”）是打猎高手，也有一条这样的黄狗。

刚开始这些南北知青们不会、也不想好好干活儿，门前一片几十公顷的玉米地里，留下了许多玉米棒子，竟引来无数前来觅食的野鸡。大雪封门的时候，这里竟成了黄仁礼最好的狩猎场，一个冬天竟能猎得上百只。每只可卖五元钱，真是一笔可观的收入啊，毕竟一个月我们才挣三十二元钱。他舍不得给我们吃鸡，倒是把鸡毛给了我做了一条鸡毛褥子。

我们连队地处偏远，下乡之初仍是一片荒原，经常有野兽出没。除了野鸡野兔之外，最多的是狍子，一次我亲眼所见，在眼前跑过一群，足有十来只呢。“棒打狍子，瓢舀鱼，野鸡飞到饭锅里”，说的就是那个时候的事情。

夏天打猎看枪法，冬天却要有雪地辨踪的本领，看动物蹄印，既可知其为何物，又能知道是何时经过此地的。我的打猎入门 ABC，就是经黄仁礼实地教授，只不过我可不是一个好学生，从来都无所作为。

即已入门，让黄仁礼帮我买了一支旧猎枪——单筒，比利时造。其实，我拿这支枪，只有两次从天上打下过猎物。一天，我俩走在门前大坝上，飞来一只老鸹，举枪，瞄准，扣动扳机，枪响鸟落。

再就是和卢黄熙去鱼亮子吃鱼那次，我们走过一片水塘时，惊起一群野鸭，我俩都拿着枪，两人几乎同时扣动扳机，也巧，竟然每人打落一只。那时才知道，野鸭子还有风鸭（体形较小）和蒲鸭（大而肥）之分。

我的这支比利时单筒，最后还是毁在了自己之手，而且还差点出事。

事情是这样的，一年秋天的一个下午，有人喊我："指导员，你快看看去吧！我们连队跑来一头疯猪！"我顺手抄起猎枪，急忙跑出门，在井沿附近与这厮不期相遇。说时迟那时快，我举起枪，扣动扳机——是颗臭弹竟然没响。这时疯猪正向我扑来，也是经验不足，一时慌了手脚，没处理那颗废弹就又装上了一颗。

只听一声炸响，猪被打死了，枪膛却炸开了一个小孔，把手都熏黑了。既然枪坏了，又有惊无险地被吓一跳，从此告别了打猎"生涯"。后来，他又给我弄了一支，也只作为防身之物罢了，从那以后就没再摸过猎枪。要说这辈子都与枪无缘，步枪打靶总是不及格，手枪射击也多数不沾靶。

半辈子过去，究竟经历了多少危险事，数也数不清，这是其中之一。还有洗澡被水淹过，打鱼被网缠住雨衣扣子，吉普车差点撞了火车，前些天又让轿车压了脚面子……都说"猫有九命"，那么人呢？每个人都会经历无数次死里逃生的事吧？只因为你是一个好人，所以都遇难呈祥、化险为夷了。

他乡遇故知

去年秋天的江南之行，有许多难忘的人和事，去见黄仁礼就是一件。那天是杏英陪着我俩去的。小区里种满了桂花树，满树的金桂银桂，一路的花香扑鼻，一问方知，原来它就叫"桂花小区"。

早就听说黄仁礼病得不轻，已经起不了床也不能说话了。一见面才知道比想象的还要严重，好像已经不认识人了，过一会儿又似乎认出了我，还流出了眼泪。我握着他的手，也不由得掉下泪来，不知说什么是好，也不知说的话他能否听见、听懂。我做了一个打枪的手势，他好像懂了，轻轻地摇了摇头……我不忍久留，匆匆离开，以至于把装在布袋里的水杯都忘了拿。

人哪，无论身体还是感情，竟然如此的脆弱。到了这时候，也只有这个时候，才似乎一下子什么都明白了。他比我小两岁，也是佳木斯知青，与我同一天下的乡，又在同一个连队。他心灵手巧非常聪明，不是木工却会做木匠活儿，也不是技工却车钳铣刨样样都玩得转。

一九七三年我筹备结婚的时候，除了岳母寄来的家具之外，还缺一个炕琴（放在炕上装衣物的柜子，当时很流行的，也是一个大件），是我俩一起到二号老乡那儿买了一块榆木板，又一起扛回来的。制作我就帮不上忙了，全是他一个人干，而且样式和做工一点儿都不比老木匠逊色。

连队有一片片荒原，是那种肥沃的五花草地。每到夏天，在一望无际的草原上，开满了红黄紫粉白各色野花，芬芳灿烂，争奇斗艳，竞相开放。我尤其喜欢那些野百合，当地人叫它红花、黄花、伞落花。当年与黄仁礼在这片草地上牵着大黄狗打猎的情景，恍如昨日。好好的天气，忽然乌云滚滚，狂风大作，暴雨袭来，瓢泼如注，此时空气稀薄，令人喘不过气来。狗也在雨中原地直打转转，冷风呛得我们几乎窒息。

那天我们采了许多黄花菜，虽然打猎毫无收获，却捡了一窝十几个野鸭蛋，翠绿色、水汪汪的。回家后我把它们腌上了，秋天的时候腌制好了，外皮绿莹莹的，打开油汪汪的，既像一件艺术品，又让人唇齿留香。

一九七二年我们十三连与十二连合并，每当回十三连没地方住时，都是黄仁礼把被窝让给我，自己另找地方住。关系虽然如此密切，成家以后却冷淡下来，他也娶了一个宁波女知青，叫阿三。一次，因为阿三工作上的事他气势汹汹地来找我，话不投机就吵了起来，先是他拽我的脖领子，后是我打了他一拳，再就是他骑摩托车到总场告状去了。

二〇〇一年十月，我俩曾去过他们在宁波的家。可能是“他乡遇故知”吧，见面后他显得格外亲，说啥也要留我俩吃顿饭，可时间确实是排不开。谁知十年后再次见面，竟然成了一件憾事。

人哪，好日子就那么几十年，需要倍加珍惜和爱护，既包括事业与家庭，也包括爱情与友情。

知青的“军事演习”

卢黄熙和我是同届同学，又是一起下乡的战友，在学校时还住同一个宿舍，是个很有想法、很有个性、很有抱负的青年。

那是下乡的第二年秋天，我俩在一个连队，他是副指导员，我是副连长。连队分工，我协助连长抓生产，他带一个男排驻守作业站。

作业站在连队的最北边，离连部四里路，是一个只有一栋破草房的作业点。不用说，条件非常恶劣，生活十分艰苦，但他们三十几个人却以苦为乐，斗志昂扬，是一支敢打硬仗的队伍。

麦收以后秋收未到的季节，正是农忙之间一个难得的空闲，本来大家已经松懈下来，想好好休息几天。可这时却出了事，让我们的神经一下子又绷紧起来。

正是青纱帐起的时候，玉米起身抽穗，大豆封垄结荚，路边蒿草蓬蓬勃勃，一片疯长之势。这时节，每到夜晚，也是蚊子小咬最猖獗的时候，它们如影随行，给人们带来的烦恼，总也挥之不去。

一个午夜，卢黄熙率领他的队伍向连队进发了，奔袭的目标是另一个男排。为此，首先剪断了通场部的电话线，接着封堵了连部的门窗，把指导员唐克也堵在了屋里。好在那一晚我出去开会，没在连部住。

随着几声清脆的响声（其实是鞭炮响），把人们从梦中惊醒。唐指导员推门不开，电话也打不出去，又不知发生了什么事情。他们将排长刘铁军抓起来，捆在了电线杆上，对于发生的事情他懵懵懂懂全然不知。没多长时间，就让蚊子小咬咬得全身都是包——只穿着裤衩背心。

这事可非同小可，尤其是切断了电话线，在当时几乎不可原谅，可以安上一个“破坏军事设施”的罪名。终于惊动了总场领导，派人下来调查，可老兄却振振有词，美其名曰：搞军事演习。弄得领导哭笑不得，最后还是网开一面，批评教育了事。

虽然这场“游戏”并未造成什么严重后果，上级没给处分，指导员也原谅了，刘铁军也只是抱怨一通，但在无形之中却改变了一个人的人生。一九七三年，卢黄熙和刘铁军分别被推荐上广州中山大学哲学系和数学系。工作了几年后卢又考回母校，当上了杨荣国的哲学研究生，毕业后分配到海军某舰艇学院，直到当了教授（大校军衔）。我后来问过他："这跟你那次搞的'军事演习'有没有直接关系？"他笑而不答……

去年秋天我和老伴回宁波探亲访友，正巧卢黄熙带着学校的离退休干部到杭州旅游，抽空也到宁波一天。因那天我去了舟山普陀，错过了见面的机会。我的连襟雪峰与连队的"荒友"一起，请他吃了顿饭聚了聚。第二天我回到宁波给他打了一个电话，他抱怨说："你也不在宁波等着我……"

打仗是男孩子爱玩的游戏，记得小孙子两岁时，看电视就爱看打仗的。在小时候玩打仗的，谁都不愿意当"美国鬼子"。虽然当年被称作"下乡知青"，其实也就是那么一帮大一点的孩子。

大老曲和小老温

当年知识青年上山下乡，并不都是老三届的在校生，还有一小部分社会青年，从街道报的名。他们中不乏中学毕业后尚未就业者，也有文化程度很低甚至智力不健全的人。我们连队就有两个，年龄一大一小，个头一高一矮，一个绰号"小老温"，一个人叫作"大老曲"。"小老温"来自温州，瘦小枯干；"大老曲"由佳木斯下乡，膀阔腰粗。

一个冬天的早晨，有人向我报告说："指导员，你去看看吧，连部后面的草炭堆里有人养了一群鸡。"这是一片面积有数公顷的水泡子，夏天周围全是漂浮在水面上的草筏子，人走上去就会陷入灭顶之灾。

然而，它却蕴藏着丰富的草炭资源，而草炭土是上等的有机肥料。那时正值学大寨的高潮，冬天除了挖沟、筑坝、修水利之外，就是积肥刨草炭土。水泡子的冰面上，到处堆积着小山一样的土堆，它们被堆砌得方方正正，而且四面到处留有缝隙，就像孩子们玩的搭积木游戏。

毕竟离连部有一华里的路程，一个大水泡子冬天又积满了没膝的深雪，平时很少有人到那里去。到近前一看，还真的有七八只鸡养在草筏子搭建起来的鸡窝里，而且羽毛鲜亮活蹦乱跳的。经过深入调查，有人发现大老曲经常去那里转悠，找来一问果然是他。鸡是花钱在附近老乡处买来的，动机也很简单，喂肥了杀着吃。

那时，我们连队的知青，经常骚扰邻近的村屯百姓，不是抓鸡逮鸭就是偷大鹅，回到宿舍用脸盆炖了吃。食堂伙食差，没有新鲜蔬菜不说，还见不到油水。特别是冬天，不是冻白菜汤，就是黄豆煮海带，吃得大家苦不堪言。这样一来，附近百姓和本连家属就遭了殃。我经常接待来投诉的人，又不得不睁一只眼闭一只眼，实在被逼无奈才抓紧“破案”。要说大老曲还算老实的，自己养了吃（没人来找过，暂且相信他自己所说）。

别看大老曲平时沉默寡言，可做的事情都是出人意料的惊人之举。新开河是连队与南面老乡的一条界河，平时总是干枯的，只在汛期才涨满水。一年秋天，有人发现干河床里面有一麻袋小麦（足有二百斤），大家又把怀疑的矛头指向了老曲，一经调查果然又是他。

连队场院离案发现场足足有两千米，之间全是收割后的庄稼地，并无道路相通，大家都疑惑不解的是：他是怎么把它运过去的？经调查确定一个人所为，并无同谋者，看来此人腰宽背阔，身大力不亏。至于目的嘛，只为卖几个钱花花。

这么多年过去，正经事几乎淡忘，留在记忆深处的多是一些不值一提的小事。然而，正因如此，才摆脱了当年的无聊与寂寞，使得生活既精彩纷呈又颇具兴味。

生活犹如戏剧，既需要主角也需要配角。然而，在一定条件下，在经过了一段沉淀以后，主配角完全可能互换，此时你会发现，配角的精彩甚至胜过主角。

当时，我们每人每月的工资都是三十二元钱，有的职工用这些钱要养活一家人，可“小老温”半个月就花完了，不但是“月光族”，而且还是一个“无产者”。连下乡时发给的棉衣和被子，都换成吃的装进了肚子里。就是每年领取的劳保用品（棉鞋与手套），也和老乡换成了小鸡。这还不够，他经常光顾附近村屯，偷抓人家的家禽。干这些事多数是自己所为，当然也有受别人指使的时候。

虽然这种行为丑恶，为人所不齿，但有时却具趣味性。有人告诉我这样一件事，北大荒的冬天，长夜漫漫，百无聊赖，围炉闲聊之余，宿舍里的人们开始琢磨事了，往往这时都是“老疙瘩”（佳木斯市知青）主意最多。他写好了几张纸条，将其团成纸团放在手心里，如果谁抓到写有“抓”字的，谁就得去抓大鹅。对庄家来说，这是个只赢不输的游戏，有点缺心眼的“小老温”总是第一个伸手，又总是第一个抓到那张写有“抓”字的纸条。

转念想来，人生又何尝不是一场游戏？在利益的诱惑面前，最先伸手的人，往往就是那个被戏弄者。

都说“兔子不吃窝边草”，这却是一群吃窝边草的人。第二天失主找到连部，案件很好破，“堡垒最容易从内部攻破”嘛！我让参与者赔了四只大鹅的钱，又向人家赔了礼道了歉，总算了事。

离我们最近的村屯叫“二号”，是一个河南移民村，经常丢鸡丢鸭丢大鹅，自然想到这些知青们，总来告状。一次他们又来了，是跟踪而来，我领他们到男宿舍去查找，果然在板铺底下发现了这些赃物。那几只大鹅还活着呢，只是脖颈被扭转过来插在了翅膀下，说来也够可怜，既然被人“曲项”，就无法“向天歌”了。

一个人有一个人的活法，“小老温”无忧无虑活得也很滋润，平时总爱唱几句革命样板戏《红灯记》中李玉和的唱段：“临行喝妈一碗酒，浑身是胆雄赳赳，鸠山设宴和我交朋友，千杯万盏也会应酬……”每当大家高兴时就逗他唱一段，却难免引来阵阵笑声。

几年前到大庆去，受到知青老战友希明的热情接待，当时他正在市公安局副局长的任上。席间说起当年连队那些事儿，不免提到“小老温”。他说：“这小子什么活儿都不会干，也不愿意干。饭票都是我给他管着，不然几天就花光了。”我说：“你上学走后，这些事是我接着管的。”我们连最初是一个独立排，希明是排长，我则是后来成立连队时才调去的。“也不知道他现在怎么样了？”希明随口说了这么一句。去年秋季去温州时，我曾问过当年他们一起下乡的“荒友”，有人说“已经不在了”，也有说“不知道下落”的。

最后，我想说一句，有人将当年偷鸡摸狗之类的劣迹当成知青的罪状，以至于几十年后仍在向他们泼着脏水。暂且不说这些并不是知青的主流与全部，仅就他们还都是一些孩子这一点来说，也值得而且应该原谅。允许年轻人犯错，更允许他们改错，这是我们社会的一种坦诚与美德。

电的故事

我已经说过了，我们连队地处偏远，中间隔着一个村屯，是农场刚刚开发不久的一块飞地。人员构成虽然比较复杂，既有干部也有工人和家属，却是以下乡知青为主。生活艰苦是出了名的，吃的是黄豆煮海带和冻白菜汤，住的是茅草房和帐篷，喝的是用辘轳打上来的井水。

这都算不了什么，最让人受不了的是没电，买不起蜡烛（也没见有卖蜡烛的），只能点煤油灯，还好，是那种带玻璃罩的马灯。不过，用不了一个晚上，每个人的鼻孔就被熏得黑黑的。一次，附近连队的吴大夫晚上来看病，回去就和大家说：“你没看见哪，十三连的人个个脸和鼻孔都黢黑黢黑的，像鬼似的，怪吓人的。”

其实，不仅仅是日常生活，农业生产更离不开电。为了解决这个困难，只好用柴油发电机组发电。原来只觉得成本高，电压不稳，且故障频发，没想到安全更是个大问题。我们用的是铜裸线，架设得高度又不够，存在着极大的安全隐患。有一天，果然就出了事，万幸的是没出人命。

一九七五年夏天的一个上午，王成飞领二十多女知青在苗圃干活。九点多钟，忽然阴云密布，雷声大作，眼看要下雨了，知青们都躲进了宿舍，我则回到家里，此时正坐在那把转椅上。“咔嚓”一声，一个炸雷响过，只见头顶上的电线冒出一股火来，我立即被掀翻在地。好像通了电似的“突！突！突！突！”地浑身发麻，只觉得手臂软绵绵，延长，延长，无限延长……我想：这下子完了！不过只几秒钟，我站了起来，脚底下却像踩着一团棉花，轻飘飘的。

我走出家门，房头对面就是知青宿舍，我想喊人说我受伤了。这时出来一个人朝着我喊："指导员！快去看看吧，有人被雷电打死了！"我也顾不得自己，急忙来到女生宿舍，一看大王秀兰（她个子小年纪大些，还有一个小王秀兰，膀大腰圆的）正躺在地上。我把她抱上炕，其他人给她整理了一下衣裳，她才渐渐地苏醒过来。

我正忙着，又有人来报说："刘继良在老严头家被电打倒了！"我赶忙跑了过去，一看，是电线漏电从脊背穿过，留下一条浅浅的沟痕，所幸人也无大碍。

原来是雷电直接击打在外边的裸线上，强大的电流立即输送到沿线各处，才造成这样的后果。据宿舍的男生说，当时站在地上的人都跳了起来——地上都通了电。

虽是一场虚惊，却也惊动了农场领导，当晚便派人前来慰问。我们也抓住这个机会向上级反映：尽快解决电的问题。

我和场供电所的领导去了两次新华农场（兵团二师十六团），为的是缩短架线距离（可以缩短一半），也因那是一条动力线，供电常年有保证。最后，他们同意在伏尔基河的两条大坝之间，从排灌站扯一条线过来。我又领着十几个男知青，秋天的时候，在齐腰深的水里作业，经过十几天的奋战，终于将线路架通了。从此，不但告别了煤油灯，也再不用提心吊胆被雷击了。

大战北片泡

在我的《回忆录》中，曾提到"大战北片泡"这件事，符艳珍的文章也说起过。但我一直对为什么要兴师动众、大张旗鼓地搞这个工程不甚了解，"排干水，好开荒"是我知道的唯一理由。

二〇一〇年八月场庆的时候发了一本书——《神奇的土地——梧桐河》，里边有梁文帜场长的一篇回忆文章，其中一篇说的就是这件事。当年我是一个积极的参与者，又是一个工段的指挥员。一九七四年到一九七六年的三年会战期间，我正在十三连担任指导员，曾两次带队参加"大战北片泡"，而且就驻扎在离工地最近的十一连。

关于当时的背景，还是看看梁场长是怎么说的吧。当然，作为当年主管农业的场长，他最了解情况，也是最有资格评说的。

上世纪七十年代，曾经有一组歌曲响彻梧桐河大地，它之所以能震撼人们的心灵，并不是曲调多么优美动听，而是由于这组歌是由知识青年、机关干部、农场职工和学校师生近五十人演唱，歌颂了梧桐河人民发扬大无畏的革命精神，开展轰轰烈烈水利会战的动人事迹，这组歌叫《英雄大战北片泡》。

北片泡是由一、三、六、九、十八连以北，八、十一、十四、十五连以南的大小泡泽组成，面积约30平方公里。一引干以北和五、七、十二、十一、十五连的田间排水都注入北片泡，再通过六十年代修建的三排干排入松花江。由于没有畅通的排水通道，每逢雨季，北片泡水位一上涨，总有大片农田被淹。

为了减轻涝灾的影响，也是扩大耕地面积的需要，农场党委决定，从一九七四年开始用三年时间，修建一条能把北片泡大小泡泽连通在一起的排水干线（三排干的上、中段），将积水注入三排干下游再排入松花江。

疏通北片泡是一项梧桐河农场建设史上的宏大工程，条件恶劣，生活艰苦，施工难度大，而且没有机械全靠人工作业，夏季不能施工，只有上冻后的冬春一段时间。如果靠镐刨，不知到哪年哪月才能修通，唯一的办法就是搞冻土爆破，再用人工把冻土搬走，这就需要大量的人力。

所以党委决定，全场总动员，各行各业，各个单位齐参战，男女老少齐上阵，开展大会战。于是，施工期间每天都出动知青、职工、学生三千多人，奋战在五公里长的水利工地上。“斗严寒，战三九，牵着龙王鼻子走”成为当时的行动口号。

要知道那时候冬季的气温比现在低得多，一般都在零下三十多度，最低达到过零下四十二度。滴水成冰，哈气成霜，每个人的帽檐、眉毛都挂着冰霜，尽管面对面也分不清谁是谁。中午要在工地吃饭，馒头、大饼，带点咸菜、咸蛋，用布包好，围在腰间。没有水，渴了就吃冰块。在劳动中，有不少人的手、足、脸、耳、鼻被冻坏或被冻土碰伤。

我连的一个叫张忠志的佳木斯知青，在放炮的时候，不小心导火索引燃了放在裤兜里的雷管，差点把命根子给炸掉。还是我领人把他抬到附近的十连卫生所，进行了紧急处理，所幸并无大碍。

一九七六年十二月的某一天，各单位的参战人员早早就来到了工地，中学女生王秀英也和其他师生一样在紧张地劳动。这时候有个单位要放炮，在躲避放炮的时候，她的头部被三百多米外飞来的土块砸中，当场牺牲，为了梧桐河人民的幸福，献出了年仅十七岁的生命。

经过三个冬春的大会战，开挖土方近四十万立方米，北片泡疏通了，三排干贯通了。以后又经过拓宽、配套建设，积水排除了，大大减轻了涝灾，并为拓垦荒原打下了基础。

凡是经历了那一段历史的农场人，都不会忘记这场既艰苦又豪迈的大会战。它是一张认识和感知梧桐河的名片，它是一条联络感情和发掘故事的纽带，它是当年参战者自豪和夸耀的资本。

从荒原走过

春天，杨柳青青，野花盛开；夏天，草木葱茏，青纱帐起；秋天，麦浪金黄，豆荚摇铃；冬天，大雪纷飞，茫茫苍苍。可我们刚到这个连队的时候，这里却是荒原一片，尽显原始状态。

你见过荒原吗？它有别于草原之处就在于，既有那种“风吹草低见牛羊”的风景，又抓起一把土就可以攥出油来。

记忆带回上个世纪七十年代，我曾经就这样地走进和走过这片荒原，去踏查可以开垦的黑土地。那是一个冬天的日子，雪野荒原，惟余莽莽，蓝天白云，一望无际。雪把一切都覆盖了，不见了那美丽的五花草地，不见了那没腰深的芦苇荒草，也不见了陷人的漂筏甸子和恼人的塔头墩子。

参加踏查的还有几位长辈：我俩可称父子搭档的老郭连长；具有丰富

生产经验，当过多年分场生产干事，号称农业通的老刘队长；佳木斯知青副连长赵文义；宁波知青连队统计李幸福。

我们一天时间，行程几十里，在雪深没膝的荒原上行走，深一脚浅一脚，步履十分艰难，饿了啃一口干粮，渴了捧把积雪嚼嚼。在回来之后，我曾写了一首《荒原踏查歌》，开头几句是：

白云在引路，
荒原在招手，
一支小小的队伍，
向着远方走……

你从哪里来？要往哪里去？我向荒原走去，我从荒原走过。头顶蓝天，脚踏草地，目视前方，怀揣希望，把自己交给大地，交给苍茫。

荒原辽阔而深远，荒原苍老又年轻。荒原芳草绿，荒原花如潮。梦想犹如狂奔的野马，把你带回记忆的远方。思绪好似涌起的波浪，带着甜蜜和忧伤。

创业艰辛总与荒原开发相伴，一犁黑土总能播下丰收的愿景。

开垦是播种的原因，收获是播种的结果。创业是幸福的源头，幸福是生活的花朵。因为年轻，所以要创业，现在则到了享受果实的时候。没有耕耘，哪儿来的收获？没有创业，哪儿来的成功？这尽人皆知的道理，行走才到真正懂得的时候。

在一定意义说，我们都是从荒原走过来的，又都是开垦过土地的人。有过第一犁开发的艰辛，也有过第一次收获的喜悦。这是一笔宝贵的、可以享用一生的财富，这是一次骄傲的、可以炫耀一生的经历，它不但是物质的，更是精神的。

捡“老等”蛋

杨立夫是我的同学、同乡，又是同一天下的乡，他爱人是比我低三届的初中校友。上世纪七十年代，他在三分场教书，也是我路过的必停之处，一定要在他家吃一顿饭才让走。立夫和云昌（也是佳木斯下乡知青）是邻居，也曾是同事，我与云昌相识还是立夫搭的桥。这次场庆名单上有立夫，但却没见到面。

读到云昌的一篇回忆文章，让我思绪难平，感慨万千，他就是我曾经说过的：已经与我们挥手告别的“掉队者”。《捡“老等”蛋》写得清新明快，真实有趣，不愧是一个老笔杆子。

一九七○年五月下旬的一个星期天，我的一个学生叫林坤，是个十五岁的活泼少年。他从小生长在农场，捕鱼捡鸟蛋样样在行。他领着我到附近的一个大芦苇荡捡老等蛋。所谓“老等”是一种水鸟，学名叫“白鹳”，因为老伸着脖子在水边等着捕鱼，所以人们称其为“长脖老等”。同行的还有我们一起下乡的赤脚医生毛书山。我们打着绑腿，穿着水靴，背上挎包，带上干粮，直奔无边的大苇塘而去。

一场春雨刚过，杨柳发青，春草发芽。草甸子上开满了各种野花。艳阳驱散了晨雾，微风吹皱了水面。芦苇边上的大水泡子里挤满了各种水鸟，其中老等最多。他们一个个支着两条细长的腿站在浅水里，长长的嘴贴近水面上呆呆等着游到嘴边的鱼虾，样子真可笑，难怪人们叫它老等。

几只灰鹤站在水边，安详地用嘴刷毛。一只浑身雪白、冠顶鲜红的丹顶鹤单腿直立，伸脖瞪眼，警惕地向远处张望，看到我们到来，长唳一声，凌空而起，其他水鸟也立即四散飞进苇塘深处。

我们钻进苇塘，风吹苇叶沙沙作响，远处传来各种水鸟的叫声。突然几只野鸭在我们面前“嘎嘎”大叫着冲天而起，脱落的羽毛在空中飘舞。“野鸭抱窝了！”林坤跑上前去，扒开草丛一看，八个野鸭蛋，用手一摸，还热乎乎的。又往前走了一段路，小毛突然停住脚步，向我做了个手势。只见一只大雁安详地趴在窝里，正在孵蛋。小毛蹑手蹑脚走到它的后边，一下子抓住了它。我拎起来掂量一下，有六斤多重，窝里还有四个雁蛋。

我们继续往前走，在苇塘深处，终于找到了老等下蛋的地方。老等喜欢群居，它们的窝一个挨着一个，连成一大片。每窝里都有几个蛋。老等蛋和鸭蛋大小相似，皮是绿色的。我们就像在养鸭场捡蛋一样，不一会儿就把背篼装满了。我背着背篼，小毛拎着大雁，林坤引路，兴冲冲地回家了。

我也在草甸子上捡过野鸭蛋，也是热乎乎的、绿皮的，也刚好是一窝八个，回家就把它腌上了。一个月腌制好了，油汪汪、黄莹莹的，可好吃呢。在那有鸡没鸭子的年代，这可是难得的美味佳肴、上等的下酒菜啊！

也许是野趣野味的吸引，也许是多彩生活的感召，也许是命中注定就有这么一劫。七十年代末的一天，云昌在三分场附近的河边用自制的土装置炸鱼时，发生了事故，上半身被严重炸伤，并且生命垂危。还是在场的立夫把他从几公里远的河沿边背了回来，然后，农场不惜代价、倾尽全力挽救了他的生命。可惜可叹的是，云昌的这场人生悲剧，毕竟留下了终身残疾，也让他未得永年。

打荒火

昨晚，四十五集电视连续剧《知青》大结局，主要讲了两件事。一是陕西坡底村发生了二十年一遇的洪水，在北京知青党支部书记赵曙光的带领下，及时转移了全村百姓，无一伤亡。二是黑龙江兵团七连附近突发荒火，女排方排长发现并带领几名女知青奋力扑救，连长指导员闻讯后率全连战士及时赶到，经过一场恶战，终于扑灭荒火。

也是无巧不成书，这几天我的脑海里，经常转悠的也是这两件事：水与火。

魏振华是我们农场七十年代初几个最年轻的连队指导员之一，只是时间上比我稍晚一点。在连队他确实是干出来的，据说冬天修水利刨冻土，干到来劲的时候，曾甩掉棉衣光着膀子。在他的回忆录里，就有打荒火的具体描述，其中一段是这样写的：

> 我印象最深的一件事是一九七二年发生的打荒火战斗。当时，农场的耕地面积没多少，内涝排不出去，各分场、连队只能挑高包（高岗地块）种。到处是草甸子，草原连着树林子。这年春天，由于职工烧荒不慎，导致跑了火，火势蔓延，直扑树林，并且威胁到了家属区的安全。
>
> 分场立即组织知识青年、职工，由张金贵等一些老干部带领前往现场扑火。火借风势，风助火威，越烧越猛。人们用树条子、麻袋片等工具奋力打火，我们这些刚下乡的知青在家里哪见过这阵势，腿肚子直突突。但张金贵不愧为久经沙场的老兵，沉着冷静，镇定自若，用麻袋片非常有效地打灭一个个火点。突然一阵旋风起，大火冷不丁地向人们迎面扑来，我吓得不由自主地赶紧跑到张金贵的身后，这样心里才踏实……

我也经历过同样的场面，火借风势，风助火威，噼啪作响，惊心动魄。而且确实如他所说的，那年头经常“跑荒火”，打火就成了家常便饭。

开春的时候，我常和刘队长跑地号，他有一个习惯，就是无论走到哪里，只要看见荒草或者没收拾干净的秸秆，都要掏出火柴点上一把火。我真担心跑荒引发火灾，幸运的是那几年还从未发生。不过，每年都要着一次荒火的，夜晚看去，有时远在天边，火红火红的燃烧成一条火线；有时又近在眼前，那荒火看样子马上就要把我们所在的连部吞噬掉，让你觉得无处躲藏。

我们十三连最危险的一次是在七十年代初的一个春天，由于连队是初建，只有一栋草房，房后就是草甸子，一来荒火就让人极度紧张。有那么一天，不知是怎么引起的，也不知从何处而来，突然大火就烧过来了，等到发现的时候已经逼近了连队这栋唯一的房舍。为了保住我们的全部家当，全连男女知青、职工和家属全部出动，大家奋力清理出一条隔离带，并用人设立了一道防火墙。好在风向突然转变，虽已经搞得大家手忙脚乱、焦头烂额，但有幸老天帮忙，还是逃过了这一劫。

我们的婚礼

绝大多数中国人，一生可能只迈入一次婚姻殿堂，但从小到大却参加过无数次婚礼。昨天（是个好日子，周六又是二月十八）我就参加了一个朋友女儿的婚礼。

礼花四射，鞭炮齐鸣，高朋满座，酒宴丰盛，钻戒与情侣表互换，银箔和香槟酒齐飞。音乐和主持人的声响震耳欲聋；视频与闪光灯的亮光，晃得人眼花缭乱——这就是与时俱进和花样翻新的婚礼。

说这些只是发发感慨而已，不过，倒是让人想起我们结婚的一九七三年五月一日。整个春天都是阴雨连绵，那天也下着小雨，来参加婚礼的同学在“二号”（离连队四里路的村屯）就被隔住了，有人给他们送去雨靴才蹚水过来的。

下午，连队派了一台东方红拖拉机（履带式）拽了一个拖斗，才把他们送走。要说这些同学，当年可都是“潜力股”，后来在事业上大有作为：卢黄熙广州海军舰艇学院教授，广忠唐山理工大学教授，文佳河南旅游集团公司副总，刘坚佳木斯工学院总务处处长，玉福农场场长兼党委书记……

为了招待这些远道而来的同学、战友，只简单在家里摆了一桌，食堂杀了一口猪让所有知青改善一下伙食。这些事都是我们一起下乡的副连长孙远太安排的，包括整个婚礼与接待。

结婚时的家具，除了炕琴是黄仁礼给做的，写字台、书柜和一把转椅，都是岳母从八千里之外的宁波托运过来的。这几样老式家具，还是成飞她爷爷留下来的，木料上等，做工精细，古色古香，南味十足。可那把本不起眼的转椅，却给成飞带来一点点的麻烦。

一次农场党委张丙武书记来连队到我家，坐在转椅上来回晃了几圈儿后，对成飞说：“有人反映说，你家有一把转椅很‘高级’，是过去资本家才能用的。看来不过如此，很一般嘛！”当时成飞是农场党委委员，与书记很熟，我又是连队指导员，场领导到我家来是常事，可这次好像并不仅仅是串门的意思。

结婚没有房子怎么办？还是在谈恋爱的时候，冬天里的一天，我俩坐在满是积雪的场院上，看着不远处的一排简易茅草房，我说：“我们结婚时，能有这样一间房也就知足了！”连队把连部腾了出来，给我们做了临时新房。想不到，有人向上级反映说：“指导员结婚，把连部给占了。”

我们一南一北的结合，当年虽不是唯一的一对，却堪称典范。后来这种打破南北地域界限的婚姻，仅我们连队就出现了好几对，如绍烈和秀杰、仁礼和阿三、德利和阿胖、克士和大邢等。真的要感谢这场上山下乡运动。

爱情是一个故事，婚姻是一种承诺。“执子之手，与子偕老。”

圆　梦

看了电视剧《知青》第三十八集，关于知青上学的件件往事，仍然记忆犹新，恍如昨日。现实中的事，却不似剧中场面那样具有戏剧性，情节也没有那样错综复杂。

我在连队担任指导员，刚好主持知青上学这件事。不过，我们的做法有点特别，就是不搞选票那一套，而是首先让各班排知青和职工，经过反复讨论提出人选，最后由党支部确定。这就把广泛听取群众意见，与党支部的集中统一结合了起来，从而避免了拉票、贿选等不正之风。

对这类事情的评判标准，就是看最后的结果是否符合大多数人的意愿而被群众所认可、所接受。有没有因此而上访告状的，又是一个最直接的检验。我们先后推荐了副连长希明，排长广中、金玉珍，赤脚医生李方惠和彭白雪，哈市知青吴丽娟等上了大学或中专。

一个主要领导的魄力，就在于处理复杂问题的能力，有没有那种既坚定果敢又游刃有余的态度；有没有既能发扬民主，听取不同意见，又善于集中，敢于排除干扰，做出决策的办法。

恢复高考的头一年，我也是被推荐的对象，但在体检时因血压高而未能通过，第二年我就在连队结婚了。以同样原因被淘汰的卢黄熙，第二年却考上了中山大学，后来又读了研究生，师从于著名的哲学家杨荣国。吕广忠是我的高中同班同学，推荐他可以说是“内举不避亲”了，况且他的表现也确实突出。他是北京钢铁学院毕业的，一直在大学任教，退休前系唐山某大学教授。

圆我的大学梦，还是十二年后的一九八五年，参加司法部组织的全国统一招生考试，考取了中央劳改劳教管理干部学院（现中央司法警官学院的前身，校址在保定）。学生来自于全国二十九个省区市监狱系统的在职干部，目标是培养合格的监狱管理人才——监狱长。我们是首届一班（共五个班），三十九名同学来自东北和华北的七省市区。由于是成人大学，学校实行的是学生自我管理模式，因资历和职务的关系，我（班里唯一的副处）被选为班级党支部书记。

一场史无前例的“文化大革命”，粉碎了多少有志青年的大学梦，多少老三届初高中生的才华被埋没，被葬送。在“广阔天地接受再教育”的日子里，有谁还敢做这个大学梦？总算老天有眼，少数人终归得以圆梦。然而，每个人从推荐考试入学到大学毕业，又都是怎样艰辛走过的，只有自己知道，但他们毕竟是幸运者。

路

什么是路？“其实地上本没有路，走的人多了，也便成了路”，这话用在我们与老乡（当地百姓）之间的“那段路”，最为合适了。

当年，十三连要到十二连和总场去（前者六里，后者三十里），一号是必要经过的，那时也没有什么正经路。所谓的路，就是人走出来的乡间小道，再由牛马车碾压而成的，不但我们走，老乡们下地到田间也走这条路。这样的路，其条件就可想而知了，每到开春和雨季，总因泥泞不堪，难以通行，让人苦不堪言，却又非走不可。于是老乡的庄稼便遭了殃，为此双方冲突不断，结怨甚深。要想改变这种状况，必须尽快修出一条像样的路来。

一个深秋，大地庄稼全都收拾干净后，我带着一台履带式东方红拖拉机，拖着大型开沟犁，趁着夜色开始作业了。驾驶员是佳木斯知青叫刘大军，一个高个子，长得眉清目秀，有点天不怕地不怕的小伙子。

事先我们已经观察好了标的物——老乡南场院一个电线杆上的灯光。天完全黑下来，我们从连队出发，可是接近目标时一看，坏了——这时亮的灯却是北场院的！差之毫厘，谬之千里，沟开斜了，本来是想趁其不备来个突然袭击造成既成事实的。如果第二天一早被他们发现，重新再来是不可能的，只能等待明年了。

转过年的秋天，老乡已经有了思想准备，还是我们俩，还是那台拖拉机和开沟犁，这次我们不再偷偷摸摸，而是大白天公开作业。机车走到他们地界时，一群手拿镰刀的老乡把拖拉机团团围住，还有趴在机盖子上的、坐在机头前面地上的，更有甚者挥舞镰刀威胁我们。刘大军手持大扳手，跳出驾驶室，与他们对峙。我怕真的动起手来，赶忙上前拉架，虽避免了一场械斗，却又无功而返。

其实我们修好这条路，对双方都有益，有些社员看到的只是眼前利益。最后，还是我出面与他们大队干部交涉，才得以解决。我们把路按照规划修得直直的、宽宽的，两边还修了排水沟，路面垫得平平整整，看到一劳永逸的“工程”，老乡们当然也很高兴。

与老乡插花交界，是最让人头疼的了，相互磕磕碰碰是常有的事，搞得不好就会殴斗起来，在别的地方知青与老乡械斗伤人的事并不鲜见，也不时耳闻。我刚到十三连那年秋天，一个叫“小木匠”的知青，就在护秋的时候，将一个附近村屯的妇女打成重伤。从那以后，我们行事更加小心谨慎和提心吊胆了。

当然，我们这些知青，也不是省油的灯，夏天偷瓜偷菜秋天偷苞米，冬天摸鸡摸鸭摸狗，骚扰老百姓的事也时有发生。说句良心话，这些老乡却从未因此而对知青动过手。为什么让我们“接受贫下中农再教育”呢，这也是其中的一个原因吧。

中国农民最可怜，中国农民最可爱——我同意这个说法。电视剧《知青》中的陕北坡底村人，就是他们之中最典型的代表。当年发生在我们身边个别农民偷盗农场粮食的事，又何尝不是迫于生计的一种无奈？

枪的故事

上世纪七十年代还没有禁猎，在我们下乡的那个地方，因是一片草莽荒原，尚未开发，有猎枪的人很多，猎物也很多，如野鸡、野鸭、天鹅、大雁、狍子、野兔等等。

我说过，我的枪法可不敢恭维，也并未有什么突出的“战绩”，一只野鸭、一只老鸹而已。还有，一只闯入连队的疯猪被我消灭，为此付出的代价却是枪管炸裂，还差点搭上一根手指，从此便金盆洗手结束了打猎生涯。

关于出猎，印象深刻的还有下乡之初的那年夏天，我和卢黄熙去他所管辖的鱼亮子吃鱼，每人背了一支猎枪，准备“搂草打兔子”，顺便碰碰运气。路上有一片水泡子，四周长满没人深的蒿草、芦苇。我俩小心翼翼，蹑手蹑脚，屏住呼吸，悄悄靠近。

突然两只野鸭“呼啦啦”地飞了起来，随着两声枪响：他打中了，一只野鸭应声而落；我也中了，心跳不止。枪响的感觉，就和钓鱼时鱼咬钩一样让人激动，即使是吃鱼的时候还想着那声枪响呢。

关于枪的另外几个故事，却都与打猎无关。

一九六九年汤原县组织民兵连长集训（当时农场的武装部属县里管辖），时间半个月。打靶是训练的最后一个科目，用的是步枪，我的成绩差得很，满分是十枪十环，而我平均每枪一环。从此知道打枪非我强项，只能是一块短板。虽然还带着孩子般的玩心，当时的兴趣并不在打靶上而在于捡子弹壳上。

在保定警官学院读书，军事是必修科目，其中便有手枪射击。先教理论，再熟练姿势，拆卸部件，最后是打靶。打靶时用的是“六四式”，七发子弹，我还是只有一发命中。教官是我们的学生部主任，部队团参谋长转业，因我是班级党支部书记，平时与他接触较多，很熟，关系也很好，他看了看我的枪，以为枪有毛病（我是第一个打的），他拿过来连试五发，发发十环，在部队时他就是神枪手。

“老李，枪没问题!”他对我说。最后，他在成绩单上还是填了个“及格”。“这辈子枪法是不会及格了。”我想。

不过，枪法差也有它意想不到的好处，有件事，一想起就感到后怕。

那是一九七三年，黄玉福在农场公安局任职，卢黄熙上大学还没走。有一天中午，我们几个同学聚到黄兄家吃饭，看到他的手枪放在炕上，我拿了起来。在我的头脑里有一个概念，就是空枪也不能对着人（得益于参加过军事训练）。当时地下站了一圈人，一小块空地被几只脚插满，只留脚下那丁点地方，我无意识地对着空地扣动一下扳机。这时子弹早已在枪膛里，说时迟那时快，一声枪响，把大家都惊呆了、吓坏了，黄大娘吓得一屁股坐在了厨房的柴火堆上。真险，我的对面就站着卢黄熙，他过几天就要去广州中山大学读书了。

在现实生活中，或许每个人手中都拿着一把枪，人人都在瞄准自己的猎物，一个捕获了又盯着下一个。既会有枪法差的，也有运气不佳的，结果虽大不一样，但就是不能走火。

我与工作队

我们这代人，许多人都有参加工作队的经历。

我第一次参加工作队，是一九七〇年初，因胳膊摔伤住院治疗，出院后没能再回十二连，而是直接进了场粮油加工厂整建党工作队（十年后我在这个单位担任了十个月的党支部书记）。当然，在工作队里，虽只是一个跑龙套的小角色，却让我经了风雨，见了世面，开了眼界。

再一次就是一九七三年参加鹤立河农场整建党工作队，领队的是农场党委副书记李敬宾（牡丹江下乡知青），我俩分在同一个组，每组只两个人。我们进驻的单位是农场直属队，他们搞种菜、养鸡、木材加工等，既有工业，也有农业和畜牧业。时过多年，工作上的事已无印象，我俩又都属平和、中庸之人，“尽力维持，绝不找事”，这就是我们所秉持的原则。

而最让我们伤脑筋的，却是吃的——吃不饱。原本和我们一样，他们场的前身也是劳改支队，也以改造犯人为主，也种植水稻，也号称“鱼米之乡”。接收了大批知青以后，由于自然灾害等原因，大米没得吃了反而要吃返销粮。吃惯了大米，哪里咽得下苞米楂子、苞米面，而且还是变了颜色的苞米面。

记得在一铺炕住的还有一个上海知青，个头很高，人很文静，他借了一个小铝锅，我俩用来盛饭盛菜。因为吃不饱，每天不到吃饭的时候就饿了，吃饭时一看又不想吃。发霉的窝窝头，没有油水的清水汤，怎能吃得饱？有一天我俩下一个单位看看，行至半路就饿得走不动了。

这年回家过春节后，我就没再回工作队，岳母给我从宁波寄来的那些炸鱼干、炖笋干之类吃的东西，都让李敬宾吃了，后来见面他告诉我，我俩会心一笑。

边境线上

电视剧《知青》有几集，说的是当年在黑龙江边中苏边境线上所发生的故事。

应该说，对于边境（我们这段在萝北）我还是比较熟悉的。夏天的时候常带朋友到黑龙江边游玩，边境哨所也登上过，还用哨兵的望远镜观察过对岸。辽阔的田野、整齐的庄稼、青葱的树林、稀疏的房舍、几台轿车、几个行人一览无余，尽收眼底。如果够幸运，乘坐游艇时还可以看到对岸江边：三五个游泳的人，无论男女都是胖子；站在齐腰深的水里的孤独垂钓者，也是个大胖子。

几年前还能看见俄罗斯军人在岸边巡逻，两国巡逻艇在江面上往来穿梭。现在却已时过境迁，“硝烟散去”，两岸尽显歌舞升平之和平景象。真是：“大江东去，浪淘尽，千古风流人物。”

说到这里，倒让我想起了上世纪七十年代初期，与此有关的一些事。

党的九大召开之前，在中苏边界发生了震惊中外的珍宝岛事件，让世界一下子紧张起来。而神经绷得最紧的，要属那些距离边界较近的地方，我们场到黑龙江直线距离也只有一百多公里。

有一天，总场突然开会布置全民备战，严肃的气氛使人窒息，严密的措施让人紧张。一时间空气里都充满着火药味，好像已经大兵压境，立刻就会打起来似的。头一次遇到这样的事，年纪又轻，未免惴惴不安，也是会上领导讲得太严肃、太严重、太紧迫了。在回连队的路上，本该想想回去怎样传达贯彻的，却觉得草木皆兵，头脑一片空白。

开会进行了认真传达和部署，我们已经选择好了撤退路线（其实是无路可退的，这里本来就是荒原一片），各家各户也都烙了许多白面饼。想想刚下乡“深挖洞”那阵，在七分场还真的挖过防空洞，当时就是糊弄人的，早已不复存在了。

也没仔细琢磨琢磨，仗怎么可能打到我们这里来，既不是城市，也不是交通要道，更不是战略要地。现在说劳民伤财、庸人自扰，当年可是既人心惶惶，又极其认真的呢！

过　河

在任何时候，衣食住行都是生活中的大事，可对于当年我们下乡知青，最为艰难的要属“行”了——一条河挡住了去总场的路。刚开始河上没有桥，行人来往全靠摆渡。我们来了以后修了一座简易浮桥，还是我们班设计和架设的呢。用木板铺成，晃晃悠悠的，却非常适用。后来在农场的支持下，连队又架起了可以双向行人的吊桥。当然，直到几年后修成永久性大桥，才彻底解决了两岸的交通问题。

即便有了浮桥，可一到汛期，两条大坝之间一两千米的水面，烟波浩渺，若想过河，只能靠摆渡。一只小木船，两只小木桨，一个人双手摇橹，且只能乘坐几人。它不但是唯一的交通工具，而且还要担负起这段时间生活与生产资料的供应任务，说它是一条生命线，一点都不为过。

给我深刻印象的倒不是这些，而是我们用船往总场运送粮食——交小麦。我们把小麦运到堤坝上，再装上小船划过宽阔的水面，卸载的地方就是对面的大坝，总场的解放牌汽车才能从这里把粮食运到加工场。

加工好的成品粮也要反向回运，我不想说如何的扛上扛下费尽九牛二虎之力，也不想说这有多么的劳民伤财。危险的事还时有发生，一次运粮胶轮车走到三分场通往河沿的路上，忽然“砰”的一声巨响——轮胎“蹦到”路边排水壕沟里去了，人和麻袋掉在水里，车也倾倒了。

除了其他三季，一个冬天（差不多有五六个月时间）河上却是畅通无阻的，只是春季开河之前的一段时间，还是有危险。

我们的这条河叫梧桐河（只是从没见过梧桐树），这条河留在我的记忆深处，还因为一九六八年十一月八日我们下乡那天，就是乘那种摇橹小船被摆渡过河的。知青宿舍就在河岸边上，下了船以后，暖烘烘的屋子、香喷喷的米饭、热腾腾的鱼汤正等着我们呢——给我们的第一印象真不错！第二天早晨起床一看，不仅是茫茫大地白雪皑皑，而且河水全都冻结了。大家步行十几里去总场，就是从冰面上走过去的。

当然，随着时间的流逝，这条河不但见证了这些知青们的欢乐，更多的则是苦涩，还有汗水和泪水。就在这条河边与岸上，还曾发生过震惊全场的惨案和惨不忍睹的生产事故，又都与知青有关。他们曾经生活在我的身边，有些往事，不堪回首……

雪夜追踪

我说过，我们连队是农场的一块飞地，三面被老乡的村屯包围着，背靠一条大坝，外面就是伏尔基河。与之隔河相望的，是兵团十六团的三十八连、三十九连，冬天修水利（大坝）的时候，常常用大米饭换他们的肉包子吃。

最让人头疼的是一到秋大（包括麦收），就有老乡偷粮。知青们也不是省油的灯，偶尔有人去偷鸡摸狗，或者夜闯瓜园，因此，两家的关系搞得比较紧张。当然了，除了纠纷之外，相互之间又有互利合作的一面，比如换工，老乡帮我们盖房子，我们出拖拉机帮助他们种地、翻地等等。原来连队只有一栋破草房，后来的几栋房有的是知青们自己建的，有的就是老乡帮着盖的。之所以能认识那么多老乡，就因为与他们经常打交道的缘故。

与他们之间的冲突，莫过于我们的偷鸡摸狗，以及他们的偷盗粮食了，当然都是个别人所为。

想起遇到过的一件事，一个大雪纷飞的夜晚，四顾茫茫刮着大烟炮的天气。我们正在郭连长家里玩麻将，看场院的老王头闯进门来报信说："连长、指导员，快去看看吧，场院丢了三麻袋大豆。"我们去了一看，爬犁印还在，往振兴古城方向去的。

我和张连农、李学忠毫不犹豫地跟踪追了下去。雪深没膝，每走一步都要付出全身力气；风卷雪花迎面扑来，大烟炮刮得睁不开眼睛；草甸子里的塔头绊脚，深一脚浅一脚的难行，而且漆黑一片没有月光。零下三十多度的气温，往返要二十多里路，而且我们又走了许多冤枉路。在雪地里追了半宿，回来的时候还迷了路，远处有一点点微弱灯光，我们以为那是连队，结果还是错了。走到了连队后边的大坝上，才辨明了方向，回到家，已经是后半夜。

看电影

在连队的时候，最让人开心的事，莫过于能看上一场电影了。即使后来农场发给了我们一台九寸黑白电视机，看一场电影，仍然是一件十分奢侈的事。好工种有许多，可最让人羡慕的还是电影放映员，我们一起下乡又同在一个班的同学W，下乡不久就被调到了农场电影放映队。

二号是离我们连队最近的村屯，只有四里路，好像他们那里经常放电影。听到消息，晚饭后趁着天还没黑的时候，知青们就三五成群地结伴而行了。如果是冬天，皑皑白雪，接地连天；若是夏天，青纱帐起，草木皆兵；春秋两季农忙，就很少演电影了。

记得有一次妻子王成飞和她的几个伙伴去二号看电影，把不到一周岁儿子留在家里。等他醒来时，要吃奶却找不到妈妈，就又哭又闹起来，为了哄他我使出了浑身解数，最后终于等到他妈妈回来（不记得有奶粉）。去年在说到看电影的时候，我俩还提到过这件事，更令人感慨的是，三十多年弹指一挥间。

连队有时候也放电影，那都是我们左请右盼、千呼万唤出来的，还要像贵客似的好吃好喝招待放映员，生怕得罪了人家下次不再来，或者这回不尽力。知青和连队的职工家属们，早早就摆好了椅子、凳子，小孩子们围着放映机叽叽喳喳地团团转。记得那一次放的是《我们村里的年轻人》（上下集），讲的是一群有志气、有抱负的热血青年，以村里拉电架线为背景，所发生的劳动与爱情故事。电影一直放到后半夜，有能挺住的，也有睡着了的，我实在是太困了，也硬挺着，因为散场之后还得招待放映员吃饭，并把他们送走。

说到看电影，让我想起邻近的十二连发生的一件事情。有一次发现知青男宿舍有人丢了钱，就怀疑是放电影时有人趁机作的案，最后是在一个浙江知青的箱子里翻出来的。当时出现这种事，为了证明自己的清白，大家差不多都赞成"搜查"。当然，放到今天这是侵犯人权，是不允许的，那时还都没有这种法制观念。好在领导处理得当，并未对"家贼"造成太大影响，后来他还考上了大学，当上了教授。

我们这个社会应该学会宽容，尤其是对青年人，要允许他们犯错，也要允许他们改错，特别是要给他们留有改错的机会。如若不然，就可能毁掉一个年轻人的一生。

知青归照

昨天下午英芬说要在网上传两张照片，"其中一张是随意抓拍的，也很有意思"。听她这么一说，反倒吊起了我的胃口，却不知何故，上传失败，于是我打了几个字："能否再传一遍。"

今早果然收到，打开一看，一张是近日几个佳木斯知青到访宁波时，幸福、英芬、佩芬与刘坚、希明、敬禹、长华、连杰三家的合影，只缺刘坚的那位。另一张"主题"是王成飞与佩芬两人的，肩并肩站在一棵大杨树下；"副题"则是我和英芬，我侧身相向注视她，她正在说着什么，一顶白色宽边大檐帽遮住了半张脸。

其实并不是喧宾夺主，一般来说，人们在观察照片的时候，都会特别注意自己的形象，大概这就是英芬所说的有意思的场景吧？我有兴趣的则是她的那顶大凉帽和被遮住的大半张脸。都说“花看半开，酒喝微熏”，我倒觉得这照片上的“美女”，还是“犹抱琵琶半遮面”有意境，有意思。

这是二〇一〇年八月二十三日我们去参加农场场庆时（英芬、佩芬、幸福还有阿强，专程从宁波赶来的，这就叫一往情深吧），在去连队的路上拍下的。那是三四十年前我们经常走过的路，那是我们必须要经过的桥，正如伍尔夫说：“假如生命有个根基，那就是记忆。”我们的记忆从那时开始，它也绝不会在这里结束，但是，这个根基我们都不会丢掉，这张照片就是我们那次寻根之旅留下的。

看到照片，我忘不了那个场景，它让我享受着无尽的回忆和追念：梧桐河边，一棵老杨树（大概当年我们在知青连队时它就有了），二根电线杆（让我想起连队没电时点煤油灯的那些日子），三条电线（记得不记得，1975 年连队被雷击中了电线，击倒了好几个人呢），四个人——她俩笑得很灿烂，我们谈得也投入。

脚下的路，我们曾无数次走过；身边的河，我们曾无数次蹚过。路还是那条路，河还是那条河，人还是那些人，几十年过去了，天上的云还是那朵云吗？

下午，给英芬传过这篇文章后，又到植物园走走。只有几步的路，如果不下雨，我是每天上下午都要去的。这两天更加值得一去——该开的花都开了，正是：桃李榆荚枝头闹，满眼春色满园香。婉约的连翘落英满地，完成了它的使命；我被一树树缠绵的桃红所吸引——红似流丹，白如堆雪：红豆一样的蕾，雪片一般的花，真的好看！

他们那张在宁波时南北方人的合照，让我不由得联想起去年在梧桐河边的时候，也是这些人，也留下了几张值得留恋的倩影——包括我们四人这张。

今天发来的照片，背景是东海和普陀山吧？就如我们大家的这颗心一样，那树木和草地也和北大荒没有区别。“春风春雨花经眼，江南江北水拍天”，因为我们已经分别走过了秋和冬，现在来到了共同的春天……

作者简介：李文昌，佳木斯知青，一九六八年十一月八日下乡到梧桐河农场。一九七四年任十三连指导员、党委副书记，一九九〇年任管局科研所党委书记、所长。

我是知青拖拉机手

张洪坤

一九七三年三月的一天，生产队长急匆匆地找到我，说大队决定让我去学开拖拉机，当拖拉机手，还让我马上到大队机耕队报到。

当时我真是喜出望外，着实很激动。我知道，开拖拉机是个技术活，村里有好多青年都争呢，我能被选上，既是组织上对我下乡一年来表现的肯定，也是对我们知青的厚望。虽然当时我刚十八岁，但一想到下乡时立下的誓言，就热血沸腾，暗下决心：尽快成为一名合格的拖拉机手，以报答贫下中农对我的信任。

报到后，便开始了我的学徒生活。当时我们开的是“75”型链轨拖拉机，人们习惯叫它“东方红”。我好奇地摸摸这儿，瞧瞧那儿，一会儿钻进驾驶室摆弄摆弄操纵杆，一会儿又对着锃亮的犁铧照照自己，一副“哈哈镜”里的怪模样，喜庆得像个小孩子。

一切都要从点点滴滴学起，跟在师傅屁股后，一样一样地了解机械部件名称及作用，从发动机的内部构造到传动装置的工作原理，从五铧犁到圆盘耙，对照机械图纸，细心熟悉机械的性能和保养维修技术。

师傅耐心地给我讲解、示范，我更是刻苦地学习领会，就这样边学习，边实践，在较短的时间内基本掌握了链轨拖拉机的性能和驾驶技术。我们机耕队的主要任务是翻地、耕地、起垄和开垦荒地。最繁忙的时候是秋后和开春两个季节。秋收完一块地，我们就要紧跟上，趁未上冻翻过来，耙平，起好垄。这是最紧张的时节，我们这个组共四个人，为了抢在上大冻前多耕翻一些土地，我们是人歇机不歇，两人一班，除去吃饭时间，机车几乎一刻也不能闲下来，实行两班倒，连轴转，上了机车就是十多个小时，全神贯注地驾驶机车，坑坑洼洼的地更要掌握好耕翻深度。

特别是起垄，既要直又要把握好宽度，即便是成手，在这一环节也是格外小心，凭着目测，确定垄的直线和宽窄。

最累的时候是机车组派人出去购买零件，或派人去外地跑业务。这时，车组就剩下两人，苦苦地坚持着。记得最长的一次，我们两人干了三天两夜，困得实在睁不开眼，就在原地眯一会儿。

夜里，冷风飕飕，尽管穿着大棉袄、棉裤，还是被寒风吹透，冻得瑟瑟发抖。这种状况是越到后来越冷，一直坚持到土层冻有十多公分，犁铧插不进土壤才算结束。

机耕队不但负责本大队耕地的任务，有时还要服从上级调派，去支援别的生产队。所以，每年的春耕秋翻时节，我们机耕队都很繁忙。

开垦荒地是我当拖拉机手最有意义，也是感触最深的一件事。

一九七四年春种结束后，我们机耕队奉命去“圈儿河”开荒。

“圈儿河”在我们村东面，离村里有五十多里。这是松花江北岸、汤原县东部的一片原始沼泽地，小河小溪、沼泽、岗地互相交错。用现在的话说，那叫湿地。当时，为了扩大耕地面积，莲江口公社决定开垦里面的岗地、湿地，大致把一定的面积划归给某个村，由村里按实际地形开垦。

我最喜欢看朝阳刚升起时的情景，金色的阳光斜照在刚开垦出来的土地上，一垄垄垡片泛着黑油油的亮光；我也喜欢听芦苇塘里野鸭、野鸡以及各种鸟的婉转叫声；我更喜欢的是，劳动过后跳入清澈的河水里洗澡、抓鱼，钻草丛中捡野鸭蛋……

每当夕阳西下，收工下机车的那一刻，我便浮想联翩，由于我的劳动，这亘古荒原从今以后就变成了沃土良田，长出更多的粮食，使我们的生活越来越富裕，越来越美好。

作者简介：张洪坤，佳木斯知青，一九七二年六月在莲江口公社明发大队下乡。一九七五年被推荐到北京大学学习。毕业后工作在佳木斯市中级人民法院。

我的大学

陈志崧

裕丰，是我人生的第一所大学，在这里下乡的日日夜夜，我不仅学到了知识和劳动本领，而且深刻感受到了乡亲们对我们知青的深情厚谊。

一九七〇年六月三十日，我离开了自己亲爱的家乡——宁波，身穿绿军装，肩背行李包，和同我一样的青年乘坐知青专列奔赴遥远的黑龙江。

经过四天四夜的奔波，我们于七月四日到达了汤原县竹帘公社裕丰大队。当时，我被任命为第一生产队的知青排长。

在生产队长的组织领导下，我们在这里开始了全新的生活，面对的是前所未有的严峻考验。

对我们宁波知青来说，初到知青点要想站稳脚跟，必须要过“三关”：生活关、劳动关、气候关。当时的裕丰大队同黑龙江其他农村一样，不管是大道还是小路一律“灰土扬尘”，除了辽阔的黑土地一眼望不到边，物质条件很差，气候恶劣。

我们住土坯草房，睡大炕，烧秸秆。夏日，酷暑难耐，蚊虻叮咬一身包；冬天，冰冻三尺，严寒刺骨。裕丰大队的土质不是很好，且水源少，种不了水稻。面对困境，我的心里五味杂陈，真不好受。打退堂鼓当逃兵？堂堂的排长，面子上过不去；那就唯有当好汉，吃苦，遭罪，挨累。

第一次到田间铲玉米、黄豆，我分不清苗和杂草，把玉米、黄豆这些小苗砍掉了，露出长长的一段空垄。打头的老把式看在眼里，疼在心上，赶紧走过来，手把手教我如何识苗除草。看他的一招一式，我才悟出一些铲地的门道，可还是跟不上社员干活的速度，每次总是需要年轻社员来帮忙，才能铲完一条垄，即便这样，还是累得腰酸背痛。

等收工回来的时候，浑身上下就像散了架子似的不舒服，一心只想马上躺在火炕上睡一会儿。那时，我们出工一天所挣的工分和社员挣的工分一样，都是十分制，也就是说和社员同工同酬。

以前在家吃惯了细粮，这里的粗粮实在是咽不下去，从家里带来的好东西也慢慢吃光了。

为了让我们尽快适应这里的生活，大队领导专门派了两位大娘给我们知青点做饭，她俩变着样给我们做些菜包子、汤子面（俗称粗粮细作）等等，偶尔也做面条、馒头、花卷（那时面粉是计划供应的）；又做好多种菜，例如白菜粉条、土豆丝、酸菜、青椒干豆腐等等，其中最好吃的还是当地的大豆腐，吃起来又香又嫩，非常可口。

伙食的改进和两位大娘对我们的亲近，使我们暂时淡忘了刚来到这里的不适和烦恼。

我们每天都到大队部开会，参加政治理论学习、总结当天的工作、接受明天的生产任务等。会上，我要给社员读一些新闻。带有宁波口音的我，每次读起来总是南腔北调，普通话说得似是而非，常常把社员逗得哄堂大笑，每当这时队长总是板起面孔护着我：“有啥可笑的，不要笑了！”

我的每一点进步都被领导看在眼里，没等到年末，我又被提拔为竹帘公社团委副书记。

到了十月中下旬，为了防备下雪把粮食捂在地里，生产队组织社员把田里的庄稼早早收割完。收割的黄豆、高粱、谷子堆放到场院后，需抓紧打场。有时，我们就会在场院里连夜劳动，运用传统的方法，通过牛、马拉着的木磙、石磙反复碾压，使籽粒与茎秆分离。

一月，已飘起了鹅毛般的大雪，大地上白茫茫一片，东北人称之为“上冻”，除了无边无际的皑皑白雪，再就是从昏到夜怒吼不完的大烟炮。每到这个季节，这里并不是通常说的人们都在“猫冬”了。为了增加集体收入，生产队要趁着寒冬腊月这个闲暇之际搞副业，把我们这些青壮年劳动力派到林场、发电厂揽活干。

进入正月，生产队的每个社员都要刨粪积肥，所刨出的冻粪块垒成一点二立方米才给记一个工。这活很累，既要有力气还要有技巧，是对我们的又一次考验。为了能完成任务，更为了证明自己是一名合格的社员，我和同伴戴上狗皮帽子，穿着厚厚的军大衣，拎着铁镐，脚踩着又高又硬的粪堆，一下又一下抡起从未拿过的铁镐。

半年多的磨砺，我的身板也算很结实了。可是，干不到半小时，我就出汗了，很快又浸湿衣裤，我没停下来，继续加油干。成堆的冻粪块越积越多。虽然我觉得两手火辣辣地疼，但还是有些得意，直到回到知青点洗手，才发现手心磨起了血泡，这才感到钻心地疼。

第二天、第三天……每天中午刚过，我就能早早完成刨粪任务，手掌竟不知不觉地结出一层硬硬的茧子。

还记得初到这里的第一年冬天，有一天，我发烧了，什么东西也吃不进去，起不了床。给我们做饭的高大娘看到了，马上回自己家里拿了些土方药，熬好汤给我服下，她还一再邀我："孩子啊，你病了，到我家来住吧。"

我拗不过她，便答应了。高大娘暖暖地对我说："你跟你高大爷睡炕头，炕头暖和些。"

从那时起，高大娘便把我当成自己的孩子来对待，而后，我的吃、住一直都在高大娘家里。每逢节日，大娘会做各种好吃的，炒菜，包芹菜馅饺子，有时还焖大米饭（那时吃大米饭很不容易，当年裕丰还没种水稻）。在高大娘家的那些日子里，我感觉就像回到自己家一样，特别温暖，特别幸福。

不单是我，同来的知青也受到了乡亲们无微不至的关怀和照顾。我们想念家人，想着南方城市的生活。每当到了年节，几位女知青就号啕大哭，盼着能回家和亲人团聚，然而，这些只能望眼欲穿。每当这个时候，大队书记、队长、乡邻们，包括给我们做饭的大娘，就会来安慰我们，邀请我们到他们家中做客。

他们给我们准备了猪肉炖粉条、烩酸菜、黏豆包，还有高粱酿的六十度北大荒老白干……都是我们的最爱。主人的盛情、豪爽让我们感受到了身在黑土地从未有过的那份真情、快乐，裕丰大队的乡亲们不是亲人却胜似亲人！

一九七三年六月份，大队通知我考大学（工农兵大学生），我拿到准考证这个高兴啊，好几天睡不着觉，温习了一些课本知识，就到当时的汤原一中应考。很荣幸，我被黑龙江省鸡西矿业学院（即现在的黑龙江科技大学）录取。作为村里的第一个大学生，我为裕丰大队增了光，添了彩！当我离开裕丰时，高大娘叫她的儿子帮我把行李和生活用品装上了马车。大娘一家人、大队领导和乡亲们一直把我送到了村口，含泪依依惜别。

到了汤原火车站，高大娘的儿子把我的行李托运完后，又来到站台上送我上火车。列车慢慢地启动了，当我与他挥手作别的时刻，鼻子突然涌上了阵阵酸楚，咸咸的泪水不听话地流下来。

那压抑不住的离愁别绪、千言万语无以言说的感激之情，还有独属于我的对裕丰大队的记忆，都永远刻印在我的脑海里。

作者简介：陈志崧，宁波知青，下乡到汤原县竹帘公社裕丰大队。一九七三年六月考入黑龙江科技大学。

赤脚医生不了情

张丽华

曾几何时，“知青”这个词无人不知，无人不晓。现在虽然早已成了一个历史名词，可对我们这代人来说，下乡当知青，是我们走进社会的第一课。因此知青成了一种烙印，印刻在我们这代人的脑海里，作为中国历史中绝无仅有的特殊一代，知青的生活是艰苦的，结下的情谊却是真挚的，知青的经历是难忘的，也是宝贵的。

一九七五年七月，我从佳木斯市来到汤原县莲江口公社明发大队插队，接受贫下中农再教育。

明发大队尽管条件艰苦，但我们一到这里，就受到大队领导的热情接待，他们为我们下乡知青做了周密的安排，有专人管理我们，让我们感受到家一样的温暖。

投入生产劳动后，在当地社员的帮助下，使我这个从没铲过地、割过苞米的城市青年逐渐蜕变成了干农活的行家里手，并且很快融入到这个大家庭当中。因为在高中读书时我曾在红医班学习过，掌握了一些医学知识，后来因为工作需要，一九七六年七月我被调到大队卫生所做了一名赤脚医生，赤脚医生指未经过正式医疗训练、仍持农业户口、一般情况下“半农半医”的农村医疗人员。

那段日子里，跟随老师到患者家中问诊。有件事对我触动很大，有一天一位姓高的社员来卫生所看病，说是肚子疼，而且伴有恶心呕吐的症状。

我立刻对他进行了检查，发现咽部充血，我用手按了按他的腹部，感觉比较柔软，我当时就考虑可能是胃肠感冒，就按此病进行了处置。结果这位高大哥回家后，腹痛的症状并没有好转，反而更加厉害了。

我放心不下，连夜跟随他到上一级医院，结果诊断为胆绞痛，后来经过系统的治疗，病情有了好转。尽管高大哥没有埋怨我，但我却一点都高兴不起来，因为自己的学浅技薄，耽误了对他的治疗，给他造成了那么大的痛苦，我内心深感愧疚。

从那以后，我立志成为一名合格的医务工作者，担当起解除患者病痛、救死扶伤的光荣使命。

那时我好像着了魔似的，不分白天黑夜啃书本、求老师，只要有空余时间我就学习，随身携带的《赤脚医生手册》不知道翻看了多少遍，书里很多页都已经被我翻烂了。我还把知青点能看到的医学书籍都借来，一本一本消化，记的读书笔记也越来越厚。在书本和老师的帮助下，我渐渐掌握了农村常见病和一些疑难病症的诊疗方法。

记得有一次，一个姓孔的社员来卫生所就诊，说是身体没有力气，吃不进饭，肚子胀痛。

我经过检查发现，他肝脏肿大，且伴有黄疸，我初步诊断应该是消化系统肿瘤。由于卫生所条件有限，我又一次带着患者来到了上级医院，经过全面检查，确诊为肝癌。

经过系统治疗，症状得到缓解，减轻了病人的痛苦。虽然限于我国医疗技术条件，最后没能挽留住孔大哥的生命，却坚定了我攀登医学高峰的决心。

有一位姓杜的社员，因年龄较大，持续发热，咳嗽，肺内感染，不能来卫生所看病，我就到家里诊治，帮助排痰，静脉输液，一直持续半个多月，直到最后痊愈。

还有位姓王的社员，因腿部有开放性创口，需要坚持换药，不论早晚我都坚持随叫随到，遇到困难我都自己克服。这样的事例很多，我从不叫苦叫累，受到了当地百姓的欢迎。现在想来，是“白求恩精神”始终鼓舞着自己砥砺奋进！

我生在新中国，长在红旗下，对党怀有无限的崇敬和感恩之情，对实现共产主义理想有着坚定的信念。因此，我在上中学时便提交过入党申请书，下乡后又多次向大队党支部提交入党申请书。

由于我工作踏实，思想上积极要求进步，在党组织的培养下，我于一九七六年十一月二十八日光荣地加入了中国共产党。这一天也是我的生日，我很荣幸能在生日这天加入党组织，这是我终生难忘的日子。时至今日，我依然清楚地记得我入党宣誓时无比激动的心情。

这段难忘的赤脚医生生涯，使我对医学更加热爱，我不放松业余时间学习，功夫不负有心人，一九七七年恢复高考，我如愿以偿地考入了佳木斯医学院。五年的大学生活，如饥似渴地学习，我掌握了更多的医学知识。毕业后，我成为一名儿科医生，能为患儿解除病痛成为我最大的快乐。

两年搏风击浪的知青励志经历，锻炼了我的意志，提高了我的医疗水平，培养了我的工作能力，从而成就了我后半生的事业。我想，有过知青经历的人都会难忘知青那段不平凡的岁月，并感谢我们所处的伟大时代！

近年来我始终坚持工作在医疗、教学、科研第一线，专门从事小儿脑性瘫痪康复治疗和神经疾病学研究，有了一定的临床实践经验和较为深厚的理论知识，诊治了大量患者，深受患者好评。

我还承担了省科技攻关课题、省教育厅课题等各级各类课题八项，多年来始终围绕明确的科研方向。

通过我的不懈努力，先后获得黑龙江省科技进步三等奖八项，撰写学术论文三十余篇，参编《小儿脑性瘫痪早期诊断与早期治疗》《实用小儿脑性瘫痪康复治疗技术）《物理治疗学》《康复医学概论》《特殊儿童物理治疗》等学术专著及教材八部，独立培养硕士研究生二十多名。

求索的路依然艰辛漫长，我会一直在路上前行！

作者简介：张丽华，佳木斯知青，一九七五年七月到汤原县莲江口公社明发大队下乡。一九七七年考入佳木斯医学院。历任佳木斯大学附属第三医院脑瘫二科主任、康复医学院党委副书记等职务。

二斤暖心糖

刘淑荣

那年我十八岁，青春梦还没有醒，就响应毛主席的号召，与同学们一起变成了汤原县知青。车在一望无际的原野上驰骋，抹了抹出家门时的红眼圈，我们的心像长了翅膀的小鸟，早就飞上了蓝天，飞向那遥远的地方。

到了汤原县莲江口公社明发大队，这是汤原县的知青点，也是合江地区的标杆点。我们好奇地东看看西看看，甚至连鸡鸭猪狗都感到新奇。

我长得比较瘦小，大队领导照顾我，让我跟着大粪车往地里送粪，知青们天天喊："一朵鲜花插在牛粪上了！"

一想可不是，十八岁的小姑娘，坐在送粪车上，真是怪难为情的。送完粪该铲地了，这活累死人不偿命似的，每天四点起来下地，在一眼望不到头的田间，我显得那样无力，也想尽量不落在别人后边，可是再怎么使劲儿，最好成绩依然是倒数第二，倒数第一的气得坐在地里哭。

就那样日复一日，刚来乡下时的新鲜感，被酸痛所代替。记得薅谷子，到那一看，我的妈呀！一眼望不到头，当地老乡说："要五天才能到头！"

薅了一天谷了，都是蹲着往前走，对于第一次干庄稼活的我来说，比升高中考试难多了。收工回到知青点，都上不去炕了。不信？你在你家客厅蹲一上午试试。社员管那叫拽着猫尾巴上炕。

冬天打场，寒冬腊月最冷，特别是夜班，快到天亮的时候，真是难换，干五分钟的活，就像煎熬了一小时，手冻得像被猫咬了似的。不过回到知青点，还是洗洗涮涮的，擦上点雪花膏，忘不了美一美。有时躺在大炕上，唱起了《知青之歌》。

也不是天天都是劳苦的日子，白天劳动，晚上排练节目的时候也不少。节目排练好了去县里演出，挺受欢迎的，感觉也挺美的。

有一天，知青点收到一个邮包，打开一看，是二斤糖，寄物地址是佳木斯武警部队。围拢的知青几乎跳了起来："是武警官兵送给我们的!"

要说这包糖，还真有一段故事。佳木斯二十三粮店经常免费为当地的一个五保户送粮，五保户为了感谢粮店的职工，便把攒了一年的白糖票换买了二斤糖果，寄给了二十三粮店。

二十三粮店的职工觉得，应该把糖果送给最可爱的人——人民子弟兵，便换了包裹皮转寄给了佳木斯武警官兵。武警官兵也没舍得吃，他们想，知青下乡很苦，在农村吃不到这么好的糖果，于是又转寄给了我们。

我们一商量，也不能吃这有意义的糖，张书记和孔会计让我写了一封信，又给边防军邮去了。糖没吃，但我们心里很甜，觉得有那么多人传递着爱，我们挺自豪的。

作者简介：刘淑荣，佳木斯知青，一九七四年三月下乡到汤原县莲江口公社明发大队。一九七八年返城，供职在佳木斯橡胶厂，现已退休。

知青“老爸”

许敬山

一九七〇年七月，汤原县吉祥公社吉祥大队成立了知青点，三十名来自浙江的知青被分配到三队和四队插队落户。这三十名十七八岁的孩子，正是在父母身边撒娇的时候，然而，他们却响应毛主席的号召，离开父母，离开家乡来到北大荒奉献青春年华。

理想很丰满，现实很骨感。当这些青春张扬、热情无处释放的青年，一来到吉祥大队就被艰苦的环境惊呆了。如果“战天斗地”的口号让他们像打足气的皮球，严酷的现实恰似一把钢针，一点点刺痛他们，一点点释放掉那份热情。艰苦的劳动，寒冷的气候，离家的相思苦，让这些热血青年的思想有了波动。

针对这一情况，吉祥公社选派一名工作能力强、品德优秀、有丰富基层工作经验的干部慕永清担任知青点的指导员。

当时慕永清考虑了很多，知识青年下乡是一项重大的政治工作，容不得丝毫马虎，身感压力大。

慕永清到任后，看到一群稚嫩的孩子，很是心疼。这群来自城市的孩子，何时住过漏雨的茅草屋，何时吃过这么清汤寡水的饭菜，何时参加过这么重体力的劳动。他立即向吉祥公社提出了知青点工作建议：改善知青卫生和伙食条件，维修房屋。

说干就干，他组织人员将房子的漏雨处修缮，里外粉刷一新，屋地铺上红砖，搭上红砖炕；改善伙食，粮食按一天一斤的量，油票和肉票每天每人各二两，增加白面、小米等细粮和副食比例。他还与知青家长取得联系，在生活和精神方面给予知青更多的关怀。

慕永清更多的是注重用自身的榜样力量影响知青，让他们心服口服，把行动变成工作中的无声命令。

当时有个别知青偷吃老百姓的鸡鸭鹅，有的知青还与群众打架，慕永清知道后便找他们沟通、谈心，询问他们是不是伙食不好，是不是想家，心情不好才会与他人打架。

关心过后才提出告诫："你们这样做是不对的，长期下去老百姓会有看法，会有意见，也是在犯错误，要做认真深刻的检讨。今后想吃什么，就到我家来吃。"

国家每年都有推荐上学、当兵和招工的指标，这些指标就是留给知青的，但是得由贫下中农推荐，推荐那些比较出色的青年。

借这样的机会，慕永清又开始做思想工作："你们不能再偷吃老百姓的东西，要学习人民解放军的三大纪律八项注意，不拿群众一针一线，这样老百姓才能喜欢你们。要与贫下中农和睦相处，接受再教育，表现好的大家才能推荐你们上大学、去当兵、当工人，走上新的工作岗位，为社会主义做更大的贡献。"

通过动之以情、晓之以理的思想工作，得到了知青们的信任，效果相当好。

慕永清带领知青养猪、种菜，改善伙食。在知青点，他磨米磨面，担水劈柴，凡是能自己去干的，都亲自带头。不仅如此，在干农活上，也没有太严格要求知青而是善于指导，善于帮助，尽量发挥他们的特长。他经常请知青给社员念报纸、唱歌，教识字。生产之余还组织知青打打球，交流一些思想，渐渐地，他成了这帮知青的知心人和主心骨。一来二去，大家都亲切地称他为"老爸"。

小陈是独生子，气候上不适应，经常感冒，"老爸"经常给他买药。有一天半夜，小陈又病了，"老爸"二话不说，立即套上马车，拉着他就去医院。小陈在鹤立二院一住就是七天，"老爸"为他端屎端尿，送水喂饭，小陈痊愈后，对"老爸"很是感激。

“老爸”对待知青真像对待自己的亲生儿女那样，生活上无微不至地关怀，劳动上手把手教技能。知青都在进步，一步步健康成长，受到贫下中农的好评和喜爱，经贫下中农推荐，知青分批被推荐上大学、当兵、当工人，有的还入了党，走上领导岗位，在各自的岗位上干得都很出色。

一天夜里，“老爸”在知青点干活，前胸不慎撞到马车的车辕上，可他愣是强忍着剧痛连续工作了两天。晕倒后被送去医院急救，一检查肺部已感染化脓，虽然经过手术保住了生命，可是落下了肺气肿的病根。

“老爸”工作认真严谨，兢兢业业，年年都被评为先进。在他的作息时间表上从没看到有节假日，他常常忍着病痛忘我地工作，经常工作到深夜。

知青朱兆雄的母亲陈梅姑女士从浙江宁波来到慕永清家，在这里度过了一个颇为感动的春节。她为这位对知青充满爱心的好指导员，亲手织绣了一枚怀表套，量身缝制一件上衣。

岁月的江河，无尽流淌，当年的知青早已回归故里或各奔一方。北方有一位“老爸”始终在牵挂，他们都在哪里？生活得怎么样？猛然间，“老爸”感觉他还有许多工作没有完成，心里不免涌起一阵阵酸楚……

一九九八年，汤原县遭遇了历史上罕见的洪灾，吉祥乡（由原来的公社变成乡）即将成熟的庄稼被肆虐的洪水淹没，农民心急如焚。当宁波知青得知灾情后，难过得流了泪，他们给第二故乡的父老乡亲汇来了捐款，寄来了衣物。

作者简介：许敬山，汤原县食用菌办公室主任。黑龙江省作家协会会员，二〇一七年出版散文集《一壶老酒》。

身后的高山

肖殿昌

我是十九岁那年下乡的。其实，我中学毕业后不愿意下乡，在外面干临时工躲避了两年，父亲因此被单位领导批评，没有办法，被分配到汤原县鹤立公社胜利二队。

我下乡只在农村干了十个月的活，虽然时间短，没有什么惊人故事，但却经历了一年的春种秋收，各种农活都干过，品尝过甜酸苦辣。就是这短短的下乡经历，锻炼了意志，磨炼了筋骨，为自己的成长打下了坚实的基础。我庆幸有这段接受贫下中农再教育的过程。要说下乡锻炼成为我一生最重要的起点，那么在乡下经历的很多趣事，也丰富了我的生活，启迪了我的人生，最关键的是那段忘却不了的感情。

“半拉子”涨工分

一九七三年八月十三日下乡当天，队长老关一边握着我的手，一边告诉我：“明天早上三点半，拿上三股叉到场院找老于头晾晒麦秸，社员十二分，你是‘半拉子’，小青年刚来都是‘半拉子’，还是杂活，工分六分。”

老关一句客套话没有，看他那不屑一顾的眼神，根本没瞧起或者根本不相信我能干什么活。我寻思着，别说轻如鸿毛的麦秸，就是你晒石头我也能干。我人虽瘦，但是有劲。头几年我做临时工，在砖厂出过窑，在煤矿抡过大板锹，磨炼过，这点小活算个啥？

我到社员家借了一把三股叉，第二天到场院找到罗锅的老于头。这个老于头就说一声：“来啦，看着我干活。”

他沿着麦秸铺子一叉一叉走着翻，我开始也跟着一叉一叉翻，后来看着这样一点一点翻太慢，趁着他不注意，把叉子竖着放地下一串串、一面一面地翻，结果他翻五六叉，我就需要那么一下，一个小时整个场院就翻完。

翻完一遍我就休息一会儿，等晾干了再翻一遍。原来整个场院，一天一个人翻一遍都翻不完，加了一个人，我又有了创新技巧，加快速度，一天竟然翻三遍。队长计划一周晾干麦秸卖到造纸厂，我们三天就晾干了。

有一天早上出工，队长表扬老于头说：“看不出，你这个于罗锅子还挺有领导能力，带个知青提前完成任务了。”

老于头笑着说：“那哪是我的领导能力，是人家小肖会干活，能干活。”

他边说边比画着，把我改革晒麦秸的方法告诉大家，人们哈哈大笑。“老板子”高大哥还走到我身边，拿起我的三股叉端详，忽然高声喊起来：“我的天，大伙看看，这个三股叉磨短了三指，这得干多少活呀，怎么还当‘半拉子’呀！”

关队长老黑脸乐了，露出一排大黄金牙说：“明天涨工分，十二分，知青都要向小肖学习。”

可是，借我三股叉的老社员不愿意了，摸着短了一大块、磨得锃亮的三股叉心疼地说：“这三股叉算废了。”

“妇女队长”斗智

关队长看我能力不小，没几天，让我去菜地领着妇女干活。原来的妇女队长老潘出名的泼辣，还好说脏话，把一群大姑娘小媳妇带得嘴皮子厉害，干活却一般。

我刚来，哪里知道这些，只感觉一个男的领着女的干活不得劲，名不正言不顺。关队长给我戴了半天高帽，又说这些人根红苗正好领导。你再看那些社员，听说这事一个个笑得啥样都有，尤其那些大姑娘小媳妇，偷着笑的，明面笑的，也不知道是新奇好笑，还是不怀好意，弄得我丈二金刚摸不着头脑，又不好推托。

我们生产队距离公社近，地段土壤好，多年来种植蔬菜供应市场，各种蔬菜应时应季。八月下旬正是各种蔬菜瓜果收获季节，一到菜地，我乐了，除了大头菜，全都是好吃的。头几天我们顺着垄沟扫菇娘，边捡边吃，个头大又香甜，头几天吃得新鲜，不到三天竟然把牙吃“倒”了，不敢吃饭。

这一生我最难忘的是那大片西红柿地，遍地熟透的红黄色的牛奶柿子一嘟噜一嘟噜的，吃得男男女女老老少少弯不下腰。不过下瓜的时候，队里要挑选人，名义上是找懂行的，实际上是怕人多，吃得多。

领着妇女干了几天活，我偷着乐了，其实，这也没有什么呀，就是早起晚归，到点干活，中间休息，晚上收工时她们和我打个招呼。还有，我在前面干，她们在后面跟着，每天查人数，记下工分，很是轻松自然。再就是我也愿意看妇女说笑打闹，学会了很多家长里短过家家的话。

可是好景不长，到了铲萝卜、白菜的时候，因为这是重体力活，妇女们开始耍赖，一会儿要回家奶孩子，一会儿喊累了要休息，一会儿上厕所。一上厕所要走出二里地，有意磨洋工。我说她们几句，她们要不就明着和我对抗，要不就唠一些“黄嗑”羞辱和嘲弄我。

有一天，队长和我说：“你这活咋干的，不出活不是妇女不干，人家说是你不会干。”

我百思不得其解，这是恶人先告状呀，明明是她们磨洋工，怎么就是我的错呢。队长将完军还给我出主意，说明天你快点干，累累她们就没话了。这正合我意，我正憋着一肚子火。第二天，妇女还是老一套，先嬉笑怒骂，然后懒洋洋边干边聊磨洋工，我却不听，一弯腰飞快铲起地来，真是一溜烟就没有影了。

开始妇女还不服，快跟，讥笑我吃错药了，哪根筋不对了，等铲到两个来回，全都鸦雀无声了，一个个累得满头大汗，衣服里外透汗，红脸粉脸都变成灰脸黑脸。一个上午没有休息，半里地的垄铲了四个来回，全累哑巴了，累瘫了。后边开始抱怨了，说啥我都装听不见，扛起锄头快走，非常痛快。

一连五六天，天天如此拉练式的干活，最后妇女全都无语，服输了。

有了这段“妇女队长”的锻炼，到了秋收的时候，我正式成为青年队队长，也是队里打头的，开始带领男女壮劳力收割，后来我才知道，这是队长事先有意培养锻炼我。割地的时候，我每天坚持干完活，在别人休息的时候，去接那些没有割完的妇女，而且都是有一个算一个，挨个接，我不忘和她们有过的“交集”，也知道作为女人与男人一样干活有多么不容易。

急行军抓小偷

别的庄稼都差不多割完了，黄豆成色上得晚，还丢了不少。生产队长由关姓换成任姓，任队长和高大哥关系最好，什么难活都找高大哥干，看豆地的活就让他来干。高大哥带上两个社员加上我，组成四人看地小队，负责看管七段地的黄豆。

那年月，秋收有捡地的，他们随手捋黄豆，还有人后半夜偷，把黄豆角撸下来，用脚踩或棍子敲打，弄出豆粒，然后装袋背走。每年生产队的黄豆地都出现大片被偷和被糟蹋的情况，所以生产队下血本要看护好最后的收成。

七段地最远，距离生产队五公里。这个地号也很大，几十垧地，南北垄长足有三里地。一连几天，我们晚出早归，天天精心看护。说实在的，别看有的社员平时偷奸耍滑，可是到了看护秋收成果的时候，都是兢兢业业，一点都不含糊。

即便一天巡逻好几遍，还是有丢的，队长直嘟囔，气得我们牙根直痒痒。眼看还有三天就要收割了，我们终于“会到”了小偷。在一个大月亮的晚上，我们头半夜巡逻到第三遍的时候，忽然远远听到地里有“砰砰”

的打豆子声。我们很慎重，四人蹲下来研究，分为两伙，我和高大哥直接迎头摸上前，黑子他们俩从后头包抄。

黑子偷摸先行，约莫五分钟左右走到了小偷的后面。我和高大哥开始顺着动静往前摸，当距离目标几十米的时候，打豆子声突然停了，我们被小偷发现了。随即我们一声号令扑了上去，黑暗中蹿起两个身影，飞快地往火车道方向跑。

只听豆子地里“咔嚓嚓”一片响声，我们穷追不舍，哪知道窃贼像受惊的兔子跑得飞快。正在我们气喘吁吁、上气不接下气的时候，突然一个窃贼“扑通”一声被绊倒了，我们一起上前，不管三七二十一将其摁住，一顿乱捶，活捉一个，另一个早跑没影了。

押解小偷回到生产队的马号，一看是一个小白脸，审问了半天，原来他来自鹤岗，因为没有吃的，只好秋天以偷地为生。小偷从鹤岗坐火车到新华下车，就遇到了我们的豆地，已经连着来好几次了，七段地丢的豆子基本上都是他和跑了的那个同伴偷的。问他另一个伙伴在哪里，他说他们事先约好，在新华火车站会合，然后坐凌晨两点的火车回家。

我们绑好窃贼，连夜徒步十公里来到新华火车站，在候车室一踅摸，就看到一个可疑男子，他低头，坐着一个小面袋子，我们四人上前薅住他，还没等问，那个人就瘫在地上了。我们带着第二个窃贼赶回生产队，已经是天色大亮，社员都开始上工了。

到了马号一看，绑好的那个小偷没了，饲养员说他喂马的时候人跑了。我们尽管很怀疑，但是也没有办法。任队长来了，问从车站抓回的小偷是哪里的，小偷说是安徽的，因为任队长也是安徽人，当时脸就黑了。他一把将小偷拽到外面，“啪啪”打了两个嘴巴，说：“别给安徽人丢脸，你给我滚。”

小偷愣了半天，突然，他撒丫子跑了。我们几个，你瞅我，我瞅你，一个劲儿纳闷：怎么就这么完事了？丢了那么多豆子，费了一整夜的九牛二虎之力。

任队长转脸哈哈大笑，夸奖我们几句走了。

冬天改良土壤

入秋前农闲，社员都回家伺候自己的自留地，我们知青没有自留地，还得上工。队长一大早笑嘻嘻给我戴高帽，说："肖队长，生产队搞科学种田，整颗粒肥，社员都不相信，你们青年觉悟高，有知识，这个重任交给你们，你带头和我搞实验吧。"

到了生产队臭烘烘的大粪堆，队长只交代了几个具体的制作方法就走人了，搁谁也受不了那臭气熏天的味道，还有那手指盖大小满天飞的苍蝇和没有见过的大小虫子，后来才知道，那大小虫子是屎壳郎。

闻闻臭气也就罢了，还要把大粪用大锅烧火熬开消毒，然后摊在地上晾干，用耙子来回滚出球，而后晒干装袋。大热的天，汗水和臭气混合，那滋味真是难受极了。小青年有很多怨气冲我发，尤其是女青年，每天都像上法场一样。看着他们实在受不了的样子，继而还有意躲避，我也装看不着，不出活，我就偷偷早来晚走多干点。

一入秋，我们生产了五十多麻袋颗粒肥，第二年开春种苞米，一埯里放四个颗粒，苞米长得又粗又壮，都是双棒大棒，获得了前所未有的好收成。

有了与大粪结缘的经历，入冬，队长又给我戴高帽，让我积肥——去城里刨厕所里的大粪。反正队长看好我，什么脏活累活都让我干，谁让我是青年队队长呢！我脸皮薄，干就干了。

刚开始，赶着大粪车，钻各个厕所是真不好意思，尤其是到女厕所掏粪，必须把门望风。后来时间长了，下厕所刨粪上瘾，哪个厕所粪多，特高兴。用绳子把冻成柱子的大粪套好，几镐刨下来抱着就跑，比吃饭都高兴。至于有没有味，没有考虑过，后来回家换了新衣服，老妈还说我一身臭味，怪不得我在农村没有姑娘看上，估计是身上有臭味的原因。

冬天农村猫冬，在抓革命促生产的年代，倡导积极献工学大寨，变冬闲为冬忙。队长给我们青年上完政治课安排全体社员去刨冻土方积肥，还说不计工分多少，待以后看效果再定，青年没有计较，而社员没有一个参加的。我们去十几里之外的水泡子干了起来。

数九严寒，我们战天斗地，一天就把一米五厚的冻土层刨开，深挖泥塘里的腐殖土，运送到大地里。后来几个青年冻坏了，再没有来，只剩下我和另一个青年，一直干到元旦。两个泡子被我俩翻了个底朝上，囤积了几百立方的冻土肥料。要过年了，队长才过来看看，这一看立马睁大了眼睛，不断咂嘴说："没想到你们真能干，这些冻土肥料拉到地里能改造多少农田呀！"

队长受感动了，回去立马宣布，五方土给十二个工分。这下子我俩可掏上了，这几百立方冻土肥料所得，赶上我俩一年的工分了。高额工分在生产队掀起了积肥热潮，春节前很多社员亲自出马上阵，仅仅一个月，就把一冬的积肥改造土壤任务完成了。

后来，社员说我俩发了，他们后悔先期没有来干。队长笑呵呵不答，大家这才明白过来，原来不计工分，后来突然涨分，计较利益的没有挣着，这是队长的计策。

酒仙看场院

生产队都有一个大大的场院，收割的时候堆满了玉米、黄豆等农作物，上冻的时候开始打场。粮食进仓前，都要防火防盗。有的场院管理不严，失火烧了一年的收成，这样，就要上升到阶级斗争的层面追责，如果怀疑到谁放火，批斗得可狠了。想不到，最后查明原因——大意失火。

有临近城镇的场院，在挨饿和吃不饱的年代，不但队里有人偷，城里也有人来偷。队长说："每年我们场院虽然有打更的，但都偷懒回家睡觉，粮食依然是丢，还有里应外合的，监守自盗的。这回咱们请小青年看，小青年没有私心！"

这样，我就成了看场院的打头人。害怕我没有经验，特意找来我的好友高大哥，让他陪我。队长还千叮咛万嘱咐高大哥，"你别把小青年带沟里去。"

我琢磨，高大哥怎么能把人带沟里呢！后来证明还是带进了沟。进入十一月，天寒地冻，场院里没有房屋和避寒处所，高大哥天天怀揣个小酒瓶子，走几圈喝几口，弄得我也跟着喝，这就开始练酒。我俩文化都不高，也都不善言语，就躺在苞米叶子堆上看着天，数星星，看三星算计时辰，不一会儿就睡着了，不一会儿又被冻醒了。

我冻得四肢僵硬，起来四处跑，回来就不见了高大哥，里外走了好几圈也找不着人。我一个人不敢再睡，就一圈圈围着场院跑步巡视，身子走热了，腿也走软了。

后半夜，忽然听到苞米叶子堆里鼾声如雷，扒开一看，高大哥酒气熏天，在热乎乎的苞米叶子里睡得正香。他醒后告诉我，明天多穿点，棉裤加秋裤，鞋里的包脚布子外面裹上塑料布，这样保温不冻脚。

高大哥还说，队长原来说的信得着我，其实是冻得没人看了，让高大哥来，是早已经答应他，我俩每天早上可以到队里豆腐坊喝一碗豆腐脑，并允许高大哥每天拿一块豆腐回家。还有这钻苞米叶子堆，是队长发明的。

我恍然大悟，原来就是这么把我带沟里去呀！第二天我特意买了烧酒，装个一小瓶带着，身上里里外外加了三层保暖，脚上特意包了塑料布，喝着酒吃着咸菜疙瘩，到后半夜小鬼冻得龇牙的时候，把苞米叶子堆扒开，钻进去，外面动静还听得见，热乎乎一睡大天亮，然后跑到豆腐坊喝一碗热乎乎的豆腐脑。后来我俩就换着班，轮流巡逻睡觉，要不打场，这一个月非得把我冻个好歹。

社员家家都有自留地，每年打场的时候，大都在头半夜利用队里场院的空闲，挑灯夜战打小场，生产队很多人都来互相帮忙，这已经约定俗成。我们看场院的，在晚上打小场的时候自然要参与，不光是干活热闹，还赚个人情，主要是家家都有好吃喝供着。

打场到半夜，肚子"咕咕"叫，每家都做些饭菜。农村没有啥好吃的，就是酸菜炖粉条、醋溜白菜、炒土豆丝、白菜丝凉菜，一个肉星都不见，不过小烧酒随便，可都是地瓜酒。有一天，大队高书记弄了一盘油炒花生米，那是这个冬天百家饭最好的一道菜，还特意摆放在我和高大哥面前。高大哥的两个妹妹对我特别热情，后来还演绎了一段故事。那晚那顿酒喝得真美。

每天打小场，每天喝小酒，喝完钻进苞米叶子里睡一觉，也算是神仙过的日子了。我最后成了吃百家饭的酒仙，哪顿都喝一两大碗白酒。地瓜酒甜，上头，酒醉人不醒，结果喝坏了脑袋，可能后来没有考上大学和这个有关系。

难为抓老社员

我下乡那几年正是“备战备荒为人民”“反帝防修”的紧张时期，入冬就开始军训。我被任命为汤原民兵独立团鹤立公社胜利民兵连三排二班班长，二班也就是女民兵班。当时我们胜利连发给班长人手一支半自动步枪，还配发三颗子弹，训练的时候退出子弹，执勤的时候子弹上膛。

在封江的时候备战紧张，民兵训练完开始上岗执勤，我和王三等三个民兵分配到鹤立铁路大桥执勤，任务是昼夜巡逻，不允许行人上桥走，凡是上桥行走的必须盘查，发现嫌疑人可以拘捕扣押，凡是有破坏的行为，允许开枪制止。

在狠抓阶级斗争的年代，外加备战紧张时期，人们脑袋都绷紧了弦。一个月的备战看桥就要过去了，每天除了巡逻就是闲待和睡觉。那时不允许玩牌娱乐，待在社员家里的大炕上还挺舒服，一天就是听王三讲段子闲扯。有时候王三还不老实，偷鸡摸鸭喝小酒，我反正不参与。连长让我和王三一组，估计也是限制他，因为我不惯着他。

有一天，河对岸兴华大队一个五十多岁社员不知道哪来了邪劲，赶集回来非要走桥上，走到半截被我们发现了。我们全体出动，上桥截住了他，几经盘问，他说不出上桥走的原因，我们就把他带回来盘问。王三先搜查了他带的东西，小面袋子里都是赶集买的馒头和烟叶等零碎，三斤装的大瓶子打了满满一瓶烧酒。

王三边喝过桥者的酒边翻人家衣服，搜查是否有武器和炸药。最后，过桥者只剩一条裤衩，当裤子脱掉那一瞬间，我看着过桥者露出补丁摞补丁的花裤衩，心就软了。王三则不依不饶，借着酒劲，拿着我的半自动枪，“咔嚓”一下把子弹推上了膛，逼着过桥者脱了裤衩，令其站在一边接受审问。

过桥者哆嗦着，哭了，看着他可怜的样子，我急了，我让过桥者穿上衣服，拿着东西走人，还说有什么事情我负责。我的怜悯举动等于拆了王三的台，他不愿意了，说我：“你牛，你口头上老说有什么事你都负责，你不就是个挂名青年队队长吗？其实你啥也不是，这个责任你负得了吗？你就是我裤衩里的虮子。”

我真烦他那土匪样子，把人家黄烟都打开撕碎了抽，吃人家喝人家还拿人家耍戏玩，我抢过半自动步枪，推着过桥者走了。这次过桥者长记性了，顺着河道一溜小跑，边跑边回头冲着我说，“谢谢兄弟啦，这要给我戴上反革命帽子，我全家都完啦。”

下饭馆偷盘子

我苦干了半年，到了年终分红时傻了眼，生产队收成不好，一天十二分才合两角八分，半年收入三十三元七角钱，给了四麻袋苞米棒子和半袋麦子算作口粮。

看着小青年大眼瞪小眼，迷茫无助的样子，高大哥喊了一声：“走，下馆子去，大伙一人七角钱，插伙吃一顿，一年到头了乐呵乐呵。”

我心里顿感热浪翻滚，这七角钱是冲着我零头来的，我们累啥样，苦啥样，关键是心里冷啥样，有谁知道，还是不多言不多语的高大哥理解我们。不容分说，我们小青年和几个不错的热血社员积极响应，一下子跑到了当时林业最好的饭店，要了十个大菜，灌了整整一大桶白酒，呼天喊地一顿神“造”。

看着我们情绪不高，高大哥话语特别多，为了逗我们开心，吃完饭，把国营饭店的大盘子用嘴一遍遍舔个干净，说：“一年也不见多少荤腥，这盘子里的油不能浪费了！”然后，他一把将盘子揣进大棉袄里，哈哈大笑，接着说：“大队干部偷，小队干部搂，社员一人缝两个大挎兜。”

结果，一个叫黑子的青年转转眼珠子，也随手揣了个盘子，我们扬长而去。一年收成和辛苦就在酒蒙子里过去了。

我记得很清楚，下馆子算账的时候是十二元零两角，那时候国营饭店最好的菜也不超过一块钱，我们八个人每人七角，合计五块六，其余的一半是高大哥自己掏的腰包。大哥四个孩子，一生贫困，他掏出那六块六的时候，不知咋心疼呢。

冤家朋友

第二年春耕，开始耲谷子，我和车老板子学习种植谷子技术。别小看车老板子，他们什么活都能干，牛得很。高大哥就是车老板子，我没有分配到他的那挂大车，倒是和四十多岁的海燕一个车。海燕这个人和一般人合不来，他平时事多、好干仗。他赶马我扶犁，他干活嘴也不闲着，一会儿深了，一会儿浅了，一会儿歪了，一会儿种子少了，嘟嘟囔囔的，我就对他来气。

有天早上套车，海燕的菊花青大马生的小马驹快一岁了，活蹦乱跳地淘气，趁我给它妈妈上套的时候，照着我的肩膀头狠狠咬了一口。马小嘴大呀，疼得我眼泪都出来了，半拉膀子不好使。海燕和大伙在一旁哈哈大笑。我气不打一处来，抢过鞭子追打小马驹，边抽边骂，撵得小马驹在院子里乱跑。

海燕拉下脸不愿意了，说，“你这么大人和小牲口一般见识，那么点个马驹你打它那么狠!”

那边呢，菊花青看我打它孩子，仰头“咴咴”乱叫，马蹄子直刨。我心软了，抱着膀子上车，出工的时候，一路没和海燕说话。他心疼马驹，一路不理我，这仇就结下了。

这一头晌，憋着气窝着火，干活的时候，小马驹过来我就撵，越撵，海燕越生气。没到晌午呢，海燕气得不干了，卸下马和犁杖坐一边抽闷烟，还直嘟囔。我压着一肚子火没处消，拽过菊花青一抬腿骑上，扬鞭抽马快跑，小马驹怕我打它，远远跟着。海燕起身连喊两声，我装作没听见，放马一溜烟跑了。

菊花青干了一头午活，一身汗没有消，骑着流光打滑。它还不听使唤，老低头“吐噜吐噜”打响鼻，结果没有跑多远，它驮着我擅自跑到河套里，到了河中央，一打滚把我甩到水里。菊花青自己滚了两下，洗洗澡，闭着眼睛去喝水，然后它和小马驹不紧不慢，甩达甩达走了。

我成了落汤鸡，火冒三丈，拎着鞭子飞快撵马抽打。海燕老远迎了过来，开口大骂，“你还有心没心，这牲口干了一头晌活，你不好好让它休息，还撒气折腾?”

他开口骂我，我不服，两人吵了起来。高大哥黑着脸过来了，平时不咋说话的他，一把拽着我，抢过鞭子说，“你别说了，这马是老板子的心头肉，谁也不能祸害。”

我哑口无言，老实的大哥都说我了，看来是我的不对，我委屈地掉了眼泪。几个老板子都不说话，默默吃饭。海燕大哥开始坐立不安，一会儿站一会儿坐，挪蹭半天走了过来，特意给我几根酱咸菜，拿他随身带的酒给我喝了一口，说：“对不起了兄弟，这离家大老远的，别上火。”

从那以后，海燕成了我的好朋友。

吓坏了队长

谷子长出了苗，薅谷子的活很难干，一会儿站一会儿蹲，大热天累死个人。看着临近的生产队，人家喷药除草，我们羡慕极了。我知道队里有“除草醚”药液，问队长为啥不用，队长哼了一声说：“不会用。”我说：“我学学人家。”队长想想说：“也对。”在大家一哄声的请求中，队长答应我，第二天开始试用。

我向临近生产队的喷药人请教，了解了基本技术。我与队长说：“一桶水兑一瓶盖药就行，走一趟就一垄地，这几垧地我三天喷完。”想不到，第二天邻地换了一个人，他喷药不像头天那个人慢慢走，而是大步流星地走。我喷完一垄地，人家喷了三四个来回。

我过去一问，对方说：“头天那个人的技法不对，现在的方法是一桶水配五瓶盖药，只要快走一样达到效果，省时省力还加快速度。”我又按照他的新方法重新兑药，开始快步喷药，结果不到一天就喷完了。晚上回去我和队长说喷完了，队长吓得眼珠子都瞪圆了。我一说改良了方法，加大了药量，他一拍大腿惊呼：“完喽，完喽，这下子全完喽！”

队长跑了十几里路，去喷完药的谷子地查看，我们晚上收工回来的时候，看到他脸上挂着笑容，说：“还行，再缓两天看看。”

药效期限三天，三天后，队长又去观察，这时他才说实话，头天他到地里一看，草都蔫了，谷子苗嫩绿挺拔，第三天杂草枯黄全死了，谷子苗都很精神。

这件事之后，队里凡是需要农业技术的地方，队长都找我。入冬，天寒地冻，队里积肥刨粪，人工干费力不出活，大家就要求队里放炮崩。队长也有点活心，但苦于没有资金买火药，问我有什么好办法。

因为在学校搞军训的时候，我和化学老师学过用化肥炒制土炸药，于是我问队长，“有没有硝酸铵？”队长说：“有！”我就说：“给我两袋子。”硝酸铵到手了，我又弄了些锯末子，用队里废弃的大锅开始炒制土炸药，土炸药弄好了，再用牛皮纸装袋，装桶，裹好，队里买了些雷管和导火索，我们到大地里的冻粪堆实验。

第一炮因为打眼浅了，一炮冲天，天女散花，吓得队长“嗷嗷”乱叫，他说：“这玩意儿没崩多少粪，伤了人怎么办？”我一再解释，“打深眼少放药一定能成功。”好说歹说又放了一炮，这一炮实验成功，声音不大却把半个冻粪堆震开了，队长抿着嘴乐，说：“就这么干。”在他的安全监督下，四个大粪堆，一个有几百立方，八炮一天就崩完了。

后　　记

在我动笔写这些回忆文字的时候，想起了似乎忘却了的四十多年前的故事，忽感亲切，温热润心，想念那些仅仅相处不到一年的亲人和亲情。

我记得选拔我上铁路工作那天，队长一声号令：“艰苦的活都是小肖干的，好事也应该给小肖，这是良心！”

平时不怎么来的老社员都来了，他们异口同声，支持选拔我！那天我感动得半夜里流泪。当我上火车离开的时候，突然，站台上涌入几十号扛着锄头的社员。我一看，全是我们胜利二队的社员，打头的是高大哥。他领着全体铲地的社员，早早收工，放弃休息吃饭，步行十几里地来给我送行。

车开了，我站在车窗前，低头、弯腰看着那一张张黑黑的脸庞，望着那一个个伫立的疲劳的身体，那一排高高扛在肩上的锄头，我泪崩了。

当我再次抬头挺起身子的时候，我忽然感到后面仿佛有一座高山。

作者简介：肖殿昌，一九七三年八月下乡到汤原县鹤立公社胜利二队。一九七四年参加铁路工作，二〇一四年退休。中国摄影家协会会员，佳木斯作家协会会员。出版有《壮美黑龙江》《没有光环的英雄》《中国赫哲族》等。

一生最美好的回忆

赵凤兰

一九六九年我初中毕业，青年人纷纷响应知识青年上山下乡的号召，到农村、到边疆去插队落户。

光阴似箭，虽然半个世纪过去了，每当回想起当年去梧桐河农场下乡的情景，依然心潮起伏，久久不能平静。

金秋十月，艳阳高照。临行那天我们背着行李，胸前戴着大红花，早早来到了县政府门前广场。欢送大会上，县领导亲手给我们每人发了一套《毛泽东选集》合订本，并且进行了热情洋溢的讲话，给我们增添了无限的信心和力量。

欢送大会结束后，在一片锣鼓声中我们乘坐上大敞车。车厢两侧粘贴着大红标语：热烈欢送知青上山下乡；知识青年到农村去，到边疆去……

大红标语在阳光下显得格外耀眼。

上午九点多钟，汽车缓缓出发。夹道欢送的人们挤满了半条街，知青的爸爸妈妈、兄弟姐妹、同学和亲朋好友一路奔跑着，欢呼着，追赶着。突然在拥挤的人群中我看见了我的妈妈，一阵秋风吹散了她花白的头发，只见妈妈边跑边擦眼泪，唯恐泪水模糊视线看不见她的宝贝女儿。

看到妈妈这个样子我心都碎了，泪水夺眶而出。妈妈百般不同意我去农场，因为我太小了，那时我才十六岁！

渐渐地，渐渐地，汽车远去了，随着汽车的飞驰我们离开了县城，离开生我养我的家乡，离开了亲爱的爸爸妈妈。然而，此时此刻每个人的心情都十分激动，没有人组织也没有人指挥，大家情不自禁地唱起了歌儿："我们走在大路上……"

汽车把我们送到了佳木斯港口，我们乘上一艘客轮。我还是第一次坐轮船，心里甭提有多高兴了！

中午，随着一声汽笛的长鸣，轮船起锚缓缓向江中心驶去。站在甲板上望着滚滚的松花江水，心里不知道是啥滋味，大家你看看我，我瞅瞅你，竟抑制不住哭了起来。毕竟我们都是第一次离开家啊！

下午，客轮在"梧桐河"港靠岸了。我们上岸以后就看见有许多马车停在那里，他们来自各分场，是专门接知青的。我被分配上了"三工地"的马车。

坐在马车上，感觉天空那么蓝，空气那么清新。放眼望去，茫茫一片大草原，偶尔能看见几间破旧的茅草房。道路两旁全是草，或许是水土肥沃，或许是长年无人割，那草长得足有两个人那么高，从未见过这么高的草。

马车在崎岖的道路上奔驰着，马蹄声在耳边回荡，脑海里却是一片空白。此刻心情又十分沉重！因为谁也不知道未来的道路会是怎样。只是感觉走了很远很远的路程才到达了"三工地"。

我们住的宿舍是南北大炕，一铺炕住十来个人，屋子中央有一个砖砌的炉子，这就是冬天唯一的取暖设备。

吃饭是集体伙食，那时候感觉农场的大米饭和馒头真好吃。小炸鱼也特别香，特别鲜。至今都回味无穷。

我们出工就是割草，然后往回扛，用来烧炕。因为我们大多数知青在家没有干过这样的活，一天下来手都磨起了血泡，钻心地疼，但我们仍然坚持着，从不叫一声苦，喊一声累。

冬天到了，我们割树条子，然后从冰面上往回拖。梧桐河的冬天真冷啊！虽然我们戴着帽子、口罩、棉手套，但也感觉很冷。记得有一次，我的耳朵冻了，又红又肿，一直到天暖了才好。

一九六九年珍宝岛发生战争，全国人民齐备战，农场也不例外，开始挖防空洞。因为洞口狭窄，容纳不了更多的人，所以只好几个班轮流干。

大家争先恐后，干得可来劲了，不过还是男知青干得最多。那情景、那场面就和电影“地道战”中的阵势没啥两样。

农场的连长和指导员都是退役的老兵，因此对我们知青要求特别严格。每天清晨集合号一响，我们就要到操场集合，进行跑步训练。最令人害怕的就是夜间拉练，当你还在睡梦中的时候，大约凌晨一二点钟吧，集合号一响，电闸一拉，满屋一片漆黑。这时我们要立即起床，摸黑穿衣服、袜子，打行李，然后到操场集合。

全部过程仅限三分钟。操场上放一个席子，大家都把行李放在上面，接受检查。有动作慢的袜子还没有来得及穿，裤带也没系，拎着一只袜子就跑来了。有的行李没有捆好，还没有跑到地方就散花了，那狼狈相就跟战场上撤下来的残兵败将差不多，无论是谁都逃不过连长的一顿臭骂。

离我们工地不远的河对岸放着七口大红棺材，那是上海知青坐船去河对岸割草，不小心船翻了，船上七名知青全部遇难。虽然尸体早已运走了，那里放的只是空棺材，但也挺瘆人的。军训跑步时连长偏偏把队伍往空棺材附近领，并且绕着圈儿围着空棺材跑，吓死人了！胆小的知青吓得直哭，第二天发烧都上不了工了。

当时我们都恨连长，背地里骂他，现在回想起来才理解连长的良苦用心。若不是这样，我们这些温室里长大的花草，怎么能经得起暴风雨的考验？

我们刚来到农场，如果没有什么特殊情况是不允许探亲的，可我们这些知青大多数都是第一次离开家，能不想家吗？劳动一天下来，曾有多少个夜晚趴在被窝里偷偷地哭。那时候没有电话，更没有手机，唯一的通讯方式就是书信往来。

每天收工回来，大家最关心的就是看有没有自己的信，真像古诗写的那样：烽火连三月，家书抵万金。一封小小的书信对于当时的我们来说，是多么重要啊！

一九七〇年元旦即将来临，为了庆祝我们在农场度过的第一个阳历新年，连里组织排练节目。一听说排练节目，可把我给乐坏了，因为我从小就爱好文艺，所以第一个报名参加。

我们的节目很丰富，有舞蹈、合唱、独唱，还有器乐合奏。记得最清楚的就是一个女生的表演唱，这个节目从选材到命名以及词、曲都是知青自己创作的，大家都非常喜欢。一时间成了当时最流行的歌曲，劳动中，闲暇时，总要唱上几句，直至今日这首歌我还记忆犹新。

过了一段时间，我被调到农场基建大队。春天到了，我们十来名女知青在宿舍道北开了一块小菜园。那儿的土质非常不好，上面全是砖头和煤灰。我们就一锹一锹地挖，经过一周的艰苦奋战，这块地终于被我们开垦出来，接着开始往出捡砖头瓦块，然后一筐筐往出抬。最终收拾干净了，面对眼前又平整又松软的土地，大家有说不出的高兴。

打好垄，浇上水，栽上了柿子、茄子秧苗。功夫不负有心人，排长每天带领我们顶着烈日给秧苗浇水、施肥、除草。小苗一天天长大，开花了，结果了，收获了！结出的柿子又大又红，特别好吃；紫油油的茄子长得足有一尺长，望着眼前这丰收的果实，大家乐得合不拢嘴。

那时候，我最爱干的活就是上菜园下柿子、下茄子。每当把一筐筐柿子和茄子往食堂抬的时候，虽然很累，但丰收的喜悦难以抗拒，吃着自己劳动的果实，有一种特别的甘甜。

我下乡走之后，也把妈妈的心带走了。冬天妈妈怕我冷，托人从山东捎来最好的棉花，让我做棉衣。戴上妈妈亲手做的棉手套，我从来就没有感觉到冻手。夏天妈妈怕我被蚊子咬，给我买最好的蚊帐。妈妈怕农场伙食不好，担心我干活累又吃不饱，所以每隔一段时间就托回家探亲的知青给我捎肉酱和辣椒油。

那时候的肉和油都是限量供给，家里人舍不得吃，差不多都给我吃了。亲爱的妈妈呀！你对女儿无私的厚爱，我会一生一世铭记在心中。

天有不测风云，一九七二年妈妈得了重病，无人照顾，我不得不告别在一起劳动、学习、生活的战友，告别我的第二故乡梧桐河农场，返城回到了汤原。

短暂的知青生涯，不仅锻炼了我的身体，也磨炼了我的意志，陶冶了我的情操。

在广阔天地里虽饱经风霜，历尽沧桑，但它使我更加成熟，更加坚强。那段刻骨铭心的往事，我已把它珍藏在记忆的金匣子里，成为我一生最美好的回忆！

作者简介：赵凤兰，汤原知青，一九六九年十月到梧桐河农场下乡。一九七三年返城，从事教育工作，历任汤原镇第三小学、第一小学、汤原镇中心校教师、教导主任、副校长等职务。

我是个知青多面手

许祥佳

时光飞快地流逝，转眼五十年过去了，当年的知青已两鬓染霜，容颜已老，但是总有一些刻骨铭心的、难以忘却的记忆挥之不去。回首往事，终生难忘。

一九六八年十一月的一天，老师宣布："为了响应毛主席的号召，从明天起，我们不上课了，家住农村的同学，直接回村参加生产劳动（回乡知青），吃供应粮的同学（城镇知青），回家准备好行李，明天早晨上学时间到学校集合，统一安排下乡，到哪里去，明天来了再公布。"

我回到家，因爸爸出差了，便和妈妈说："我从明天开始下乡到农村去了。"

妈妈没说什么，而是呆呆地发愣，看了我半天。晚饭做了好吃的大米饭，还炒了两个菜，我家平常生活多数是吃炖菜。家中十口人，有奶奶、爸爸妈妈和我们兄妹七人，我排行老二。在那个年月里，家中很少吃顿大米饭，供应的大米也实在是太少了，每月每人只有半斤，只有当家中来了客人或节假日才能吃上一顿大米饭。

第二天早晨，妈妈起得很早，做好了饭菜就忙着给我准备要带的东西，打好了行李，用网兜装着脸盆和生活用品，还特意给我现炒了一罐头瓶黄瓜咸菜。这是我第一次离家出门，当时心情不知如何是好，妈妈嘱咐我很多话，依依不舍地看着我走出了家门。我走了很远，回头看妈妈，她还在大门口张望着我。

我按时来到了学校，下乡的同学也都陆续到来了。大家到一起说说笑笑，都诉说着自己与家里人离别的故事。我们即将走向新的生活，都高高兴兴的。老师来了，向大家公布了名单。我们这批下乡的同学共有四十多人，分成两组，每组二十多人。一组到汤原县香兰公社保安大队，二组到汤原县香兰公社大有大队。我是第二组的。

天空晴朗，阳光明媚。八点多钟，学校里来了四辆胶轮大马车（每个大队来两辆），每匹马的头上和赶车老板的鞭子上都拴着红缨。同学们按照分好的组，分别上了马车，奔向各自的目的地。香兰公社的大门口聚集了很多人，他们在等待着我们，见我们到了，敲锣打鼓，还鸣放了鞭炮。

我们还没有来得及下车，就有一位公社领导出来讲话，他宣读了毛主席的指示："知识青年到农村去，接受贫下中农的再教育，很有必要。""农村是一个广阔的天地，在那里是可以大有作为的。"

我们激情满怀热烈鼓掌。

欢迎会一散场，我们坐在马车上聆听着马蹄"嗒嗒"的响声，向着大有大队奔去。一路上我们唱着革命歌曲，一个多小时就来到了大有大队。大队早已做好了对知青的接收和安置工作，为知青现成立了食堂，集体吃饭。做饭的师傅叫范兆祥，有三十多岁，中等个子，性格开朗，爱说爱笑，干净利索，饭菜做得很好，我们大家都爱吃，都很喜欢他。

大有大队有二百多户人家，划分为三个生产队，以耕种旱田为主，水田很少，没有副业生产。我和韩文江、丛曰侠、姜明、李胜云五人被分配到第一生产队。我们同住在村民杨德芳家的北炕，杨家夫妇和两个十多岁的女儿住在南炕。杨家是三间泥草房，屋里是土地面，用报纸糊的棚，墙刷的白灰，洁白干净。

西屋是仓房，中间是厨房，东屋一间住人。杨家人淳朴善良，干净利落，生活勤俭，是典型的贫下中农户。

我们五人放下背包、行李，铺好床铺就到外面溜达，到了新的地方，新的生活环境，处处都感到陌生和新鲜。吃过中午饭，在村子里玩儿了一下午，分别到大队办公室和生产队看了一遍，也算是熟悉环境吧。谁也没有随意评论，从每个人的表情上看，来时的兴奋减少了许多。

第二天，我们吃过早饭就到生产队上工了。队长徐文贵，三十多岁，一米七五左右的个子，身体很健壮，瓜子脸上一对炯炯有神的眼睛，说起话来笑眯眯的。他说："农业生产是按照二十四节气进行的，今年的秋收打场都已经结束了，当前主要生产任务，一是往粮库运送公粮，二是刨粪积肥，往大地里送粪。"

那时候种庄稼完全靠农家肥，没有化肥。队长安排我们知青五人同村民刨粪积肥。

这个活儿很累，不仅要有力气，还要掌握窍门儿，对于我们来说都是严峻的考验。为了能完成任务，为了证明我们能做一名合格的社员，我和同伴们都不甘示弱，不怕天寒地冻，头戴狗皮帽子，身穿老式棉袄棉裤，脚上穿着棉胶鞋，戴着棉手闷子。脚踏着冻得又高又硬的粪堆，甩开膀子轮起了尖镐，一下又一下，一镐刨下去一个白点儿，震得虎口疼痛，臂膀发麻，即便这样也刨不下大的冻粪块儿。

看着社员刨下的大冻粪块，我们很着急。刨了一会儿就浑身是汗，停下来歇一歇，一会儿又全身冰凉还得继续刨哇！逐渐地也能刨下大冻粪块了。刨好的冻粪块越来越多，我们心里有些小得意，脸上也都露出了笑容。

每天收工回到住处，往炕上一躺，浑身像散了架子似的一动也不愿动。但是我们谁也不说累，也不叫苦，五名知青中有四名是共青团员，我还是班级团支部委员呢。我们都摽着劲儿，坚持完成了刨粪的生产任务。每个人的手掌上都结出了一层厚硬的老茧，看来想做一名合格的社员还真是不容易呀。

春天来了，天气渐渐暖和了。小草纷纷从土里钻了出来，嫩嫩的、绿绿的，蔚蓝的天空飘着几朵白云，空气分外清新。小燕子在天空中自由地飞翔，一到傍晚，田野里传来阵阵的蛙鸣。

社员开始忙着春耕种地了，我们几个知青，谁都没有种过地。那时候农村种地没有播种机，完全靠人工操作。种地看似简单，其实还真有学问。种苞米需要五个人一伙儿，一个人用锄头刨坑，要求坑与坑之间距离均匀，深度一致；两个人施农家肥；第四个人一手提着或是胳膊挎着一个用柳条编的斗子（样子像安全帽），装着苞米籽，另一手按坑点籽，一埯双株，不多不少，点下的种子要分开，不能紧挨重叠在一起；最后一个人用脚培土、踩实。

社员的锄头在手中挥舞自如，刨坑距离、深度都很标准，速度也快，点籽准确。可我们则是另一样，刨坑距离、深浅不一，点籽不是多就是少，也撵不上趟，累得腰都直不起来。每次都有社员来接应我们一下。看来还真得努力学习，接受再教育啊！

东北春季多风干燥，在大地里，风一刮，尘土飞扬。种一天地回来，尘土满面，口干舌燥，浑身酸痛。这时才真正体会到社员常年劳动在田间，风吹日晒是多么辛苦，“谁知盘中餐，粒粒皆辛苦”呀！

种谷子需要四个人一伙，第一个人负责赶套（赶牲口），同时手扶耲耙，进行破垄开沟；第二个人负责播种，肩上背着一个十来斤重的细长的布袋儿，一只手拿着“点葫芦”（用于点籽），另一只手拿着一个二尺多长小木棍，紧跟在耲耙后面，边走边匀速不停地敲打着“点葫芦”，使下种量均匀；第三个人负责覆土，手把持着小拉上约一米多高的立木棍，控制着小拉，掌握着覆土的厚度；第四个人专门踩格子，手拿着一根木棍，保持身体平衡，保证脚印踩在籽种坑上。

我是负责播种的，每天下来都是手臂发麻，腰背酸痛。我咬牙坚持着，心里暗想：别人能干的我也能行。

最后终于完成了种谷子的任务，我的心里真的是很高兴。在生产队里劳动，是和社员一样记工分，同工同酬，都是十分制。平时不开钱，等到年终进行统一结算。

我们学习的楷模叫韩文江。韩文江是共青团员，一米七二的个子，略显方形的脸庞，浓眉大眼，双眼皮。他文静沉着，虚心好学，上进心强。

上学时，他的家住在铁路边，父亲是火车站的值班员。我们两家距离不太远，十多分钟就可以走到。我经常去他家玩儿。我们除了学习课本上的知识外，还共同学习无线电、半导体等电器知识。初中一年级时，我们自己就可以装配半导体收音机了。下乡我俩又分配在一个生产队，吃住都在一起，形影不离，而且有一个共同的理想，一定要干出个样子来。

我于一九六九年夏季离开了大有大队。他又干了好几年之后，香兰公社抽调他到社办企业——香兰农具厂工作。那时农具厂生产收割水稻用的镰刀，因质量好，属于国内名牌，很畅销。

我从木良林场专程到香兰农具厂看望他两次。他在生产第一线工作，只见他身上扎着黑色的胶皮围裙，手上戴着大皮手套，脖子上搭着湿毛巾，在红炉前面把烧得通红、火星四溅的铁块，用钳子拿出来送到碾压机上，经过反复碾压，直至达到镰刀的坯料为止。

他的脸被炉火烤得黑里透红，额头上汗水直流，不断地用毛巾擦着……看他这样辛苦，真的让人心疼啊。工友和领导都夸他是业务能手，技术骨干。我问他："累吗?"他笑着回答："不累，我能行。"

我每次去看他回来，都有很长的一段时间不能忘记他工作的情景。后来，铁路扩编招工，通过竞争上岗，他考上了，取得了汤原段第一名的好成绩，直接分配到香兰火车站工作，他先后调到汤原车务段、峻德车站、佳铁分局运输处工作，历任段长、站长直到处长等职务。他工作干得很出色，职务晋升到处级，是我们知青中的楷模。

二〇〇五年，韩文江因患糖尿病综合征医治无效，病逝于佳木斯市。他虽然离开了我们多年，但是他的虚心好学、积极上进、吃苦耐劳、诚实为人、工作认真、刻苦钻研的精神，是值得我们永远学习的，至今我们依然怀念他。

一九六九年夏季，我听到汤原林业可以安排知青的信息，便报了名，在木良林场参加了林业生产，从此离开了大有大队。

十二月二日，汤原县林业局召开了林业第一批知青上山大会，宣读了经汤原县知青办批复的知青人员名单。会议还送给每一位上山知青一本精装本《毛泽东选集》，我一直珍藏着，这是我人生转变的历史见证。

从此，我倍加珍惜在林业的工作，因为有了下乡农村的生活经历，时常拿现在的工作和在农村的劳动进行比较，感到很满足，暗下决心，好好干，一定干出个样子来。

所以，我特别注重领导分配的每一项工作，领导让干什么就干什么，从来不讲条件。不论干什么工作都力争干好，不让领导操心，干起工作来非常积极、努力，认真去完成工作任务。就这样，我在汤原林业一干就是四十一年。我把毕生的精力全部奉献给了汤原林业的建设事业，直至退休。

在木良林场的第一个冬天，我们进行了天然次生林的抚育和采伐生产。男知青和林场工人混编成四个班组，老工人任班长。我被编在二班，每个人一把大斧子、一把弯把锯。

每天早晨七点钟上山，顶风冒雪，要走一个多小时的山路，才能到达作业地点。互相一看，哈哈，每个人的帽檐、眉毛和胡子上都挂满了洁白的冰霜，棉胶鞋冻得硬邦邦的，脚冻得冰凉、发麻。六七十年代东北的冬天就是冷啊！大家扫去冰霜，跺跺脚，活动活动身子，就开始干活了。

漫山遍野的杂木杆，细的用斧子砍伐，粗的用弯把锯拉。拉锯时得先看好树倒的方向，操作时一条腿蹲着，另一条腿跪在雪地上。伐倒一棵树得歇好几次，累得两臂酸疼，头冒热气，浑身是汗，渴了就吃口雪。

我们把砍伐下来的树装到带辕的爬犁上，自己拉着倒运到山脚下，按不同规格堆集。不规格材种和枝丫分给职工当烧火材用。

中午在山上吃饭，点燃一堆火，每个人都从腰间解下自带的干粮，多数是大饼子、发糕、馒头，油饼较少。大家围着火堆一边烤火一边烤干粮，烤好一层吃一层。每个班组带一个“喂得罗”（带梁的小水桶），装满冰雪放到火堆上烧开，谁渴了谁就喝。虽然这样艰苦，但是大家在一起吃吃喝喝，说说笑笑，很是快活。同时也亲身感受到了“火烤胸前暖，风吹背后寒”的滋味。

吃完中午饭，我们抓紧时间继续干活。每个人上下午各自完成两爬犁就到了下班的时间，往回走，到林场的时候就下午三四点钟了，一天的工作任务算是完成了。

那个时候的日子，恐怕谁都不会忘记，生活艰苦，缺吃少穿，可是人们的思想健康，精神头很足。不管是苦也好累也罢，只要心态好，即便再苦再难，也都会把一切艰难困苦踩在脚下。每天的工作虽然很累，但是还感觉新鲜快活。

时间一长就觉得，建林场都十多年了，林业采伐还是这么原始，什么时候才能机械化呢？我们几个知青把这一想法向马国权场长提了出来。他很赞成我们的意见。

一九七〇年春季，林场从江苏省泰州市林业机械厂购买了两台割灌机。该机械原本用于园林绿化清理的，在我国用于林业山场抚育采伐还是初探，这是汤原林业系统使用机械采伐迈出的第一步，也是我国林业第一个率先使用割灌机进行抚育采伐生产。

割灌机由青年工人张铁成和徐大奎实验使用。张铁成年龄比我大五岁，一米七零的个子，聪明好学，学习过汽车驾驶，懂机械，还会修理。从此开始应用割灌机，由于使用的人没有完全掌控机械性能，在北大棚作业区作业时，张铁成的小腿被割灌机的锯片割伤，险些造成残疾。

一九七〇年十月，秋高气爽。场长决定，把我和知青孙文洲从生产班组调出，组成机械班，向张铁成、徐大奎学习割灌机的使用和修理技术。首先学习研究说明书，对机械进行拆装，很快就了解、熟悉了各个部件的结构和功能。又到山场进行实地采伐，场长和技术员亲自到山场了解情况，他们非常满意，高兴地说，可以正式采伐生产。

场长主持召开了冬季生产誓师大会，当职工得知今年冬季用机械采伐生产的消息后，个个高兴得摩拳擦掌。我们机械班的全体人员，也都信心百倍，为了更好地发挥机械的效能，早已做好了充分的准备，并表示，一定要保质保量提前完成采伐生产任务，向新年献礼。

会后的第二天，我们就上山了。每台割灌机后面都跟着二十多人进行打枝、造材、集材一条龙作业，大家干得热火朝天。实践证明，割灌机抚育采伐，不但生产速度快，而且质量好，伐根低，效率高，原计划三个月的活儿，只用两个月就已完成，充分显示出机械化生产的优势。

木良林场从此结束了斧头、弯把锯采伐的历史。在机械化采伐过程中，林业局长刘英远亲自到木良林场进行检查指导，给予了支持和肯定，而后在全县林业系统的其他林场普及推广。江苏省泰州林业机械厂派人来林场调研后，在黑龙江省绥化市、桦南县分别举办了学习班，推广割灌机在林业生产上的应用，还特邀我们派人参加会议，并介绍了使用经验。

木良林场冬季抚育采伐生产任务量大，机械班也壮大了，增加了人员和机械，每天必须保证有五台割灌机在山场正常作业。由于汽化器是浮子式的，又和空气滤清器联合成一体——铝合金件，其头大脖子细，和缸体接合的法兰处发生了断裂，致使机械无法使用，五十八台机械坏了两个，又没有备件，正是生产的紧要关头，与厂家联系购买新件，最快也得二十天以后到货。

有人说，坏了无法修，只有等换新件。我昼思夜想睡不着觉，心想，如果把坏件修复好，让机械重新投入生产该有多么好啊！我把想法向领导汇报后，得到了场长和主管机械班领导高明山的支持，他们给我一天的时间让我专门研究试验如何修复的问题。我用了大半天的时间，经过几种方法实验，最后采取了内用薄铁皮卷成内套，用胶密封好，防止漏气漏油，外部用铁皮制作成联接断裂处的夹子，双边用螺丝固定，修好了断裂的汽化器。

沉睡的割灌机又苏醒了，欢快地轰鸣起来，正常投入到生产中，我是多么地高兴啊！同时我也受到了领导和工友的表扬和鼓励。

泰州林业机械厂派人来搞调研，对后来出厂的汽化器进行了改进，不再发生断裂了，应该说，这是我们在生产实践中搞技术革新的一大成果。

现在的年轻人很少知道，在二十世纪九十年代以前，林场一切文字材料和各种报表，都是经过千辛万苦的纯手工刻字（刻钢板）、油印才能完成。不像现在只要学会使用电脑，一篇千八百字的文章，马上就会打印出来，并且想要多少份，瞬间就能完成，如果不需要纸质材料，发一个电子邮件或群发同样事半功倍。

因为在中学学会了刻字、油印，晚饭后经常到林场办公室帮助领导刻字、油印材料，一忙就到夜半三更。

刻字是技术活儿，用铁针笔在蜡纸上恰到好处地刻画，如果刻得太轻、太浅，油墨印到纸上模糊不清；如果刻得太重、太深就容易戳破蜡纸，很难修复，所以字写得好只是一个方面，刻得好才是真功夫。

一九九八年，林业局和各个林场都购置了电脑和复印机，于是刻字、油印资料的艰难岁月，从此一去不复返了。

林场的文化生活是很匮乏的，每年除了能看上几场电影，就没有什么娱乐活动了。附近村屯演电影时，林场有很多人不怕天黑路远也去看。

在迎接党的十大召开之际，木良林场党支部邢志忠书记组织知青成立了业余文艺宣传队，我有幸参加。参加文艺宣传队的知青，白天正常上班，晚饭后集中排练。开始演出的大多是歌曲、诗朗诵、对口词等节目。观众看后，提不起兴趣。邢书记让我们结合林区实际和林场职工生活，自编自演一些节目，如歌舞剧《植树造林》《安全生产》《护林防火》《女子采伐队》、评剧《山鹰》等，职工群众都很喜爱。

一九七三年排练演出了革命现代京剧样板戏《红灯记》全剧，一九七五年五月参加了汤原县职工业余文艺会演，获得了两项表演奖。那时的木良林场，每年的植树造林、幼林抚育、整地刨穴、木材生产等任务量大，时间紧，劳力不足，不得不从附近村屯和农场招用季节性的临时工。

林场在春节期间派文艺宣传队到香兰农场总场、一分场、六分场，香兰公社的新建、庆丰、庆东、大红星等地去慰问演出，同时也宣传了护林防火和林业政策，用文化交流形式密切了林场与农场、农村的合作关系。每当佳节来临，万家欢聚时，文艺宣传队都活跃在林区的舞台上，为职工群众带去欢声笑语。

文艺宣传队培养、锻炼了知青的成长。如今，当年吹拉弹唱的知青虽然已经步入老年，有的仍然活跃在各地的老年艺术合唱团，如黄左轮、艾厚良、卜俊英等，他们愉悦身心，为美好生活和伟大的祖国而歌唱。

“幸福”这个词，每个人对它都不陌生。生活中，不论是穷人还是富人，都掩饰不住对幸福的渴望和追求，但是每个人对幸福的理解又不尽相同。

我上山在木良林场时可比下乡在农村当知青时候强多了，吃饭有食堂，住宿有宿舍，每天按时上班下班，每个月开工资三十七元钱。我刚参加工作就能挣这么多钱，真是很高兴，感觉很幸福。

在林场参加造林、抚育采伐等各项生产劳动，每天上山下山往返要走十几里或二三十里的路，可以说早出晚归。为了提高工效，减少走路的时间，大多数人都买了自行车和手表。我开始奋斗，努力工作，经过几年的拼搏，愿望实现了，用积攒的钱买了一块上海牌手表和一辆飞鸽牌自行车，高兴得几乎要蹦起来了。

过了一段时间，幸福观改变了——能找到一个情投意合、善良贤惠、漂亮的妻子，才是一生最重要的追求。我是幸福的，一九七五年夏天和上山知青王彩霞定了亲，一九七七年秋季我们结了婚。随着时光的流逝，我们有了一个女儿、一个儿子，一家人无比幸福快乐。

改革开放重视文凭，我参加了成人高考，有幸考上了黑龙江省林业管理干部学院，技术职称晋升为工程师。幸福来了挡也挡不住。

我从林场调入县林业局机关，从生产劳动者到经营管理者的转变，都是在党的培养教育下，领导和同事的帮助、支持下取得的。我虽然为汤原林业的振兴和发展做出了一定的贡献，但是得到的回报也多多，连续四年被评选为县局先进工作者，二〇〇八年获得黑龙江省人民政府造林绿化奖章。

曾经拥有的不要忘记，
已经得到的更加珍惜，
属于自己的不要放弃，
已经失去的留作回忆，
想要得到的定要努力。
你会发现——
生活的点滴里，
蕴含着幸福的味道，
其实幸福，
就在我们身边。

作者简介：许祥佳，汤原知青，一九六八年十一月下乡到汤原县香兰公社大有大队。一九六九年十二月上山到汤原县林业系统，先后任木良林场技术员、东风林场副场长、林业局生产科工程师。二〇一一年退休。

沤　　麻

卢秀芬

一九七五年立秋后，队里种的“线麻”成熟了。所谓成熟就是麻皮能够“离骨”，扒下来供打麻绳用。但麻皮要顺利与麻骨分离，还必须经过一道生产工序——沤麻。

我很好奇，见过麻绳，也见过麻坯子，就是不知道麻坯子是怎么从麻身上弄下来的。

这一天，我和王玉梅、张君等知青参加了这样的劳动。几挂马车载着我们，兴致勃勃地向“圈儿河”奔去。“圈儿河”在松花江北岸，是汤原最东边的一大片沼泽地，河汊纵横交错，大大小小的泡泽由弯弯曲曲的小河流贯穿，水流时缓时急，河面时宽时窄，水草连片。

我们一会儿走水路，一会儿走旱路，没有桥，浅水处依稀能辨出路，深水处看不见车辙，凭感觉往前闯。这一路，也不知道误了几次车，直到下午一点多，才到了大队的“窝棚点”，也就是我们生产队耕种这里农田临时搭建的吃住地方。

吃过饭，我们随社员来到队里的麻地。

“哇！这就是麻呀！”不知是哪个知青惊愕地喊了一声。我仔细地打量、审视着麻，茎秆笔直，有手指粗细，近两米高，没有叉，上部分稀疏长着一些叶子，每片形状如桃叶，长成巴掌状；在麻的顶部又长出一簇一簇白中透黄的花，下面结的籽已成熟，一碰，顶端花粉扑簌簌落下。

开始割麻了，队长给我们分好垄，每七人为一趟，中间由社员负责摆铺子，两侧的人把割下来的麻顺着放，后边的人负责理顺，平铺开。这也叫晾麻，晾晒几天，使它打蔫去水分。

割麻，真是个力气活，刀不快不行，没有力气也不行。人家社员一把一把地割，唰唰地快。我们几个知青，特别是女知青一根一根地割，割一根放一根，还怕给弄折了。一会儿，就汗流浃背，手也磨起了泡。越心急，越是手忙脚乱，不知劲怎么使。

这时，队长把我们几个知青召集在一块，做起了示范：左手抓麻，要往上面抓，不能抓根部，即站着抓，弯腰割，右手瞬间割下来，这样既省力，又防止把麻弄折。我学着队长的样子，慢慢体会。

大约过了一个小时，我的手也灵活了，不那样使笨劲了，直腰抓、弯腰割之间，仿佛有了一种“节奏感”。心里不禁一阵欣喜，割的速度也提上来了。看看其他同伴，也比刚才麻利多了，在直腰、弯腰、挥手之间体会到了学会一种劳动技能的快乐。累的念头随之散去。

割下来的麻晾晒在地里，大约需要五六天吧。这期间，队长又让我们到甸子里挖“塔头墩子”，这里面有泥土，又有草根绕着，一墩一墩的，挖下来，随便扔，也不散花。挖下来的“塔头墩子”用车拉到一个河湾岸边，码成垛。男社员把前几天割下的麻一车一车地运到这里。沤麻的准备工作做完了。

这天下午，我们盼望的沤麻开始了。

队长把所有人喊到岸边，逐个分配了任务，会水性的社员下到没腰深的水里，不会水的负责搬运麻捆。哈哈，原来这是一个多人合作才能完成的活。

我们女知青在杨秀香的带领下，来来回回地快跑，把麻捆向沤点扛运，急急火火的不敢耽误一秒钟。有几个人一只脚在水里，一只脚蹬在岸边，快速把麻捆递给水里的人。水里的几个人，把递过来的麻捆使劲往水下摁，然后一只脚把它踩到水底，整个人站在麻捆上，防止被水冲走。就这样，递来的麻一捆一捆沉入水中，在水中也是一纵排一横排的，使它成为一个垛。

开始时，我只顾扛，看水里的人挺好玩的，就好奇地下水了。可是，麻一经水浸，好沉啊！水里的张大爷喊我："把麻放水里推着，它就不沉了。"

我按他说的把麻放水里，推着它，有时又拖着它，真是，半浸半漂，轻快多了，递到码垛人手里，他又找合适的地方调整好它的位置，人往上面一站，就把它压住了。

河是泥底，时间长点就往下陷。在齐腰深的水里跋涉还是人生第一次，几个来回趟，我就精疲力尽了。一不小心，滑倒了，"咕咚咕咚"呛了几口水，多亏河水不深，挣扎了几下又站住了，等爬上岸，泥水人儿一个，心里又好气又好笑。

杨秀香喊："快上岸吧，那是男人干的活。"

我很不服气："咋啦，这活女人不也能干吗！"

嘴上虽然这么说，可是心里却想：真怕被水冲走呢。

大半个下午，所有的麻都已浸在水里，码了好几垛。接下来，我们又把备好的"塔头墩子"往麻垛上压，直到把麻垛压住为止。麻必须在水里浸一个月左右，这期间，麻经过水泡、泥腐，逐渐烂掉那层青皮，带有韧性的硬纤维才能"离骨"，很自然地就能扒下来了。

中秋节过后，天忽然冷了下来，一场小雪来得特别早，至少比往年提前了半个月，在秋收之前，我们沤的麻一定要从水中起出来。

这一天中午，我们提前吃了午饭，队上还特意买了一些酒，让下水的男社员喝了起到抗寒作用，又带了很多干柴，点上火，取取暖。

河水瘦了许多，麻垛顶部的"塔头墩子"也疲软地堆了下来，泥土被水冲泡浸落在麻垛里，有的就剩下一团乱草根，丝丝络络缠伏在麻垛上。

几个男社员喝了几口酒，又用酒搓搓腿，就"提里吐噜"地下到水里。我犹豫了一下，在好强的性格驱使下，也跟着他们一起下到了水里。

哇，河水好凉啊！一下子刺透了骨头，我咬着牙根，打着哆嗦顽强地坚持着，先用二齿叉子挑下麻垛上的"塔头墩子"，把麻捆冲刷干净，一捆一捆递给岸上的人，岸上人拖到一个平整的地方，进行晾晒。

起麻，真是又冷又脏又累的活，最要命的是打开麻垛的那一瞬间，腐臭味一下子释放出来，几乎能把人熏倒，不仅是臭，还夹带着酸味，真呛人。每拽出一捆，都要经历一次“臭味熏天”，不一会儿，清澈的河水被搅动得浑浆浆的，水面上弥漫着浊气，恶心得我直想吐。

为了快点离开熏呛之地，大家都拼命地快上加快。可我一抓到那黏糊糊的麻捆，浑身就起鸡皮疙瘩。尽管水拔凉拔凉的，身体被麻木得几乎没有了感觉，但还是更怕那个黏稠的感觉……

这个时候，累，已经不算什么了，唯一的想法，就是赶快把腐麻起出来。岸上搬运的人，比水里的人还可怜，他们抱着水淋淋、又沉又臭又黏糊的麻捆，浑身都是臭麻皮和泥水，酸臭味躲都躲不掉。

天快黑的时候，我们终于完成了起麻的任务。我找了一处清净的河水洗洗衣服，洗净沾在身上、头发上的那些污泥浊水，此时，心里真是有一种说不出来的滋味！

王大爷告诉我们，在农村，沤麻是最不招人干的话，有的社员宁可少挣工分儿，也不愿意去干。

后来，我们又经历了扒麻、洗麻等工序，那一束束、一捆捆麻坯子便成了我们打麻绳的原材料了。

看着社员甩着闪着亮光的麻坯子，我也仿佛看到了他们生活的艰辛、快乐、知足！

作者简介：卢秀芬，女，一九七二年六月下乡到汤原县莲江口公社明发大队。一九七四年返城，佳木斯铁路一中、三中教师，中央党校函授学员，佳铁教育分处职员。

故乡情

乔凤云

明发是我人生成长中的第一站。在这里下乡的一千一百八十五个日夜里，我学到了在学校没有学过的知识，掌握了好多劳动本领，并且与父老乡亲结下了深厚友谊，直到今天还相互往来不断。

一九七二年六月二日，我们二十四名不同年龄段的青年一起，身背行装，胸戴大红花，乘坐绿色军用大卡车，离开了城镇，离开了父母，来到了明发知青点插队落户，开始了新的生活。

在学校时，我是团总支书记，并向校党支部递交了入党申请书。来到知青点，我又向明发大队的党组织交上了第二份申请，请求党组织对我进行严格考验，争取早日成为一名共产党员，实现我的梦想。

下乡的第二天，我们就和社员一起下地干活。记得这天是薅谷子，就是在谷地拔草，间谷苗。队长首先给我们做了示范——他两只脚站在两个垄沟里，然后蹲下来，双手像飞燕一样在小苗间飞舞着，随即苗留草飞。

我按照队长的要求也蹲下来干活，可是这一条垄很长，至少有两公里。蹲时间长了腰酸、腿软、眼发花，根本分不清哪是苗，哪是草。特别是谷莠子草和谷子苗相似，很难辨认。

一条垄还没薅到五十米，我就误拔了好多小苗，还好，杂草好认我都给拔掉了，谷莠子草全留下了。队长检查质量时发现了问题，他拔下了一棵谷莠草，耐心教我怎样辨认谷苗和谷莠草。他说："这种草虽然和谷苗相似，仔细观察还是有区别的，谷莠草的根部是圆形紫色的，而谷子的根部是圆形绿色的，叶面上有细绒毛。”

为了方便教，队长想出了一个办法——一个社员带一个知青。如果哪位知青跟不上，落后了，社员可以随手接一接，免得知青着急上火。一连干了几天，知青终于闯过了这一关。

薅完了谷子，我和社员到村西边一块地铲玉米。对我们这些从没摸过锄头的知青来说，手握锄头，显得又沉又笨，锄头一出手，草没除掉小苗遭了秧。因为不会用劲，垄旁的草没除掉，却被一层土给盖上了，特别对小苗跟前的草更不敢下锄。

为了不伤苗，我先用手拔掉小苗跟前的草，回头再给垄旁松土、除草，我这种笨办法太窝工，社员都铲到地头了，我还在地中间呢。队长看在眼里急在心上，他手把手教我怎样用锄尖“蹬掉”小苗跟前的杂草，然后再用锄刃在垄旁一拉，这样既除草又松土。

看完队长的演示，才明白，铲地不能只靠力气，还要掌握一点窍门。即便道理知晓了，可每次铲地还是跟不上社员的速度。就这样，一天到晚累得腰酸背痛，全身就像散了架子一样，只想睡觉不想吃饭。

当年，我们和社员一样，十分制记工分，月满勤三百分，我们除了铲地还干其他活，从六月干到十二月，正好是干七个月，总计挣了两千一百分。到年底分红，兑现了一百二十元，也就是当年一块上海手表的钱。

农忙时，社员都要起早加点干活。有一天早上三点半，队长敲钟催促社员下地干活，知青个个迷迷糊糊地跟在社员后面。这次是铲高粱，中间仅歇气十分钟，由于太困，我倒在地上睡着了。早上天冷，空气潮湿，收工回到宿舍全身痒得厉害，脱掉衣服一看，身上起的全是疙瘩。

知青点对面就是张婶家，热心的张婶看我难受的样子，既心疼又着急。她到处寻找艾蒿，每天用艾蒿煮水，让她女儿燕子帮我洗身子，张婶还亲手给我做汤面，让我吃了好发汗。杜婶家在卫生所隔壁住，为了方便，每天晚上我都去她家打点滴。吕大娘还用了多年治风湿的偏方。

有一天晚上我正在打点滴，大队党支部书记马学文、队长杜义亲自来看望我，特批假让我回家治病。我说这不算啥大病，白天可以参加劳动，晚上进行治病。

在生病的那几天里，我深深地感受到书记和队长的关心，婶子、大娘的热心关照，她们就像对待自己的家人一样，让我感到特别温暖，终生难忘。

记得一九七二年秋季，阴雨连绵，为了尽快抢收地里的庄稼，我和社员一样在泥泞的玉米地里干活。十几天了，手指肚让玉米叶划得都是口子，脚在湿湿的鞋子里一泡就是一天，从此落下严重风湿性关节炎的病根。

经过一年多的劳动锻炼，我学到了许多农业知识，掌握了很多劳动技能，得到了领导和乡亲们的好评。乡亲们说我不娇气、能干、能吃苦。我经得起党组织对我的多次考验，一九七三年八月一日，我终于成为了一名正式的中国共产党党员，实现了我的人生梦想。

一九七四年，大队任命我为明发一队的知青排长。为了改善知青点的生活，保证每餐都有菜吃，我带领一名男知青，骑自行车到江口农场找我大哥，我大哥领着我们到菜地砍了两麻袋菜，解决了燃眉之急。后来，生产队分给我们知青一块园田地，我带领一队知青自己种，自己管理。

每当食堂没米下锅的时候，我找到管理员李叔，把知青的口粮（玉米、小麦）领出来自己加工。为了节省知青点食堂日常开销，我回家向父亲求援，菜刀、刷锅刷子、扫地的扫帚等用具，都是我从自家带来的。

秋季，我带领新老知青到四十公里外的大草甸子打冬季烧柴。我下达的任务是，男知青每人一万捆，女知青每人五千捆，必须完成任务。大草甸子那里的临时住处吃住条件特别差，洗菜、做饭都是用江水。一望无际的大草甸子没有一户人家，村与村之间的地窝棚相距很远，到晚上时常有野狼出没，没办法，男女知青只能同住在一个地窝棚里。没人叫苦叫累，相互关心，相互关爱，如同兄弟姐妹一家人。

我担任知青排长一年多，虽然苦点，累点，多操了不少心，但觉得非常开心快乐。收获也特别大，我学会了一些管理方法，也为将来走上新的工作岗位奠定了基础。

一九七五年七月，公社、大队推荐我上大学（当时是工农兵大学生），学校是哈尔滨师范学院（现今的哈尔滨师范大学）。当我接到通知书的时候，既高兴又难过，心情很复杂。高兴的是上大学深造，能学到更多的知识，难过的是舍不得离开一起摸爬滚打的知青战友和对我关爱有加的父老乡亲。

一九七五年八月二十八日上午，我和知青战友、父老乡亲洒泪惜别，依恋、感恩、牵挂……真有一种不忍离去的感觉。张婶、吕大娘拉着我的手依依不舍，千叮咛万嘱咐。

明发，我的第二故乡，我会常回来看看这片热土和这里的父老乡亲！

作者简介：乔凤云，佳木斯知青，一九七二年六月到汤原县莲江口公社明发大队下乡。一九七五年被推荐到哈尔滨师范大学上学。毕业后从事教育工作，历任中学教师、工会主席、党支部书记等职务。

我们有了一个新的家

肖　凤

上个世纪七十年代，我们响应毛主席“知识青年到农村去，接受贫下中农再教育”的号召，手举红旗，高唱赞歌，肩背行李，坐着胶轮拖拉机，走进了汤原县向阳公社向阳良种场，开启了知青岁月的梦想之旅。

向阳良种场，地处向阳公社北部，南邻新民村，北邻福民水库，始建于一九七四年三月份，有耕地一百一十垧。一九七五年七月接纳了第一批县直机关和农机系统知青三十二人，并更名为机关青年农场。一九七六年六月接纳了第二批县直机关和农机系统知青三十八人，一九七七年七月又接纳了县直机关和农机系统知青十五人，并于一九七八年合并了交通知青点的知青，成立青年农场。四年内农场知青总数达到九十七人（其中有佳木斯知青五人），成为当时汤原县最大的知青集体户。

在农场四年的时间里，全体知青除一名在场部小学教学外，其余全部参加生产劳动，与场工一道风里来雨里去，春季播种，夏季铲蹚，秋季收割，冬季上山采伐。他们自烧红砖盖场房，自己动手拧“拉合辫”盖仓库和牛舍，同时还大力开展副业生产。一九七七年五月，孙红林带领十七名知青前去亮子河发电厂搞基建，历时两个月的时间。

同年五月，民兵连长带领十九名知青到北大通林场进行植树——刨穴、割林带，用近一个月的时间植树两万六千棵，刨穴一万六千个，割林带一万九千米。一九七八年二月，部分知青去石场林场采伐，不仅为场创收，还与场工学会了伐树时“顺山倒”的采伐技能。

通过锻炼，提高了知青的劳动技能，磨炼了每个人的意志，创造了一定的经济效益，为农场的发展壮大做出了一定的贡献。

由于许多知青都是刚刚离开校门走进农场的，其中最大年龄十九岁，最小年龄只有十六岁，有的想家直流泪。场领导对此给予多方面的关怀和照顾，指导员关福彦组织大家学唱革命歌曲，并且自己谱写了一首歌曲《我们有了一个新的家》。歌词是这样写的：

我们有了一个新的家，
家大业大作为大；
看天学会观风雨，
下地学会种庄稼；
泥里水里长学问，
风里雨里学当家；
这就是我们的集体户，
祖国大地上一朵新开的花。

有了这首属于知青自己的歌和场领导的关怀，大家相互鼓励，携手同行。这首歌一直在知青群体里传唱，传唱了四十多年，并且在每次知青聚会之时，大家都要激情满怀地高唱这首“知青之歌”。

场部条件有限，缺少体育锻炼场地，全体知青利用出工的早晚时间拉运砂石和土方，修建了一个标准化篮球场，组建了男女篮球队，定期组织篮球赛和拔河比赛，并且参加了一九七七年向阳公社“八一”篮球赛，夺得了男篮冠军。

一九七六年三月，七十五届的三十二名知青一同到汤原县农机修造厂学习，学习近一年的时间后返回农场。在工厂学习期间，他们钻研技术，苦学本领，深受工人师傅的喜欢，得到了一定的好评，其中孙桂云连续两年被评为“场部先进工人”的称号。

一九七九年三月三十日晚，知青去附近兵团四连看电影，男生宿舍火炕起火，造成一栋宿舍烧毁。面对这一重大灾难，县直机关全体干部积极捐款，解决了恢复生产和重建家园的难题。由于有了上级领导的关怀，知青得到了温暖，增添了干劲，积极完成了春播小麦的任务。

知青岁月，有的知青参加了高考走进了校园，有的进了工厂，有的应征入伍，还有五对知青成为了终身伴侣。

一九七九年十月，按照国家当时的返城政策，在场的知青全部返城，结束了农场的知青生活。返城后，各自都奔赴了不同的岗位。因为有了知青时期的特殊历练，知青在各自岗位上不断成长，先后有六名知青走上了领导岗位。其他知青也都在各行各业奋发向上，努力拼搏，发挥了应有的作用，为汤原县的改革开放和经济发展做出了一定的贡献。

一朝知青，永成记忆。知青的四年历程，我们同吃同住同劳动，所有的生活片断和青春情怀都将永远铭刻在每一位知青的心中。我们每位知青对特殊年代的这种选择都无怨无悔，可以自豪地说："知青有我，我是知青。"

作者简介：肖凤，汤原知青，一九七六年六月下乡到汤原县机关青年农场。一九七九年十月返城，一九八〇年在汤原社会福利院工作，先后任政工干事、政工科长、副院长等职务。二〇一四年退休。

血肩粘连着衣服

卢子华

在金秋十月的收获季节里，我们阔别四十几年的老知青相聚在一起了！当我们相互谈起上山下乡的时候，真是感受颇深，那怀旧的情愫在我心头萦绕。

一九七七年七月的夏季，是我终身难忘的日子。我和同学们响应毛主席的号召，满怀信心，带着青春的梦想，踏上知青之路。

记得插队的第一年，按照上级的部署和要求，我们这批应届毕业生全部抽调到修建引汤工程这支大军中。

引汤工地彩旗飘扬，有的印有“共产党员突击队”，有的印有“共青团员突击队”；无数顶帐篷星罗棋布；各种机械——东方红推土机、铲车、工程车、小推车等等，几乎一台挨着一台。

大堤上人山人海，机器轰鸣。人们挖的挖，推的推，我们这批热血青年热火朝天地投入到劳动中。

繁重的劳动，让刚刚步入社会的我们那种好奇、新鲜，瞬间荡然无存，简直是措手不及。每人每天必须完成一定的筑堤土方量，否则视为不合格。因为那时刚刚毕业，加之年龄又小，在如此艰巨的任务面前，确实有些胆怯。但是，为了不影响团队土方量的完成，更怕拖累大家，我们硬是咬着牙坚持。

临近中午，生产队派人把饭菜送到工地。我们先放弃吃饭，利用中午休息的时间多干些。直到送饭师傅再三催促了，才草草端起饭碗，坐在自己刚刚挖的沟里吃，吃得特别香——发面饼、豆腐汤，边吃边用手挡住沟上面被风吹下来的土，可以说，饭菜完全是伴着泥土咽下去的。

不长时间，我的手上磨出了泡，肩头磨出了血。手泡好弄，用针挑开，把水放出去，很快就变成老茧；而磨破的肩头不好弄，因为血已经与衣服粘连在一起，衣服很难脱下来，一脱钻心地疼。

为了不让大家看到，怕他们说我娇气，我只能偷偷地在夜深人静的时候，慢慢咬着牙往下脱衣服。血渍像胶水，黏合着衣服和嫩肉，并形成了“板结”，导致衣服脱不下来，必须一点一点揭衣服，每揭开一小块，疼得一哆嗦。

衣服脱下来了，然而，肩头丧失保护的嫩肉又丝丝往出渗着鲜血，让我望而生畏。

后来，我被派到宣传组，定期出出板报，上报数字，觉得很充实，很快乐。

我在引汤工地整整干了夏、秋、冬三个季度，这就是我难忘的知青经历，这段经历是我人生的锻炼，更是我一生的财富！

作者简介：卢子华，汤原知青，一九七七年七月到汤原县汤原镇德胜大队下乡。一九七八年十一月参军，一九八二年十一月复员，先后在汤原县粮食部门、公安战线工作。

好人褚运祥

讲述：崔佳明
整理：闫瑞全

我叫崔佳明，今年六十二岁。我的丈夫叫褚运祥，今年六十六岁。我丈夫是浙江知青，回想起来，这事已经快有五十个年头了。

记得一九七〇年七月四日，一大群青年人，响应毛主席的号召，告别父母，背井离乡，从宁波来到遥远的东北黑龙江汤原县。

褚运祥被分配到太平川公社庆兴大队。他们一行二十余人，住在庆兴大队的贫下中农家里。后来大队为知青建了一栋茅草房，有男女宿舍和食堂，吃的是集体伙食。

当时的条件非常艰苦，平时除了吃些白菜、土豆这样的蔬菜外，粮油都是供应的。他们一个月也见不着一点荤星。个别知青手不老实，开始偷鸡摸鸭，在群众中造成不良的影响。

为了管理好这批知青，县里派干部下乡，吃住在知青点，和知青谈心。派来庆兴大队的是胜利粮库的崔殿元，也就是我的父亲。

褚运祥在知青中是个比较老实厚道的人，知青来庆兴大队时，正是夏锄季节。社员早晨三点钟下地锄草，知青还在睡梦中，褚运祥却悄悄起来跟在社员后边，扛着锄头下地了。

他干一早晨活回来吃早饭，有的知青还没睡醒。就这样一年下来，偷懒知青连伙食费都没挣出来，还要向父母要钱交伙食费，褚运祥却能往家邮钱。他给庆兴的知青树立了榜样。

有一年快过年了，生产队杀年猪。褚运祥前去帮忙，在抓猪时，队长的电子表链开了，表掉在地上，别人看见捡了去。队长忙乎完了，想看一下几点了，却发现手表没有了，这时大家七嘴八舌乱说一气，有的就赖褚运祥捡了，让他必须交出来。

不管褚运祥怎么样发誓说没捡着，大家都不信。褚运祥有口难辩，感到非常委屈，只好蹲在地上放声大哭。还是队长给解了围，队长说：“算了吧，我知道小褚是个好青年，小褚你也别哭了，一块表也不值几个钱，等我再买一块就是了。”

年猪杀完，大家拿着分到的肉回家了。褚运祥则带着满腹委屈回到宿舍，然而，大家冤枉他的事，他一字没提。此事过了半年，捡表人把此表给老婆戴，因为是块电子表，在上世纪七十年代还是个新鲜物，这块表不走字了，捡表人的老婆拿手表去问队长，“这表为什么不走字了？”

队长接过表左右端详了半天，问拿表人，“你这表是从哪里得来的？”

拿表人说是她男人给买的。队长有些明白了，问：“什么时候给你买的？”

拿表人说：“年前我男人上街给我买的。”

队长说：“这块表我要了，你回家问你男人，这块表是他买的，还是他捡的。我给你说，这表是我当兵的儿子在上海给我买的，咱们这边还没有卖的。过年我抓猪时丢的，大家把褚运祥好一顿赖，说褚运祥偷捡了我的表，是我说，表丢了就算了，等我有钱再买一块，才给小褚解了围，我得拿着这块表去给小褚赔礼道歉！”

拿表人听队长这么一说，满脸通红，羞答答地走了。

队长亲自给褚运祥赔礼的事，一传十，十传百，[illegible]大的工夫全村人都知道了，当时在场的人，纷纷到宿舍给小褚道歉。从此人们改变了对小褚的看法。

有一次，褚运祥随大队马车到街里给知青买菜。在菜市场，他看到小偷正下手偷一个老大娘的钱包，得手了，小偷跑了。说时迟，那时快，小褚一边喊“抓贼”，一边追，直到把钱包追回来，归还了失主。这时老大娘才知道，自已钱包被小偷偷了，她对小褚千恩万谢。在场的人无不为这个见义勇为人拍手叫好。

事情并没那么简单，小偷到手的钱包，被“管闲事”的归还了失主，他怎肯善罢甘休。几个小偷聚在市场外“蹲守”，小褚给食堂买完菜出了菜市场，几个小偷蜂拥而上，把他按倒在地，一顿暴揍。

有人报警，警察赶到，把小偷抓了起来。这时过来几个好心人，把受伤的小褚抬到车上，送到医院，等包扎好，大家才散去。

一九九三年，褚运祥返城回到宁波。开始是在本地医药公司上班，随着形势的发展，很多公司都解散了，职工下岗自谋生活。

褚运祥在这大背景下，没有怨言，他自食其力当过搬运工，干过保安，摆过摊，卖过菜，只要是能挣钱的活，他都想试一试，以养家糊口。二〇一三年的一天，褚运祥正要去上班，邻居老大娘来敲门，他看着老大娘焦急的样子问道：“大娘你有事吗?”

老大娘哆嗦着手说：“我家老头从床上掉下来，坐在地上起不来了，子女都不在家，你搭把手，把他扶起来吧，我也弄不动他。”

褚运祥二话没说，跟着老大娘来到她家，见老大爷坐在地上，一脸痛苦的表情，他上前抱住老人的腰，使劲往上提。因为老人身体重，加上无法配合，当他把老人抱到床上，自己却把腰扭了。

一连几天都不能上班，直到单位找他，才知道他助人为乐，扭了腰，单位被褚运祥助人为乐的精神感动，在全体职工面前对他进行了表扬。

平凡人生

张海波

青春啊，多么美好！虽然已是遥远的过往，然而记忆的长河在缓缓流淌，把我又带回了那个遥远的年代……

一九六九年八月十二日，十七岁的我，随着二十五名汤原县第四中学（现鹤立中学）的应届毕业生和一名山东转业兵，一起踏上了知青插队的路。激动之余还有点惆怅，因为从未离开过家，在父母跟前还是孩子，现在却要闯社会了！

“走吧孩子，好好锻炼自己，做个对社会有用的人。”父母的嘱托不时回荡在耳旁。再见了我的家，再见了生我养我的父母！放心，儿子不会让你们失望的。

我们的目的地是汤原县振兴公社东兴大队。县运输公司的“嘎斯”大客车，把我们送到鹤立河农场六分场。这里距我们下乡的大队还有六里地。

因为前面路不好走，大客车过不去了，大队派人马车来接的我们。

刚进村子就围过来一帮人，七嘴八舌好不热闹：“来了快看！一色小伙子，没姑娘。”

也是，这么多年谁见过知青啊！我们二十六个男知青，由汤原四中的秦复礼老师带队。我们是六九届第一批知青，学校很重视，发给我们每人一块塑料布，一个老式毯子。这在当时已是很高的礼遇了！

我们以后下乡的学弟学妹，再没这个待遇了。秦老师就像我们的家长，有什么事都找他。他和我们同吃同住同劳动。我们就像一张白纸，要在这上画出最美的图画。

我被分到东兴大队第一生产队，这好像还是个不错的地方，可称得上是鱼米之乡。社员对我们很热情。我们的到来给沉寂的小村庄带来了生气，注入了新鲜血液。

我们住集体宿舍，南北大炕，吃集体伙食。开始还不错，有专人给做饭。可一年以后就没人管了，吃饭几乎成了问题。知青下乡之前，在家都没做过饭，所以每天有一口没一口的，饿着肚子干活。有时饿得头昏眼花，开始受不了，直冒虚汗。

因为没有电，我就和同学孙万军张罗用牛推碾子拉磨，玉米面、苞米糙子等都是一碾子一碾子推出来的。吃的方面，缺油少盐的，没什么细菜，也就是土豆、白菜、萝卜等，都是自己种的。有时炒点盐豆子，偶尔吃顿豆腐已经不错了。村里有条小河，大家叫它“小黄河”，我们经常下去抓鱼。河面上漂着许多成捆的洋草，草底下就藏着鱼。大伙儿下去围上，轻轻一推草，就会推上来一些鱼，把鱼拿回去打牙祭。

还有个“倒股流”泡子。一次我们去撒旋网，撒旋网可是技术活，看那社员一网下去是一个圆，我一网下去弄得三扁四不圆——网撒不开。可出乎意料的是，一收网竟然打上来一条几斤重的大鲇鱼。

高兴啊！我们抱着这条鱼，从水里蹿出来，一个个只穿个裤头，浑身湿漉漉的，就这样在河岸上唱啊跳啊。那是一种由衷的快乐！

刚下乡的我们对农活很陌生，正赶上秋天收割高粱，哪干过这活呀！都没见过高粱，以为是甜秆。就看社员一猫腰，“嗖嗖”地往前割，一割一抱整巴整巴就是一捆。我们都看傻了。轮到我们，半天也割不了几捆。那高粱支楞八翘的，抱不过来呀！心里急、腿打摽，这是啥活呀，好累呀！长这么大也没出过这力呀。其不知，割高粱这活在割地中算是比较轻巧的了，可我们还是招架不住。这以后怎么办，再遇上更难割的庄稼，我们还能干吗？还不累趴下啊！

夏天农忙时，天不亮就得起来。困啊，多想再睡会儿，可不行啊，咬牙起吧！铲地也跟不上趟。记得第一次铲地，累得够呛，歇气了都东倒西歪躺在地上。眼看中午了，社员早铲到头了，我们还在半截腰晃悠。干着急也铲不快，因为苗草分不太清，有时一锄下去草没掉苗下来了。社员很淳朴，回来接我们，我的心里很不是滋味，有些感动又有些难过，可一大男人又不能哭，心里真是五味杂陈！

手上打起了血泡，随之磨成了老茧，记录了我们劳动的艰辛。这双手是拿画笔的手啊！现在却拿起了锄头，有些心酸，有些难过，又有些不安和浮想联翩。小时候自己就有一爱好，喜欢画画，特别欣赏能写会画的人，发现好的作品就从心里往外喜欢。看见谁在画画就情不自禁地凑上去看两眼，自己没事也勾勾画画，虽不太成型，也有模有样。

上中学正赶上“文革”，也不怎么上课，一有时间我就开画。给班里出墙报，写些毛主席语录，也写好人好事和一些批判文章。

记得一九六七年的一天，我去同学鲁连泽家玩儿，看到他家墙上挂了一幅毛主席在中南海的油画。我问他谁画的？他说：“我画的，和郭恒老师学的。”我当时很惊呀——太像了！这对我画人物启发很大。

也是机缘巧合，我在中学正遇上了我们的美术老师，一位叫郭恒，另一位叫马汉英，还有文化馆的邢书志老师。我被他们的画技震撼了。太好了！这不正是我想要的吗？于是我真诚地向几位恩师请教。他们手把手地教，我虚心地学。同学们玩儿的时候我在画画，当时到处乱哄哄，你打我，我打你，两派势力天天斗。我则跟着大同学，刻刻钢板画画漫画。

老师对我格外偏爱，把他们所掌握的毫无保留地传授给我，我如鱼得水，学得畅快淋漓。通过学习，我的画技明显提高，更增添了自己对美术的热爱和不懈的追求。

早在中学的时候，我就酷爱人物水粉画。下乡了，我的心凉了！出乎意料，真没那么糟，农村也需要写写画画的人。我利用业余时间为大队写板报、标语等。

那时，凡是涉及宣传之类的活，大队领导都让我干。我也乐此不疲，毕竟是我喜欢干的事。虽然累点，但得到大队领导的认可，赢得老百姓的好评，心里很安慰。

农村的业余生活太贫乏了，好不容易看一次电影，去距离我们大队三里路的双兴大队。看电影的时候，因一点小事和浙江青年吵起来了。事后想想也挺后悔。农闲时我们去社员家帮忙，帮他们盖房子，还给大队脱坯盖办公室。社员拿我们也不当外人，有事喊一嗓子，我们随叫随到。我们的关系都很融洽，他们拿我们当孩子，我们视他们为父母。

生产队也搞副业，卖点洋草什么的。说起洋草，我们还真有点糗事——下乡时不愿干活，有过投机取巧。队里割洋草，割一百二十捆记一个工（十分）。我们割不到一半，就偷社员过完数的洋草，重新打捆放到自己堆里，等过完数，记上工，就紧忙收工玩去了。现在想想都可笑。

我跟车往鹤岗送洋草，这个活虽不算累，但也很艰苦。大冬天的，到鹤岗得走一天一宿，冷了就在车上偎个窝取暖，实在冷了就下地跟车跑。

秋天队里让我看庄稼，不是怕人偷而是怕牲畜吃。队长告诉我，谁家牲畜进地就扣谁家的工分。怎么能知道是谁家的牲畜呢？这可有点难。我突然想到一个办法，看牲畜进地了，我就先轰出去，然后跟着它，牲口奔家自然就找到了主人。

记得一次下河里沤麻，那活是又脏又累。深秋的水凉得刺骨，我们就喝点酒，借着酒劲下去鼓弄麻捆，那真是咬牙坚持啊！

冬天打场冻得直哆嗦，手脚冻得像猫咬。当看到通过自己的劳动打出粮食时，这点苦也就不算事了。

那年头家家都不富裕，我在乡下虽生活很艰苦，但起码能吃饱。家里就不同了，靠供应那点粮食很难饱腹。于是我就利用秋收空闲，自己去地里捡苞米，捡能食用的粮食，然后用碾子碾成粉捎回家。这是我能为家里做的一点事，尽的一份孝心。

我的家离我下乡的地方有六十多里地，平时也没什么时间回去，只有过年回趟家。我也想家，想我的父母和弟弟妹妹。

我的同学刘友信，弄了一条大鱼，约有十多斤重。他自己不舍得吃又回不去家，就托回去办事的同学吴德成捎。因连雨天不通车，吴德成就徒步回到鹤立，六十多里路整整走了一天。雨天路滑弄得一身水一身泥。多么朴实的同学情啊！想起这些，刘友信至今难忘，我们也都为之感动。

我出民工参加了汤旺河大桥的建设。我的工作是持枪站岗看炸药库，任务艰巨，来不得半点马虎。我认真负责，夜以继日，为大桥建设尽了我的绵薄之力。现在，每当走到汤旺河，望着那奔流不息的河水，看到那雄伟的大桥，不由心生感慨：汤旺河我的母亲河！这里我曾经流下过汗水，有我的付出，我为你心甘情愿。

我们生产队算是相对富裕的，十分能核一元五角，这在当时算是相当不错了。一年下来也挣了一些钱，除了贴补家用，自己也宽绰不少，第一年下来给自己买了块上海牌手表。

头一年就这样磕磕绊绊地过来了，可以说是一路艰辛，吃了很多苦，但也收获不小。由刚来时对农活的一窍不通，到后来的了如指掌，我们在蜕变，在成长，我们扛过来了！

再不会吃不上饭了，我们这帮小伙子谁都能炒几个拿手菜，而且各具特色。农活也自如了，再没有畏难情绪，和社员一起劳作，一起战天斗地，一起土里刨食，就这样在农村干了几年后，我返城了。

离开了小村庄，离开了父老乡亲，离开了第二故乡！来时一腔热血，走时恋恋不舍。这里留下了我的足迹、我的汗水，有我的付出、有我的坚持。如今几十年过去了，可往事如昨，永远挥之不去。

一九七四年通过招工，我去了七台河东风煤矿四六二全国先进采煤队，当了一名煤矿工人。下井采煤既艰苦又危险。有一次下井，刚走到巷道就听到一声巨响，顿时烟雾迷漫，空气压力把上班的矿工全刮倒了。

原来是掌子面大面积冒顶，幸好我们还没进入作业区，躲过一劫。井下狭窄，矿工几乎爬着下去，尤其是空气稀薄，工作环境糟透了。不仅如此，还时时面临冒顶的危险。担惊受怕忙碌着，每天都弄得灰头土脸，人们喊我们“煤黑子”。

当时我已成家，家在鹤立公社。家里扔着老婆孩儿，她们很艰难，需要我这个大男人担起家庭的重担。一九七六年我有幸调回了鹤立公社，在鹤立电影院当了一名美工。

我临摹的第一期电影宣传画是《霓虹灯下的哨兵》，很轰动！那时人们的业余生活还很单调，老电影刚解禁，看到了电影广告很新奇，很多人围观。电影放映前，放我制作的幻灯宣传片，也因此为电影院招揽了很多生意，票房一路飙升。

我的那幅《瓦尔特保卫萨拉热窝》巨幅宣传画，画得惟妙惟肖，轰动了鹤立一整条街。所学的东西终于有了用武之地，工作的每一天都如鱼得水。事业顺风顺水，得到了领导和同志们的认可，得到了老百姓的赞扬。电影宣传画虽属小众，但是接触的却是大众。

一九九五年我被调到了鹤立房产处。工作担子很重，除了做好本职工作外，还有一些业务要做，但自己仍然坚持绘画创作，曾多次参加县里举办的各种摄影、绘画、书法展，画技也在不断提高。

二○○一年我被调到汤原县建设局工作，建设局的宣传画廊由我主办，还为宣传秀美汤原提供摄影照片等。二○○三年，我的摄影作品《清澈的大米河》获汤原县一等奖。美术创作有反腐堡垒系列、广场探宝系列等作品。这些年的工作之余，我都在搞创作，从没间断过。别人打麻将时，我在作画，乐在其中，很享受这种满足，这种快感。

退休后也没闲着，我觉得人总要有点追求，有点寄托，不能混日子。由于自己对音乐、美术的爱好和这些年的坚持，所以乐感越来越好，画技也明显提高。闲暇时就约几个老友吹拉弹唱，再画画人物、花鸟，练练书法。我想我会坚持下去，书画会伴我一生。

纵观自己走过的路，虽然没有大起大落，没有更多的鲜花和掌声，但自己尽力了。可以说都是一步一个脚印走过来的，经历的都刻骨铭心，付出了就无怨无悔。

作者简介：张海波，汤原知青，一九六八年八月到汤原县振兴公社东兴大队下乡。一九七四年返城到七台河东风煤矿工作。当过矿工，做过电影院美工等。酷爱琴棋书画和摄影。作品多次参加县、市、省书画摄影展。

情　义

刘国才

一九七一年初春时节，汤旺河岸边的红柳刚刚冒出一抹新绿。远处的山坡上，也淡淡地染上了一层葱青。这天上午，从汤原县香兰公社木良村的街道上走出一支浩浩荡荡的送葬队伍。

浙江下乡知青毛长勇，以孝子的身份打着“招魂幡”走在灵柩的前面，其他男知青抬着棺材紧随其后。女知青则手拿白色纸花和当地社员一起，缓缓地把一口灵柩送出了村口。看到这些表情肃穆的浙江知青，社员们好像第一次认识他们似的。大伙嘁嘁喳喳地说：“谁说城里人不懂人情？我看他们比咱当地人都够意思。”还有的说：“别看这老李没儿没女的，死了却有这么多人给他披麻戴孝，真是得了知青的‘济’了。”

议论中，除了对浙江知青的赞许和敬佩，就是反思以前错看了这些城里的小青年。打那以后，社员们对浙江知青的印象，来了个一百八十度的大转弯，再也没人说他们无情无义了。

原来，浙江的三十名知青，到木良大队插队已经快一年了。这天清晨起来，小青年们像往常一样，洗漱的洗漱，洗衣服的洗衣服。然后，就拿起餐具等着开饭，可是左等右等，也不见“大师傅”喊开饭。

“点儿长”到食堂一看，厨房里冷冷清清的，根本就没有“大师傅”的人影。他赶紧跑到“大师傅”的家里，开门一看，“大师傅”还躺在被窝里睡大觉。

连叫几声也没反应，伸手一推，发现他的身体早已僵硬了。“点儿长”

慌慌张张跑回知青点，一边安排人员做饭，一边去大队找领导汇报情况。

“大师傅”五十来岁，名叫李树堂，光棍儿一个。由于他天生是个急性子，一天到晚总是“吵吵巴火儿”的。他对这些南方来的小青年儿，这也看不惯，那也不顺眼，损他们就像损自己的儿女一样。

刚开始时，小青年们背地里没少骂他。可随着时间的推移，他们渐渐地发现，“大师傅”虽然脾气不大好，但干净利落，通情达理，心地善良，是个“刀子嘴豆腐心”的大好人。久而久之，大家从心底里把他当成了自己的亲人。那时整个村子连一台半导体收音机都没有，文化生活极为贫乏。小青年们一收工，顾不上吃饭，饿着肚子去几里外的浩良河公社看电影。

电影散场时往往都是小半夜了，可当小青年们到厨房去找吃的时，发现“大师傅”还等在厨房里，他一边骂着“小兔崽子咋不饿死你们”，一边把热好的饭菜给端上来。小青年们狼吞虎咽地吃着饭，你看看我，我瞅瞅你，虽然挨了骂，但心里却是热乎乎的。

接下来，为了活跃文化生活，在插队干部刘兴林的组织下，这些知青排练了一台革命现代京剧《红灯记》。浓重的南方口音，不太标准的普通话，每一句台词都把台下的观众逗得前仰后合。饰演李铁梅的赵明珠，一句“奶奶，你气糊糊了吧”的台词，成了社员相互调侃的口头禅。说笑嬉闹中，更进一步融洽了知青和贫下中农的思想感情。

一九七〇年的冬天，生产队搞副业去山里给化肥厂拉砂石，每天早晨，天没放亮干活儿的就得跟着马车出工。老李心疼跟车的小青年，半夜就去把饭给做好。叫他们热热乎乎地吃饱再走，然后把灌满热水的水壶和中午吃的干粮，用一个大皮袄包了一层又一层，嘱咐他们别吃凉的，免得落下病。

小青年们感动地说：“这老李比老爸都细心。”而小青年们也将心比心，有空儿就帮老李干活。什么抱柴火、压水、倒泔水的，啥都抢着干。女知青洗衣服时，都要问老李有没有要洗的。老李说：“自从这些小青年们来了以后，自己没再洗过一件衣服。”

老李好打抱不平，在知青点，自称是“副点儿长”“二掌柜”。他看不得知青点的人吃亏，谁要是招惹了小青年，他能撅出人家八辈祖宗来。一次，一个小青年铲地砍青苗多了一点，被铲地"查边儿"的人损了一顿，还被扣了两分。

老李听说后跑到生产队，当着很多社员的面，把那个人骂了个狗血喷头。他说："这些孩子长在城市里，怎么铲地见都没见过。他不会，你可以教他，你凭什么扣人家工分？人家起早贪黑容易吗？"

他硬是找生产队长把扣的工分给要了回来。事后，社员都说，这老李真"护犊子"，还真把这些知青当成他自己家的人了。而在小青年们的心里，也时时都装着老李师傅。大家出差或探亲回来，不论是谁，都不会忘记给老李带瓶酒或买些当地的土特产，而每次老李都笑得像个孩子似的，说："这不是礼不礼的事儿，这是孩子们对自己的一片心意。"

那时活儿抓得特别紧，轻易不让社员歇工请假。所以，大家再苦再累，也得咬牙坚持。而这些小青年们，更是累得不行，他们特别希望阴天下雨。因为一到雨天就不用出工了，上午可以躺在被窝里睡个懒觉。每到这时，老李也不叫他们，把饭做好后，谁愿什么时候吃就什么时候吃。

他说："这些孩子受这样的苦，我这个老'跑腿子'看了都心疼！"

等到下午，如果还出不了工，老李就拿副扑克牌去找小青年们玩，不管是谁，输了就往脸上贴纸条，整个宿舍充满了欢声笑语。老李给小青年们做饭，还不到一年的时间就突发重病走了。这时小青年们想起的，全都是"大师傅"的好处，甚至觉得"大师傅"骂人都是那么亲切、暖心。

后来，毛长勇入了党，当上了大队党支部副书记。可每到老李的祭日，他都会和几个知青按照当地的习俗，去山上给老李的坟头填土祭奠，一直到返城为止。他们说，从"大师傅"的身上，看到了贫下中农和知青的情义，看到了老百姓的朴实善良，看到了人与人之间的温暖，更看到了农村这个广阔天地的未来。

一晃五十年过去了，"知青"这个名词，也成了一个时代的记忆。但知青和当地人结下的情谊，却愈久弥深。如今，当年的小青年们也都步入了花甲之年。每当他们再次回到第二故乡的时候，对当年的一些人、一些事儿，特别是最初给他们做饭的李师傅，仍然念念不忘。在回忆起知青生活的时侯，仍然还会沉浸在难忘和眷恋之中。

知青王示在女儿上大学前，特地把女儿带到原来下过乡的地方，叫她亲身感受一下东北农村的风土人情，教育下一代要珍惜今天的幸福生活，并把和当地人的这种情谊，继续传承下去。

作者简介：刘国才，从事新闻写作三十多年。曾搜集整理几十篇文史资料，发表在省、市、县级文史资料刊物和各级报刊上。

活雷锋·斗狼

赵敏学

雷锋精神在我心中

一九六八年十一月，我们一行知青被欢送到汤原县竹帘公社兰田大队，第二天，我们便和广大社员一起下地劳动。在这里，真切感受到贫下中农朴实、坚韧的性格，体会到了农村生活的艰苦，认识到接受“再教育”，就是要克服掉我们身上的“娇气”，学习他们吃苦耐劳、战天斗地的精神。

这一年的冬天特别冷，雪一场接一场地下。生产队里的农活已基本忙完，只有少部分青壮年男劳动力进行积肥劳动。爸爸前几天托人捎信来说，明天就是奶奶的生日，让我务必赶回家去看看有病的奶奶。

下午收工后，我便向队长请了一天假，同时让安金海、张佳伟、李青山他们陪我回县城。说实话，当时年龄小，走夜路还真有点害怕，就特意让他们给我壮胆。冬天天黑得早，离开村子时倒没觉得怎么样，但越走天越黑，离村也越远，情不自禁地恐慌起来，我们说着话给自己壮胆打气。天气虽然很冷，而我们走得急匆匆的，身上竟然冒出了汗。很快，我们就走过了新发屯，心想，再有十来里路就到家了。

可是，就在这时，我们迎面遇见了一对夫妇，男的背着一个孩子，左手挎着一个大布包，右手搀扶着一瘸一拐的妻子，他们艰难地慢慢往前挪蹭。我好奇地问了声：“叔叔，你们去哪儿啊？怎么了？”

那男人告诉我们，他姓王，他媳妇叫万淑珍，去新发屯走亲戚，因天黑路滑，媳妇一不小心把脚崴了。

一听此情，我们二话没说，一个帮着拿包，一个帮着搀扶崴脚的万阿姨，王叔叔自己抱着孩子，返回我们刚走过来的路，往新发屯走。虽然不时往身后的县城方向张望，心里却没在乎这些，只想帮助遇到困难的贫下中农，让他们快点赶到亲戚家。

下了大路，又走了一段小路，前面就是新发屯。万阿姨说："孩子们，谢谢你们了，让你们多走了个来回趟，天太黑了，要不你们就和我们住在亲戚家，等明天天亮了再回县城吧！"

我们异口同声地说："多走几步道没有啥，我们年轻走路快，耽误不了啥，又有伴儿，放心吧阿姨，只要把你们安全送到地方我们就放心了。"

天更黑了，我们几个不仅不害怕，反倒有些自豪感，第一次实实在在地当了一次"活雷锋"，心里高兴，仿佛自己长大了不少。

半夜时分，我们终于回到了自己的家，然而，身上冒着大汗，脚冻得鞋都脱不下来了，可心里仍然沉浸在助人为乐的幸福之中。

用雨衣吓退恶狼

一九七〇年，我县对知青政策做了内部调整，就是以系统为主安排知青点。因为我家是林业系统的，所以我由竹帘的兰田大队调出，上山来到了东风林场。

八月的一天，一场暴风雨过后，东风林场与外地的电话线路中断了。刘志成安排我和李阁义一组，对线路进行检查。那时的电话线路，可不像现在这样的水泥线杆，电线也结实耐用，只是在重要的线路上用油炸杆、半钢电线，偏僻的地方用白杆架线。

林场通往外界的线路，有好几条，但都是穿山越岭，横跨河流，这样的线路最怕狂风暴雨的天气。狂风暴雨过后，我们都要进行线路巡查，发现杆倒线断及时抢修。

深山密林中，我们顺着电话线路，一段一段地查，一会儿爬上山顶，一会儿踩着烂泥走进沼泽地，常常遇到不大不小的险情，有时眼睛光顾往上看，脚下踏空，一下摔倒了，遇到断线的地方就要爬上线杆把线挂上接牢。

我和李阁义翻了几个山头，终于找到了那个断线处。我俩赶紧换新线，分别爬上两头的线杆，把接好的线挂上去、绑紧。突然，李阁义冲我大喊："狼！在下面！"

我听到喊声，赶紧往下看，妈呀！可不是，下面有一只大灰狼，一蹿一蹿地张牙舞爪，正试图往线杆儿上爬。我看清了它咧着大嘴，吐着通红的舌头，冲我又吼又叫，我顿时吓出了一身冷汗。我俩都不敢贸然下来，咋办？在僵持中，我脑海里迅速旋转，手中仅有的钳子、螺丝刀子，又短又小根本不能当武器，狼也不会怕它。

我急中生智，脱下身上的雨衣胡乱挥舞，这一抖，雨衣发出噼里啪啦的响声，狼真有点怕了，吓得溜溜地跑了，消失在远处的草丛中。我俩看着狼跑得不见影了，这才慢慢地从线杆上下来。彼此都抚摸着扑扑乱跳的心口，擦擦惊出的冷汗，平静了一下心情，会心地笑了笑，拥抱在一起。

等我们冷静下来，收拾好工具，又顺着线路往下一根线杆走去。

作者简介：赵敏学，汤原知青，一九六八年十二月下乡到汤原县竹帘公社兰田大队。一九七〇年五月调到林业电信队。曾在县总工会、县人民法院工作。

我险些被榨成糖

张　苏

我是一九六六年六月一日下乡到汤原县胜利公社伏胜大队第三生产队的，那年我十八岁。

在汤原一中读书期间，我经历了空军招收飞行员、大庆油田招收技校生的考试、体检，尽管成绩优秀，但终因家庭出身不合格（爷爷是地主成分）没有被录取。此后，家庭出身一直影响我的考学、就业，使我失去了人生前进的方向和目标。后来，我毅然报名加入到知识青年上山下乡的行列中。

伏胜大队位于县城东约三十里处，南临松花江。

夏天，滔滔江水从村外流过，江上偶尔有过往的船只，为岸边的小村平添了几分生机。

伏胜大队共有三个生产队，我们二十四名知青被随机安排其中。按当时的政策，下乡当年吃供应粮，细粮百分之三十，粗粮百分之七十，第二年以后与当地社员同等对待。“文革”开始后，农村也受到影响，大队班子瘫痪，知青食堂解体，为了坚持生产劳动，知青就地有亲的投亲，有友的靠友，剩下“三不管”的就大家轮流做饭。

吃的是大楂子粥、玉米面大饼子就大咸菜。后来队里为了解决知青生活困难，选派身强力壮的人外出修水利、搞副业，先后有四人参军、六人在当地找对象结婚安家，其余的到解放砖厂劳动，颇有点被解散的感觉。

我和于明辉、高原被派到佳木斯糖厂搞副业，每人每天记十二分（约合八毛多钱），吃饭不花钱。

我们的工作是运送原料——冻甜菜。

佳木斯糖厂院子的一处，堆放着大垛的冻得“当当硬”的甜菜，一坨一坨的。在二三百米之外，有一个四十多米长、十多米深、二十多米宽的大大的水槽，我们把那头的甜菜运过来，这里有人用高压水枪进行冲洗、清理。

最热闹的是装车现场，现在想想除了有点小激动，还有点小自豪，满满的成就感。

早上六点钟，我们就套好马车来到工地，现场已经是车水马龙，比赶大集还热闹。在这种景象下，人与马都非常兴奋。这时几十辆车的马为了抢到好位置，争先恐后，习惯性地自动转身倒车到甜菜堆跟前。我和于明辉一边一个，挥起簸箕大的铁叉子，以最快的速度（二十多分钟）将车装满（车厢板三十公分高），老板子刚拿起鞭子，马就抬腿跑起来了。

我和于明辉飞身跳上车，生怕耽误卸车。马车跑到水槽前，马又自动倒车，我们争分夺秒卸车……

记得有一次，我没来得及下车，连人带甜菜滚进了水槽之中。一车冻得像石头一样的甜菜像开了闸的洪水，劈头盖脸地砸了下来，我觉得眼前一黑，帽子掉了，高压水枪把我冲得里倒外斜。我拼命挣扎，好不容易才狼狈不堪地爬出来，棉袄、棉裤、棉鞋全结冰了。

当时进行了体检，仗着年轻力壮，火力旺盛，居然毫发无损、安然无恙！真是老天照应，谢天谢地。

生产队得知后，马上派人来看望我，我深深感受到乡亲们对我们知青的深情厚爱。要知道，那时从村里去佳木斯除了费用不说，交通不便才是最大问题，大冬天的顶风冒雪赶几十里路，很遭罪的。

四年多的知青生活，在队上领导和乡亲们的关心照顾下，我们始终坚持艰苦奋斗、自强不息的精神，顽强地走了过来。不仅锻炼了我们的体魄，增长了我们战天斗地的能力，还积累了丰富的生活经验。这些汗水换来的宝贵成果，在我们返城后的工作、学习、生活中变成了我们克服困难、接受各种挑战的支撑和动力。

现在我们都退休了，开始了晚年生活，但是我们一直坚持每年都去伏胜看望当年和我们一起战斗、生活过的父老乡亲，我们在第二故乡的这片黑土地上洒下了汗水、泪水、血水，汲取了成长所需的养分。这是我们青春逝去的地方，也是我们一生不能忘怀的地方！

作者简介：张苏，汤原县知青，一九六六年六月下乡到汤原县胜利公社伏胜大队。一九七〇年返城，供职商业部门，任业务主任、经理等职务。

知青点里的“傻大个儿”

隋信民

一九七四年七月三十日，我刚刚走出校门，就和其他三十七名同学一起，集体插队落户到了香兰公社新建大队。

说来惭愧，我们这些“四体不勤、五谷不分”的小青年来到陌生的环境，有的新奇，有的懵懂，还有的是第一次远离家门，处处都感到无所适从。当时，被认为是一群让“大队干部操碎心、家里父母不放心”的小青年，大队领导侧重培养“知青骨干”，最后达到“以点带面”加强对知青培养的目的。

无巧不成书，在这三十七名知青中，赵成民、王奎我们三个人的个头儿都将近一米八，而且还都作为骨干力量，得到了大队领导的器重和重点培养。从此，“仨大个儿”一时被知青取笑成了幸运的“傻大个儿”。

赵成民天生一副好嗓子，吹打弹拉，舞文弄墨，浑身上下都是“文艺细胞”。在宿舍里，只要有他在，就处处充满了欢歌笑语。他记忆力特别好，听了收音机里的歌，不出三遍就能唱下来，然后便一句一句地教人家唱。在大队文艺宣传队，他除了能熟练地摆弄各种乐器，还经常自编自演一些创作节目，每次会演都能给大队拿回奖项。同时，他还经常给报社、电台撰写稿件，把发生在身边的故事及时传播出去，被知青和社员称为“笔杆子”“小秀才”。

在他的影响下，知青点里的气氛活跃，人员思想稳定，参加生产劳动的积极性也更加高涨。回城以后，赵成民凭着真才实学走上了领导岗位。

王奎是知青点的“点儿长”，他性格沉稳、干练，为人诚恳热情，在知青点里很有威望，大队领导每布置一项任务，都要先来征求他的意见。一位大队领导曾说：“王奎认可的事儿，在知青那里都能通过。他要是不点头，这事儿就得费点儿劲。”

因此，王奎便成了小青年们的“主心骨”，领导干部眼中的“领头羊”。大家说：“我们能在这个大家庭里和睦相处，能像兄弟姐妹一样互帮互助，这和‘点儿长’的榜样力量是分不开的。”

同样，回城以后，王奎在铁路部门因为工作成绩突出当上了铁路车务段段长。期间，他帮助新建村组建了一支装卸服务队，并牵线搭桥把村里的砂石推荐做铁路工程用料，用实实在在的行动，回馈了乡亲们的厚爱。

至于我这个“傻大个儿”嘛，平时好耍点儿小聪明，动个小脑筋。大伙说我脑瓜子贼拉好使，就又给我起了个外号，叫“小诸葛”。其实，这只是大伙的玩笑而已。不过，在平时的劳动和生活中，谁要是有个大事小情的，确实都不拿我当外人——不是征求一下我的意见，就是叫我给出个“馊”主意。就连“点儿长”有事，都会找我和赵成民商量。不久，我就当上了生产队的领工员。

一九七六年，我在知青点里第一个被推荐到香兰供销社工作。一九九八年汤旺河洪水泛滥时，我冒雨把第一车防洪物资送到了大堤上，赢得了村民和领导的一致好评。当年，我被下过乡的新建村授予了“荣誉村民”称号。

虽然已经过去数十年，但那段难忘的岁月，却深深地嵌入了我的记忆里，尤其是当年“仨大个儿”的故事，更成了下乡知青的一段佳话。

作者简介：隋信民，汤原县知青，一九七四年七月下乡到汤原县香兰公社新建大队。一九七六年返城，在香兰镇供销社工作，曾任副主任职务。

与“木王”的较量

讲述：刘春波
整理：李长明

一九六五年的冬天特别寒冷，泼出去的水还没有落到地上，就已经被冻成了冰。与汤原县腰营林场隔座山的晨明林场，北风呼号，天空飞扬的雪花给这银装素裹的世界又增添了一份灵动。一场智力、体力的较量正在进行。我作为当时的亲历者，事情虽然过去了五十多年，现在却仍记忆犹新。

当时我十六七岁，初中毕业后被分配到晨明林场当一名临时工。因为我虚心好学，踏实肯干，在一年的时间里就学会了别人需要三五年才能学会的技术——“倒楞”和检尺，这个技术标准是用目测方法准确算出原木的体积和出料。我还利用业余时间在采石场学会了打眼放炮，这项技术多年后在我的工作中发挥了无法估量的作用。

记得那是一个非常寒冷的冬天，我正在工棚里给师傅们做饭，忽然听到储木场那边特别热闹，引起了我的好奇，放下手中的活就跑了出去。

储木场聚集了好多人，看那情形正在装火车。此时，大家围着一根原木交头接耳。我挤进去一看，天呀！这可是我检尺一年来从没有见过的“木王”啊！细头直径也有九十公分，我粗略地估算了一下，这根原木重量大约在三千六百斤左右。一个山东老客一眼就相中了，但是，装卸队五组“肩”，每组“肩”是八个人，却没有哪一组敢把这根原木抬上火车。那个年代根本没有起重机械，靠的都是人拉肩扛。这个火车是“二级跳”，坡度高，距离长，风险太大！

大家七嘴八舌，你推我搡，寻思着哪组敢上，只见山东老客毫不犹豫地把一张十元钞票拍在了木头上，按照林场的规矩，如果能把这棵木头抬上车，那这钱就是这组“肩”的。要知道，六十年代一组“肩”一天的工资才一块三毛八！十块钱那是天文数字。面对这么大个儿的原木，在场的八组“肩”都犹豫了，谁都没有勇气把这十块钱“据为己有”。

我看着看着，头脑灵机一动，给自己鼓了鼓劲，来到场地中央，清了清嗓子：“大家请听我说几句！”

瞬间，热闹的场面安静下来了。别看我年纪小，可在林场却是个“小老人”，因为我平时腿脚勤快，头脑机灵，很受大家欢迎。大家都不说话了，用期待的目光看着我，希望我能有个好方法，毕竟那可是十块钱啊！我说：“这样吧！既然每组‘肩’都抬不动，那咱们从每组‘肩’中挑出两个人，大家合力把木头抬上车。如果大家相信我，我来给你们分钱，保证公平！”

大家一阵交头接耳，认为这是目前能解决问题的唯一方法。接下来，每组经过一阵激烈的讨论，最终确定的五杠人选都是优中之优、强中之强。十个人系了系鞋带，紧了紧裤带，整理了一下衣服，在手心吐了口唾沫，分两排走到了原木的两侧。因为大家都是常年干这一行的，技巧口号都是驾轻就熟。五杠人都弯下腰，随着头杠一声高亢响亮的口号，大原木果然慢腾腾地离开了地面，只这一瞬间，五杠人的头上都出了汗，要知道，压在每个人身上的重量可达三百六十斤！

在场的其他人都不敢大声喘气，使劲地攥拳头，恨不得把全身的力气都使上。随着号子声，原木慢腾腾地向前移动着。只有抬过木头的人才知道，上坡时，粗头在前，细头在后，但全部的重量几乎都集中在后面的第四杠人和第五杠人身上。

我怕发生意外，手中早就拿个胳膊粗的桦木杆准备着，因为这个重量在以前根本就没有人尝试过。

果然不出所料，在上第二个梯时，我发现第四杠右边人的腿一哆嗦。在这千钧一发之际，我把桦木杠迅速插到了原木下边。就在同时，那个人从梯上掉了下来，紧接着五杠人全都掉了下来，大家惊呼一声。好在大原木被我用桦木杠顶在了跳板上，没有滑落伤人，第一次行动宣布失败。五杠人坐在雪地上吸着烟，不停地喘着气，都感叹着刚才的惊险。所有人都夸我机灵，如果当时没有我，恐怕这十个人都得受伤。还能不能抬动这木头，我从大家的眼神里看到了无奈和惋惜！毕竟，安全才是第一位的。

这时山东老客又从怀里抽出四张十块钱，“啪”的一声拍在原木上：“抬这根木头，现在价值五十块钱！”

那个年代啊，每个人都知道五十块钱能买多少东西，人群再一次躁动了。

我又开始给大家鼓劲：“现在抬这根木头五十块钱，咱们赚回去，买酒，买肉，买烟抽。我不属于哪一肩，但我今天也来一杠，请大家相信我！”

我的这些话掷地有声，在场的人面面相觑，好一阵讨论，最终又确定了人选。我们十个人又整理一番，周围的人也不约而同地鼓掌叫好。我本来想当五杠，但大家考虑我年纪小，为我的安全着想，最终让我当了四杠。

第一梯还算稳定，但压在身上的重量却越来越重，我的心剧烈地跳动。我不敢乱想，怕万一走神出现差错。“木王”终于上了第二梯，好像再一使劲我的心脏就会从嘴里吐出来，大家都不敢停息，因为一旦歇气就再也没有力气了。

此时身上的重量何止千斤，腿开始打哆嗦，汗早就湿透了衣服，我在心里暗暗给自己加劲：坚持，再坚持一下！我本就是好强的人，更不能在众人面前丢脸。人心齐，泰山移！“木王”乖乖“爬上”了车，我们十个人趴在雪地上打滚呐喊，胜利的泪水和汗水打湿了衣衫。

山东老客坐着火车，带着他满意的“木王”回家了。老师傅开始给大家分钱。当老师傅把钱递给我的时候，我连忙摆手说：“这钱我不能要，因为我是来这里帮忙的，能给你们帮上忙，也是你们对我的信任，如果你们要感谢我，那咱们就用这钱买酒、吃肉，搞联欢！”

话虽然少，但却感染了在场的每一个人。

“对！这钱不分了，全用来给大家办伙食！”其他几个同伴异口同声地附和着。

当天夜晚，工棚里，火红的烛光中，洋溢着大家开心的笑容，锅里炖的肉香随风飘出山外，飘向十里八村，门口的狗也在守着骨头有滋有味地啃着，凛冽的西北风席卷着我们的欢呼响遍整个林场，广阔山林的每个角落都充满着欢乐……

整整半个世纪过去了，我亲身经历、感受着那段青春岁月，那也是我永远抹不去的青春记忆。每当闲暇之余，我偶尔翻开过去的相册，看一看那时的老照片，就会沉醉其中，再一次无法自拔。

作者简介：刘春波，上山下乡知青，一九六六年六月转到汤原县胜利公社伏胜大队。一九七三年返城，供职在汤原县养路段。一九九八年十一月退休。

李长明，汤原县职业技术学校教师，爱好文学，有作品发表在报刊和网络。

那年我还未满十八岁

范桂梅

二〇一八年的夏末，我们曾经在汤原县莲江口公社明发大队下乡的全体知青，组团回到了魂牵梦绕、离别四十多年的第二故乡——明发大队。看着村里翻天覆地的变化，我们感慨、激动，不禁想起知青生活的那些往事。

我是一九七五年四月十六日下乡到明发大队的。那年我还未满十八岁，还是个小黄毛丫头。刚到村里，一切都是那么陌生：低矮的草房，大锅台连着炕，残垣断壁的围墙，破木板钉的院门连个门轴也没有，家家都是用麻绳或铁丝把门绑在两根木柱上，还有的干脆就没有院落。

道不像道，户不像户，又脏又乱……看到这些，情绪顿时低落下来，临出发时的豪情一下子就没有了。农村人起得非常早，我们知青迷迷糊糊的洗漱完就去吃饭，主食是玉米面大饼子，一大锅豆芽汤，上面星星点点漂着几个油珠。

每天干活收工，累得筋疲力尽，情不自禁地就想家，有时还偷偷地流眼泪。老知青陈秀兰、王玉梅两位姐姐知道我的心事，就经常找我谈心，给我讲述她们刚来时比这更艰苦的状况，鼓励我要克服困难，经得起磨难，尤其在生活上无微不至地关心我、照顾我。慢慢地，我感到了这个大家庭的温暖、快乐，也不那么想家了。

在劳动中，我一开始真是有些吃不消，既不会干，也是力气弱。虽有想干好的念头，可是顶不住，干不动，真觉得农活不是人干的。

后来，经过老社员的指导和帮助，我用心学习掌握了一些劳动技巧，慢慢学会了干农活。夏天农活忙，起得也特别早，基本都是三点来钟就到地头。太阳还没出来，蚊子小咬儿围着咬你，脸上脖子上凡是露着肉的地方被咬起了包，又痒又痛。

等到日上三竿，又热得难受，晒得娇嫩的皮肤黝黑黝黑的，有时连累带晒，汗珠子顺着脸往下淌，特别是割小麦的时候，擦汗的毛巾一拧都水拉拉的，汗杀得眼睛都睁不开。

每当休息或者歇气的时候，我们这些知青就轮流给大家读报纸，那年月，政治氛围特别浓，看电影回来都要写一篇观后感。尽管生产劳动很繁重，我们青年人也总是想方设法地找乐子。

刘淑荣是个风趣幽默、性格开朗的人，不管多累，她总是充满欢乐，时常给我们讲些幽默风趣的故事和笑话，在大家的欢笑中，我们就忘记了劳累。记得有一次我们去离家五十多里地的“圈儿河”（坝外地）干活，那天的任务是打洋草，她就用草和野花编成一个小花环，戴在了头上，之后领着我们唱啊、跳啊，阵阵笑声荡漾在草丛中、野甸里，惊起野鸟飞上天空。每当这时，我们便不约而同地张望着天空，享受着美丽，憧憬着未来。

明发的贫下中农很淳朴善良，对我们知青像对自己家孩子一样关心爱护，无论在劳动上还是生活上都给我们太多太多的帮助和照顾。为了回报他们，我们也会常常帮助一些有困难的人家做一些力所能及的事情。

记得村里有个五保户大爷，就自己一个人，家里生活杂乱无章，埋了咕汰。因他身体多病，实在无力打理好生活，他的被褥好像从来没洗过，已经看不清原来的颜色了。

我就和张丽华、张秀芬、朱宝艳等几个人，到他家把被褥拆洗干净，又给换上新棉花做好，擦净玻璃，把屋里的箱箱柜柜搬出来，彻底清扫了棚、墙壁、犄角旮旯的灰尘和蜘蛛网，之后再把杂物摆放整齐。虽然很累，但是看见大爷用上了干净的被褥，屋里板板正正，心里觉得很敞亮。

生产队里最脏最累的活莫过于沤麻，这个活一般都是秋后才干。记得一次沤麻，我们知青和社员一起搬运麻捆，水里还有些人将麻捆码成垛，当时王玉梅姐姐正赶上经期，我们不让她往水里跳，可她二话没说，就先跳进水里。当时我真的很感动。在她的带领下，我们几个知青也跟着下到了水里，人踩在麻垛上面，再把“塔头墩子”压上，等干完上岸，一个个像个小泥人似的。

冬天打场的活更难熬，虽然穿着大棉袄、大棉裤和大棉鞋，头上严严实实缠着厚围巾，但在场院里干活时间长了，冻得直哆嗦，特别是碰到“鬼龇牙”的天气，那就更遭罪了。为了不挨冻就得拼命地干，直到累得满身是汗，可稍微一停，后背冰凉，常常因此感冒。

积肥是一项要体力的活，每年入冬，都要去河塘刨冻块，冻块掺杂些农家肥，堆成小山似的，再用稻草沤烧，待开春将其上到地里。

刨冻块的大镐有一二十斤重，抡起来真需要有把力气。真正的窍门不在于刨，而在于稳准地对着一个点“震”，冻结实的泥块就会像石头似的裂开，一块一块的。一开始我们并不掌握这个诀窍，一刨一个点，刨好几次也刨不下来一点儿，即使刨下来，也都是碎土屑。说实在的，就这个活的窍门，我们女知青到离开村里时也没掌握好，也算是一个遗憾吧！

四十多年转眼就过去了，我们也都成了老头、老太太。但在离开的这些年里，我们无时无刻不牵挂着这片深情的土地和可爱的父老乡亲。就因为有了这片土地的滋养，有了勤劳善良的父老乡亲的关爱、培养，我们才能在改革开放的大潮中，不畏困难，奋力拼搏，勇敢前行。

我永远不会忘记，我可爱的第二故乡！

作者简介：范桂梅，佳木斯知青，一九七五年下乡到汤原县莲江口公社明发大队。

汤原烤烟第一人

李洪河

谁能称得上汤原烤烟第一人？翻开汤原县烤烟发展史，也许没有任何记载，但是确有其人。

一九七五年春天的一天晚上，汤原县胜利乡兴农大队第二生产队办公室里灯光昏暗，烟雾弥漫。

“我不同意种植烤烟，弄不好老本上仓，怎么向老百姓交代?”老社员苏贵昌坐在墙旮旯，嘴里叼着烟袋开了腔。

“我们没种过烤烟，那可是学问。”

“我也是这样想的……”

“可以试一试嘛。”工作队队长余勇泉发表自己的看法。

这是生产队领导班子会议，专门研究种植烤烟的问题。会场争论激烈，意见不统一。

“大家对种植烤烟有担心，是不无道理的，但是我们有土质好、地势平坦的优势，可以发展烤烟。”这名刚二十岁的小伙子的一番话，说得屋内鸦雀无声。人们把目光聚焦到他身上，对他言简意赅的话语表示赞赏。

他——就是本文的主人公黄友林。

一九七二年冬，黄友林高中毕业回到兴农大队务农，因为他这个回乡青年头脑灵活，人品好，扎实能干，被父老乡亲称为庄稼院的好把式。

一九七四年春天，黄友林不负重望，当选生产队副队长兼出纳员。年末，大队整顿第二生产队领导班子，黄友林以满票当选生产队长。

一名年轻人当队长能干好吗？一些人为黄友林捏了一把汗。黄友林善于团结社员，充分发挥群众的智慧。他把权力下放给副队长，让其抓其他生产，然后自己集中精力鼓弄烤烟。

黄友林在种植烤烟中遇到许多困难，首先没有资金，他通过关系到县信用社贷款。春天育苗没有好的地块，大队党支部书记郑文奎将自己家的菜园子无偿让出来，作为育苗基地。

在用人方面，黄友林大胆起用从辽宁迁来的明白人——共产党员、复员军人李会江，让他参与育苗。小苗经过精心侍弄，长势喜人。

可是好景不长，没过几天，大棚水珠落到烟苗上，烟叶上生了白斑，逐渐坏死整个烟苗。黄友林到县农业部门请专家帮助解决这一难题，因为全县没有种植烤烟的，农技专家也没有这方面经验，于是黄友林与专家一起研究。

最后通过鉴定找出了原因：大棚塑料布存在化学毒物，导致烟苗枯萎。黄友林派人去鹤立购买回无毒的塑料薄膜，这样问题很快得到了解决。

烤烟生产是一门新技术，也是新生事物，需掌握多方面管理知识。黄友林为攻克技术难关，不知有多少个夜晚，在灯光下废寝忘食地翻阅《烤烟技术实用手册》，书页翻烂了，直至把烤烟技术弄懂……

烟苗在往大地移栽之前，黄友林带领社员在烟地打好宽垄，还在烟地打了一口马拉井，解决抗旱急需。同时，为烤烟生长快，发育好，他特意到汤原粮库购买一吨麻籽饼，将其作为底肥。烟苗的田间管理尤为重要，定期施肥、除草、掐尖、打叉，一项不能少。

烤烟长成，喜获丰收，县领导朱文国十分关注，带领有关人员来到试验田参观考察，对下一步烘烤烟叶工作做了指示，并指派县供销社土产公司人员直接联系收购。县供销社高度重视，派得力人员姚祥国、高建英来生产队蹲点，指导烤烟生产。

烤烟烘培阶段，黄友林迎来了人生考验。有一天，公社主管招生干部马平荣特意到兴农大队黄友林家送大学招生表，并兴致勃勃地说："乡领导说了，上大学非你小黄莫属！"

黄友林母亲听到这一消息，心里一阵惊喜，乐颠颠地说："哎呀！我们家祖祖辈辈还没有上大学的呢，福星高照啊，福星高照啊！"

那时候，工农兵推荐上大学。黄友林是回乡青年干部，还是党组织重点培养的积极分子，这优越的政治条件，上大学是蛮够格的。

谁知黄友林却这样说："眼下正是烟叶烘烤时节，成败与否难以预料，我宁可不上大学，也不辜负社员的期望。"

就这样，黄友林毅然决然放弃了上大学的机会。有人说他傻，自己葬送了人生前途。可是黄友林心里想的是，怎么能算计自己的得失呢，社员的利益高于一切。

开弓没有回头箭。黄友林坚定一个信念，一定要把汤原县烤烟生产试验成功，为全县广大社员开辟新的增收渠道，早日过上幸福的日子。

七月骄阳似火，大地一片翠绿。黄友林与技术人员不畏艰难困苦，七天七夜不回家鏖战在烟叶的烘烤现场。终于，第一房烤烟获得成功，这标志汤原地带是可以种植烤烟的，改变了"汤原气候冷、温差大种不了烤烟"的历史。

好消息就像长了翅膀一样不胫而走。第一房烤烟试烤成功，县里为了扩大宣传，特意召开农村三级干部现场会议。会议期间，县领导朱文国带领全县农村干部参观了烤烟现场，大家赞不绝口。黄友林在这次会上做了种植烤烟的典型发言。

各级领导通过这次烤烟现场会，坚定了全县种植烤烟的信心，多次专门召开会议，五个公社、五个大队落实了试种烤烟任务。从此，烤烟生产在汤原大面积推广。

经过县有关部门的工作，汤原县第一批烟叶送到了哈尔滨卷烟厂，厂方对汤原烟叶赞誉有加。

经过一年的努力，黄友林的生产队获得农副业双丰收，仅烤烟一项，就占集体收入的百分之三十。集体日值由零点四元，增加到一元，比上一年翻一番。

一九七六年，兴农大队第二生产队在黄友林的带领下，生产成绩斐然，成为全县烤烟生产的排头兵。黄友林当选为县劳模，在表彰会上披红戴花。

不仅如此，县里为了表彰先进，创造佳绩，奖励黄友林所在的二队一匹大红马。省、地区领导多次来该生产队参观指导烤烟生产，新闻媒体也纷纷报道，一时间黄友林远近闻名。

汤原烤烟种植获得成功，烤烟生产面积逐年增多，也带动了桦南、富锦、同江等周边县市，拉动了地方经济快速发展。

金秋时节，黄友林看到汤原公路两侧长势良好的烤烟，想到当初他带领社员种植烤烟的经历，心里满是憧憬，满是欢喜……

作者简介：李洪河，汤原县回乡青年。当过农民，当过记者，当过干部。黑龙江省作家协会会员。出版散文集《汤旺河之歌》《岁月情歌》《大亮子河旅游》。

我记忆中的张抗抗

景文玺

真正认识张抗抗，还是一九七六年秋天的事儿。

记得那年秋季，雨一直下了好几天，乡村的道路泥泞不堪，我冒雨走了十八里路，来到鹤立河农场场部——去看望还是宣传干事的张抗抗。

其实鹤立河农场场部就在汤原县鹤立公社。小镇东的一个很简陋的四合院里，很好找的。走进大门，当我说要找张抗抗时，场部的人都用政审的眼光看着我。一个人问我："你是哪儿的，找她干啥？"

我说："我认识她。"

就在这时，走廊里过来一个年龄稍大些的男同志，他撇了一下嘴说："一个孩子，找张抗抗还能干啥，崇拜者呗！"

顺着那个男同志所指的方向，我找到了宣传部。

在那间办公室，和张抗抗一起办公的还有两个人，当他们听说我找张抗抗时，便起身离开了。这时张抗抗站起来，仔细打量我半天，突然说："你就是参加文学创作班的那个孩子吧？"

她说话的语调好像是在读课文，还带有一点南方口音。

也不怪张抗抗想不起我来，几个月前的那个文学创作班，全省几十号人参加，讲课、采风、创作一共只有十五天时间，要不是我在创作班里还是个"抹鼻涕"的年龄，她根本就无法想起我来。

我知道张抗抗这个名字也是在那个创作班上，那时候她刚刚出版了长篇小说《分界线》。她那么年轻，就有那么大的成就，让我羡慕死了。听

《北方文学》的门瑞瑜编辑私下讲，张抗抗在出版这部长篇小说时，还费了不少周折呢。

一九七五年，还是张抗抗在杭州老家养病期间，上海人民出版社独具慧眼，出版了这部长篇小说。我看过许多关于她的资料，那段往事，张抗抗本人不曾提起，就连鹤立河农场这个地名她都很少提及。

我对张抗抗的崇拜还有另外一个原因，他下乡所在的那个分场，就离我们大队两公里。她在很多作品中，都提到过我们守望大队，也就是我的家乡。在张抗抗的《隐形旅伴》中，提到的路旁那棵苍凉的老柞树，那条疙疙瘩瘩的土路，那个日伪时期留下的火车站，还有那艰苦的生活环境，都是我非常熟悉的，所以感到很亲切。

其实我那天见到张抗抗时，说话的内容也不是很多，只是简单地谈谈小说、散文应当怎么写。我记忆最深的一句话，就是她说："生活才是创作的源泉。"

那时候我还不是很懂。小孩嘛，好奇心都强，我曾经几次问她："《分界线》里面的事都是真的吗?"

每次问她，她都要小心翼翼地看一下走廊，或者摆摆手不让我再问下去。这时候我才明白，在他们那里，情况还是相当的复杂。

那天，张抗抗领我在食堂吃了一顿饭，记得我吃了四个馒头、一盘炒白菜。现在想起来挺对不住她的，当时她一个月只有三十斤饭票，我一顿饭就给她消耗了八两细粮。

在我的记忆中，那时候的张抗抗虽然才只有二十六岁，却非常有气质。

作者简介：景文玺，汤原县回乡青年，黑龙江省作家协会会员，佳木斯市作家协会副主席，汤原县作家协会主席。已出版散文集《天际飞鸣集》和长篇小说《关东乱世》《女贞秘史》《起死回生》等。

问　　道

王智君

“三六九，向外走，健康快乐啥都有……”

大客车里，一名性格开朗的作家以幽默的顺口溜做了开场白，引爆一阵开心的笑声。

自娱自乐由此开始。车厢里五十多名作家，人人都是观众，人人又都是主角，你朗诵一首诗，他来一段笑话，我来一段京剧。大客车载着歌声、笑声和掌声，奔向本次采风的目的地——宝泉岭农场。

东北乡下有个习俗：要正月，闹二月，沥沥啦啦到三月。意思是说，没到农历二月二，这个年还没算过完。然而，今年的正月十六，佳木斯市作家协会就组织作家去采风，采风的主旨是“向快乐出发”。

一车人热热闹闹的，不知不觉就来到一百公里之遥的宝泉岭农场。宝泉岭农场位于黑龙江省东部，地处黑龙江、松花江两江的三角地带，是北大荒的重要组成部分。

踏上宝泉岭的土地，与想象的完全不一样。想象中，以农业生产为主的宝泉岭农场，楼房土气而不多，街道窄且不平。而事实恰恰与其相反，楼高而时尚，街道宽阔且平坦，展现的是田园中的都市风韵。

此次采风，大家参观游览了大型农机具馆、生态园、文体中心，然而，让我最难忘的却是宝泉岭农场的名人馆，在这里我遇到了我心目中的女神——张抗抗。张抗抗的巨幅照片挂在名人馆东侧偏右的位置，我仰慕许久，站在她的巨幅照片下留了一张“合影”。

上个世纪七十年代末到八十年代初，张抗抗是当时闻名全国的美女作家。她的作品搅动了我的青春，影响着我走上文学之路。当时，我偷了妈妈用买酱油醋的钱订阅了一本纯文学期刊《小说选刊》，能够经常在这本期刊上看到她的作品。

我记忆深处，张抗抗的短篇小说《夏》，写的是来自社会各阶层的热血青年，聚集在大学校园里“思绪飞扬”的情景。

改革开放初期的大学校园，上空依然缭绕着以阶级斗争为纲的火药味，令人紧张，让人窒息。可是，鸟笼能关住小鸟的身体，却阻止不了它放飞蓝天的梦想。

大学生青春躁动，对爱情充满着向往和热望，恰似汹涌的海潮，撞击着礁石，海潮也许被撞得粉身碎骨，但是，它们却向往那激起的绚丽浪花。作品结尾，绽放美好的希望——无论如何，我是喜欢夏天的，让夏天更繁茂、更舒畅、更热烈些吧！

张抗抗在另一部中篇力作《丘陵和湖畔有个人……》中，讲述了农场一对知青的爱情故事。男主人公返城了，挤在开往城里的拖拉机上。瑟瑟的深秋，农场通向远方坑洼不平的土路，土路两旁的沟塘里，以及连片的草甸子上，全是一人多高的芦苇。

棉絮一样的芦苇花被秋风揪走，扬了漫天满地。戴着花头巾、穿着红棉袄的女主人公跑着来送他，跑着跑着，芦苇淹没了她的倩影……

望着苍茫的大地，再望一眼飞扬的芦苇花，他已经泪流满面。因为，他这次返城，预示着永久地离开，他不可能再回到这片厌倦而又难以割舍的土地……

那时，我只有十六七岁，生活在比农场条件还差的农村，经历着更加严重的贫穷与苦难。然而，我有了用文学改变命运的梦想，痴迷张抗抗那具有北方特色的温馨、灵动的文字。

张抗抗所讲述的故事都是发生在北大荒，人物、环境都是我所熟悉的，是那么的亲，那么的近，我仿佛就是她作品里的一个鲜活的人物。

我把大我十多岁的张抗抗视为我心目中的女神。我做了很多梦，梦中多次见过女神——女神带着迷人的香气走来，女神帮我修改文稿，女神像姐姐一样领着我在农场的芦苇荡里疯跑……

在女神的影响和激励下，我埋头文学写作。

女神的经历我耳熟能详，她是出生在杭州的美女，作为一名知青下乡到宝泉岭农场所属分场。对女神的作品，我如饥似渴地拜读，深陷作品的情景中不能自拔。

女神作品的字字句句累积叠加，像北大荒能攥出油的黑土，滋养我这株文学的幼苗。成功需要努力和坚持，我发表了自己满意的文学作品，命运也随之有了改变，但是，我追赶女神的脚步却从没停歇。

“向快乐出发”了却了我的心愿，我在女神生活、工作过的地方，与她“面对面”，与她进行了心灵的沟通。

女神的文学梦是在鹤立河农场起航的，黝黑的土地，浸着她的汗水；钻天的白杨，曾经有她的栽培；纵横的街道，印下她的足迹。我漫步在整洁、宽敞的街道上，猜想，不知道有多少脚印与昔日女神的脚印交叉、重合。

我坎坷过女神的坎坷，也幸福着女神的幸福。于是，内心悠然升腾起自豪与欣慰。

作者简介：王智君，黑龙江省作家协会会员。代表作《遥远的苹果》选入高考题；《八十一枚金币》搬上银幕，并获得二〇一四年北京国际电影节佳片奖。出版小说集《山谷回声》《八十一枚金币》。

后　记

本书的编辑过程，也是编者的体验过程、感动过程和欣慰过程。

那个年代远离我们已经有五十个年头了，可是，鲜活、力透纸背的文字又把我们带回了那个激情燃烧的岁月。

我们体验着“广阔天地大有作为”的豪情和垦荒戍边的艰辛；我们感动着“最不怕苦，最能吃苦”的知青精神；我们欣慰着通过我们的抢救整理，能够把那段难忘的历史记录下来。

本书共收录知青故事四十二篇，这些故事大部分都是当年知青亲手动笔所写，少部分是由知青口述，采访者整理的。

因为都是亲身经历，文字具有鲜明的年代感，北大荒的自然环境、风土人情以及劳动的场景，生动形象地展现在读者面前，字字篇篇凸显着青春、理想、奉献、锻炼、成长、感动和感恩，从细节到主题，充盈着满满的正能量。叙事真实，感情饱满，具有较高的史料价值。

由于篇幅所限，有一部分稿件被“忍痛割爱”，我们将择机出版续集，也期待更多的知青朋友热情参与，踊跃投稿，讲出你的精彩故事。让我们在续集里“不见不散”！

在此书编撰过程中，中国作家协会副主席、黑龙江省作家协会名誉主席、国务院参事、国家一级作家张抗抗题写了书名并为本书题词，中国曲艺家协会主席、著名相声表演艺术家姜昆也为本书题词。

汤原县政协历任老领导重视本书的编撰工作，为此付出了心血。

同时得到了新华农场、汤原农场、香兰农场、梧桐河农场、宁波知青博物馆、宁波赵大有博物馆、宁波新四军研究会、宁波四明山红色纪念园、黑河知青博物馆、呼玛县人大、呼玛县党史研究室、友谊县文管所和友谊县博物馆等有关单位领导和同志的大力支持。

汤原农场原场长赵永林、党委副书记李振龙,香兰监狱原党委书记、监狱长马良,新华农场副场长陈士海、工会主席牛家常,黑河知青馆馆长刘树新,老知青肖殿奎、刘国才、王玉梅,热心人士仪建民、李长明、孙立波、孙会堂、周凯峰等在图文资料搜集整理过程中做了大量工作,在此一并表示感谢!

由于编撰经验和水平有限,书中难免有疏漏和不足之处,敬请各位领导和读者朋友批评指正。

本书编委会

二〇一九年六月三十日

图书在版编目(CIP)数据

难忘那些年那些事 / 政协黑龙江省汤原县委员会编. — 北京 : 中国文史出版社, 2020.2
ISBN 978-7-5205-1618-1

Ⅰ. ①难… Ⅱ. ①政… Ⅲ. ①回忆录-中国-当代 Ⅳ. ①I251

中国版本图书馆 CIP 数据核字(2019)第 253003 号

责任编辑: 卢祥秋

出版发行: **中国文史出版社**
社　　址: 北京市海淀区西八里庄 69 号院　邮编: 100142
电　　话: 010-81136606　81136602　81136603（发行部）
传　　真: 010-81136655
印　　装: 廊坊市海涛印刷有限公司
经　　销: 全国新华书店
开　　本: 720×1020　1/16
印　　张: 18.5　　　插页: 16
字　　数: 275 千字
版　　次: 2020 年 2 月第 1 版
印　　次: 2020 年 2 月第 1 次印刷
定　　价: 75.00 元